हर लम्हा एक उपहार

हर लम्हा एक उपहार

मन के बंधनों से निकलने के 12 मार्ग

ईडिथ ईगर

अनुवाद : यामिनी रामपल्लीवार

MANJUL

मंजुल पब्लिशिंग हाउस

MANJUL

मंजुल पब्लिशिंग हाउस

कॉरपोरेट एवं संपादकीय कार्यालय

• द्वितीय तल, उषा प्रीत कॉम्प्लेक्स, 42 मालवीय नगर, भोपाल-462 003

विक्रय एवं विपणन कार्यालय

• सी-16, सेक्टर 3, नोएडा, उत्तर प्रदेश, 201301

वेबसाइट : www.manjulindia.com

वितरण केन्द्र

अहमदाबाद, बेंगलुरू, भोपाल, कोलकाता, चेन्नई,
हैदराबाद, मुम्बई, नई दिल्ली, पुणे

ईडिथ ईगर द्वारा लिखित मूल अंग्रेजी पुस्तक
द गिफ़्ट : 12 लेसंस टू सेव यॉर लाइफ़ का हिन्दी अनुवाद

The Gift: 12 Lessons to Save Your Life by Edith Eger – Hindi Edition

यह हिन्दी संस्करण 2021 में पहली बार प्रकाशित

ISBN 978-93-91242-02-2

हिन्दी अनुवाद : यामिनी रामपल्लीवार

मेरे मरीजों को समर्पित। आप मेरे शिक्षक हैं। आपने मुझे
ऑश्वित्ज़ लौटने और क्षमा तथा आज़ादी की ओर अपनी
यात्रा आरम्भ करने का साहस दिया। आप अपनी
ईमानदारी और साहस से मुझे प्रेरित करते रहे।

अनुक्रम

परिचय

मानसिक क़ैद से मुक्ति

मौत के शिविर में जीना सीखा

यह 1944 की वसन्त ऋतु थी। मैं उम्र के सोलहवें पड़ाव में थी। हंगरी के शहर कस्सा में अपने माता-पिता और दो बड़ी बहनों के साथ रहती थी। चारों ओर युद्ध और भ्रम का वातावरण था। हमारे कोट में पीले सितारों वाले निशान लगा दिए गए थे। हंगरी नाज़ियों-*नीलस* ने हमारे पुराने अपार्टमेंट पर क़ब्ज़ा कर लिया था। युद्ध और यूरोप-भर में जर्मन के क़ब्ज़े की ख़बरें अख़बारों में छाई रहती थीं। खाने की मेज़ पर माता-पिता की चिन्ता झलक जाती थी। मेरे जीवन का सबसे दर्दनाक दिन तब आया, जब मेरे यहूदी होने की वजह से ओलिम्पिक की जिमनास्टिक टीम से मुझे निकाल दिया गया। फिर भी मैं अपने यौवन की सामान्य उलझनों में व्यस्त थी। मैं बुक क्लब के अपने सबसे अच्छे मित्र एरिक के साथ अपने पहले प्यार की यादों में खोई रहती थी। एरिक ऊँचा, लम्बा, बुद्धिमान नौजवान लड़का था। अपने पहले चुम्बन और अपनी सिल्क की नीली ड्रेस की यादों में खोई रहती, जिसे पिताजी ने विशेष रूप से मेरे लिए डिज़ाइन किया था। मैं बैले डान्स जिम्नास्टिक नें बेहतर प्रदर्शन कर रही थी। मेरे दिन अपनी ख़ूबसूरत बड़ी बहनों - मागदा और क्लारा के साथ मज़े से कट रहे थे। वे दोनों बुडापेस्ट में वॉयलिन सीख रही थीं।

और अचानक सब कुछ बदल गया।

अप्रैल माह की एक ठंडी सुबह, कस्सा के यहूदियों को घेर कर क़स्बे के एक पुराने कारख़ाने में बन्दी बनाकर रख दिया गया। कुछ सप्ताह बाद, मुझे, मागदा और मेरे माता-पिता को एक बैलगाड़ी में बिठाकर ऑश्वित्ज़ ले जाया गया। पहुँचते ही, जहरीली गैस वाले कमरे में बन्द करके मेरे माता-पिता की हत्या कर दी गई।

ऑश्वित्ज़ की पहली ही रात को मुझे जोसेफ़ मेंगले नाम के अफ़सर के सामने नाचने पर मजबूर किया गया। यह अफ़सर मौत के फ़रिश्ते के नाम से कुख्यात था। नए क़ैदियों के पहुँचने के बाद, उनमें से छँटनी करने के बाद, मेरे माता-पिता की हत्या की गई थी। "मेरे लिए नाचो!" अफ़सर के आदेश पर मैं बैरक के ठंडे फ़र्श पर डरी-सहमी सी खड़ी रही। बाहर ऑकेस्ट्रा ने एक वॉल्ट्ज़ "द ब्लू डेन्यूब" बजाना चालू किया। मेरे कानों में माँ की सलाह गूँज रही थी - *तुमने अपने मन में जो सँजो कर रखा है, वह तुमसे कोई नहीं छीन सकता* - मैंने आँखें बन्द कीं और अपने भीतर के संसार में समा गई। अब मौत के शिविर में ना तो मुझे ठंड लग रही थी, और ना ही अपने आप को भूखा और टूटा हुआ महसूस कर रही थी। मैं बुडापेस्ट के ऑपेरा हाउस में नाच रही थी और चाइस्कोव्स्की के बैले में जूलियट का अभिनय कर रही थी। निजी आश्रय लेकर, अब मैं पूरी शक्ति से अपनी बाँहें फैलाकर थिरक रही थी। मैं अपने जीवन के लिए सारी शक्तियों का आह्वान कर रही थी।

ऑश्वित्ज़ का एक-एक पल मेरे लिए धरती पर नर्क जैसा था। साथ ही, एक बेहतरीन पाठशाला भी थी जहाँ भूख, तकलीफ़, हर क्षण मौत का डर तो था, लेकिन यहीं मैंने अपने अस्तित्व को बचाए रखने, डर से लड़ने और आज़ाद होने के साधन भी खोज लिए जिनका उपयोग मैं हर दिन क्लीनिकल साइकोलॉजी प्रैक्टिस के लिए तो करती ही हूँ, मेरी निजी ज़िंदगी में भी ये उपाय बड़े काम के हैं।

आज, जब मैं यह भूमिका लिख रही हूँ, तो 2019 के पतझड़ का मौसम है, मैं 92 साल की हो चुकी हूँ। मैंने 1978 में मनोविज्ञान में डॉक्टरेट की उपाधि प्राप्त की थी और पिछले चालीस बरसों से चिकित्सा-क्षेत्र से जुड़ी हुई हूँ। मैं कई हस्तियों के अलावा छात्रों, सामाजिक संस्थाओं के साथ नशा मुक्ति और यौन दुराचार से पीड़ित लोगों के उपचार में व्यस्त थी। साथ ही एक चिकित्सक के अलावा माँ, नानी, परनानी और एक भुक्तभोगी की हैसियत से, अवसाद और अन्य मानसिक बीमारियों के साथ-साथ पारिवारिक सम्बन्धों में सामंजस्य बनाए रखने में भी, ऑश्वित्ज़ के निराश लोगों की मदद करने में जुटी थी। यहाँ मैं आपको एक बात बताना चाहूँगी कि नाज़ियों द्वारा दी गई क़ैद उतनी कष्टदायक नहीं थी, सबसे ख़राब क़ैद तो वह थी, जो मैंने स्वयं अपने लिए बना ली थी।

यद्यपि हम सभी का जीवन बहुत अलग था लेकिन सभी लगभग एक ही तरह की मानसिक यातना से जूझ रहे थे। हम क्या महसूस करते हैं, क्या करते हैं और किन सम्भावनाओं की तलाश करते हैं, सब हमारी सोच और विश्वास पर निर्भर करता है। हममें से कई लोग स्वयं को अपने ही दिमाग़ी जाल में उलझा हुआ महसूस करते हैं। अपने अनुभव से मैं यह बता सकती हूँ कि जहाँ मानसिक रूप से क़ैद हमारी सोच और हमारे व्यवहार में विशिष्ट रूप से झलकने लगती है, वहीं कुछ सामान्य मानसिक क़ैदें भी होती हैं, जो हमारे दुःख को बढ़ाती हैं। यह पुस्तक

मानसिक क़ैद से आज़ाद होने के आसान व्यवहारिक तरीक़े सीखने में मदद करेगी ताकि हम स्वयं को आज़ाद और शक्तिशाली बनाने के साधन तलाश सकें।

आज़ादी का आधार हमारे निर्णय लेने की क्षमता शक्ति होती है। विश्व युद्ध के अन्तिम महीनों में मेरे पास अपने आपको बचाने के बहुत कम उपाय रह गए थे। यूरोप में हंगरी के यहूदी सबसे अन्त में शिविर में लाए गए थे। ऑश्वित्ज़ में आठ माह गुज़ारने के बाद, रूस की जर्मनी पर विजय से पहले, मुझे मेरी बहन और अन्य सैकड़ों क़ैदियों के साथ, ऑश्वित्ज़ से, पोलैंड जर्मनी के रास्ते ऑस्ट्रिया भेज दिया गया। रास्ते में हमने कारख़ानों में बँधुआ मज़दूरों का काम भी किया। जर्मन गोला-बारूद को लाने-ले जाने वाली रेलगाड़ियों की छत पर भी सवारी की, जहाँ हमारे शरीर ब्रितानी हमलों से इन माल-वाहकों के लिए ढाल का काम करते थे। (ब्रितानियों ने रेलगाड़ियों पर हमले फिर भी किए।)

यह मई 1945 के आसपास का समय था। मेरे माता-पिता के अलावा हमारे सभी परिचित लोगों की मौत को लगभग एक साल होने जा रहा था। मेरी बहन और मुझे ऑस्ट्रिया के गन्सकर्सन शिविर से आज़ाद कर दिया गया था। मेरी पीठ पर चोटों से गहरे घाव हो चुके थे। भूख और दर्द के मारे मेरे लिए लाशों के ढेर से उठ कर दूर चल कर जाना भी मुश्क़िल हो रहा था। मेरे आसपास जितने भी लोग थे, सारे हिम्मत हार चुके थे। मुझ पर हुए शारीरिक अत्याचारों को मैं भुला नहीं पा रही थी। विश्वयुद्ध की समाप्ति के पहले नाज़ी अधिकतर यहूदियों और "अवांछितों" को ख़त्म कर देना चाहते थे। यह विचार मुझे लगातार परेशान करता रहता था। लगभग 60 लाख निर्दोष लोगों की विधिवत हत्या करके मानवता पर किया गया। जो प्रहार मैंने शिविरों में देखा उसका चित्र मेरे मस्तिष्क में अंकित हो चुका था। अब मैं जो कर सकती थी, वह केवल इतना था - निराशा और अत्याचार पर अपनी प्रतिक्रिया पर सकारात्मक नियन्त्रण - मैंने अपने भीतर आशा की किरण जगा ली थी।

लेकिन, ऑश्वित्ज़ से बाहर निकलना मेरी आज़ादी की तरफ़ केवल पहला क़दम था। मैं कई दशकों तक अपने अतीत में क़ैद रही। निजी जीवन में, बाहरी तौर पर सब सामान्य था। अपने मानसिक आघात को भुलाकर मैं आगे बढ़ती चली जा रही थी। मैंने बेला नामक युवक से शादी कर ली,जिसने स्लोवाकिया के जंगली पहाड़ी इलाक़ों में नाज़ियों से युद्ध किया था और प्रिसोव के एक सम्भ्रान्त परिवार का सदस्य था। माँ बनने के बाद मैं यूरोप छोड़कर अमेरिका चली गई। यहाँ भी ग़रीबी और परेशानी में ही दिन बीते। उम्र के चालीसवें बरस में मैंने कॉलेज में दाख़िला लिया। हाईस्कूल में अध्यापिका बनी। दोबारा स्कूल आकर मनोविज्ञान में मास्टर्स डिग्री हासिल की। आगे चिकित्सकीय मनोविज्ञान में डॉक्टरेट की उपाधि भी

प्राप्त की। अपने प्रशिक्षण और शिक्षा के दौरान ही मैंने कई मानसिक मरीजों का सफलतापूर्वक इलाज किया। मैं अभी-भी अपने भूतकाल और उसके दर्द से छिपती फिर रही थी। अपने दुःख और मानसिक संत्रास को नकार रही थी, दूसरों की सेवा में अपनी ख़ुशी ढूँढ़ती रहती थी। अपनी विफलताओं और परेशानियों के लिए बेला को दोष देती रहती थी, सफलताओं के पीछे भागती रहती थी, मानो इससे मुझे वह सब मिल जाएगा जो मैं खो चुकी हूँ।

एक दिन मैं फ़ोर्ट ब्लिस, टेक्सास में विलियम ब्यूमाउन्ट आर्मी अस्पताल में इन्टर्नशिप के लिए पहुँची। मैंने अपने सफ़ेद कोट पर अपने नाम, डॉक्टर ईगर, मनोचिकित्सा विभाग की पट्टी भी लगा रखी थी। कुछ ही क्षणों में जैसे सब धूमिल हो गया और मेरे कानों में पाखंडी डॉक्टर जैसे शब्द गूँजने लगे। तब मैं समझ गई कि यदि मुझे दूसरों का इलाज करना है तो पहले स्वयं का इलाज करना होगा।

मेरे इलाज का सम्बन्ध मनोविज्ञान से था - उदार और सहज। अन्तर्दृष्टि और संज्ञानात्मक-उन्मुख सिद्धांत और व्यवहारिकता का मिश्रण। मैं इसे चॉइस थेरैपी कहती हूँ, क्योंकि मूलतः आज़ादी एक चुनाव है, जिसे मानसिक रूप से स्वीकार करना आवश्यक होता है। एक ओर जहाँ दुःख और तकलीफ़ें अपरिहार्य हैं, हमारे पास सकारात्मक रवैया अपनाने का विकल्प हमेशा मौजूद होता है, मैं अपने मरीजों की इसी चुनाव करने की शक्ति को उजागर करने का प्रयास करती हूँ, ताकि वे एक सुखी जीवन जी सकें।क

मेरे इलाज के चार मनोवैज्ञानिक आधार हैं :

पहला : मार्टिन सेलिगमैन और सकारात्मक मनोविज्ञान से ली गई "लर्न्ड हेल्पलेसनेस" यानी प्रबुद्ध लाचारी। एक ऐसी परिस्थिति जब हम जीवन में किसी-भी प्रभावोत्पादकता से इनकार करते हैं, इस धारणा के साथ जीने लगते हैं कि कोई भी प्रयास हमारे भीतर परिवर्तन नहीं ला सकता। इसके विपरीत जब हम "लर्न्ड ऑप्टिमिज़्म" यानी आशावाद को जान-बूझकर अपनाना शुरू करते हैं, तो हमें हमारी शक्तियों, संसार को नए नज़रिये से देखने के लाभ और अपने जीवन को नई दिशा देने का अर्थ समझ में आने लगता है।

दूसरा : संज्ञानात्मक व्यवहारजन्य चिकित्सा - हमें यह बात समझना अत्यन्त आवश्यक है कि हमारे विचारों की गुणवत्ता से हमारी भावनाएँ और व्यवहार निर्धारित होता है। हानिकारक और व्यर्थ विचारों और स्वयं के प्रति अपमानजनक दृष्टिकोण बदलने और सकारात्मक विचारों का सृजन ही जीवन को अर्थ देता है।

तीसरा : प्रभावशाली व्यक्तित्व के धनी, कार्ल रोजर्स का सिद्धान्त - स्वयं से बिना शर्त प्रेम करना। हमारी ज़्यादातर तकलीफ़ों की जड़ में यह मिथ्या धारणा होती है

कि हमसे कोई प्यार नहीं करेगा *और* हम प्रामाणिक नहीं हो सकते। हम यह सोचने लगते हैं कि हमें कोई क्यों प्रेम करेगा। वास्तविकता यह है कि जब हम अपने आप से प्यार करने लगते हैं, लोग भी हमसे प्रेम करने लगते हैं। यदि हमें दूसरों से प्रेम और स्वीकृति चाहिए तो हमें अपना अस्तित्व भूलना होगा। अपने कामकाज के दौरान मैं मरीजों को बिना शर्त प्रेम करती हूँ और उन्हें समझाने का प्रयास करती हूँ कि आप मुखौटे उतार कर, लोगों द्वारा सौंपे गए कामों को पूरा करने और उनकी अपेक्षाओं पर खरा उतरने की भूमिका छोड़ कर अपने आपसे बिना शर्त प्रेम करना आरम्भ करें।

अन्त में, मेरे मित्र, गुरु, साथी और ऑश्वित्ज़ के साथी विक्टर फ्रैंकल की सलाह से लोगों को यह समझाती हूँ कि हमारा सबसे बुरा समय और अनुभव ही हमें सच्चा ज्ञान देता है। इससे हमें एक नई शुरुआत की सम्भावनाओं के खुले द्वार दिखते हैं। विपरीत परिस्थितियों में, उनके प्रति हमारी सकारात्मक और आशावादी प्रतिक्रियाएँ ही हमारा भविष्य, दर्द निवारण और जीवन जीने का उद्देश्य तय करते हैं। जीवन में जो भी हमें मिलता है उसके प्रति हमारा सम्मान प्रकट होना चाहिए।

आज़ादी का अनुभव जीवन पर्यन्त चलने वाली प्रक्रिया है - दिन-प्रतिदिन किया जाने वाला चुनाव। अन्ततः, स्वतन्त्रता का अनुभव करने के लिए आशान्वित रहना आवश्यक है। मैं इसे दो तरह से परिभाषित करती हूँ। एक - इस बात से आश्वस्त रहना कि विपदाएँ चाहे कितनी भी विकराल हों, अस्थायी होती हैं और हमें यह बात हमेशा याद रखनी चाहिए और दो - *अब आगे क्या,* इसकी उत्सुकता बनी रहनी चाहिए। आशा हमें भूतकाल की बजाय वर्तमान में जीने का हौसला देती है और हमें मानसिक क़ैद से मुक्त करती है।

क़ैद से मुक्त होने के 75 वर्ष बाद, आज भी मुझे डरावने सपने दिखते हैं, पुरानी यादें अब भी परेशान करती हैं। जीवन की अन्तिम साँस तक मेरे माता-पिता का विरह मुझे सालता रहेगा। वे दोनों अपनी चार पीढ़ियों को राख़ के ढेर से उभरते हुए नहीं देख पाए। ख़ौफ़ आज भी मेरे साथ ज़िंदा है। अपने दुःख को कम करने का प्रयास या भूलने की कोशिश करना, आपको मुक्त नहीं कर सकता।

लेकिन, भूलना और सम्मान करना दो अलग-अलग बातें हैं - अपराध-बोध, शर्म, गुस्सा, नाराज़गी या भूतकाल में जीने से अलग। मैं अपना सब कुछ खोने की सच्चाई से मुकर नहीं सकती, लेकिन मैंने हमेशा ही प्रेम और आशा को चुना। ऑश्वित्ज़ में प्रताड़ना, असहायता और शक्तिहीनता के अनुभवों के दिनों में, चुनाव कर पाने का वरदान ही मेरी ताक़त बना। यही मेरे जीवन का सुन्दर उपहार था।

मौत के शिविरों के हर अनुभव को उपहार मानना भी सही नहीं होगा। नर्क जैसे वातावरण में भला अच्छा क्या मिलेगा? क़ैदियों की भीड़ से छँटनी कर, बैरक से निकालकर गैस चैम्बर में भेजे जाने का डर, चिमनियों से निकलता धुआँ, सब कुछ ख़त्म हो जाने का विचार अच्छा तो क़तई नहीं हो सकता। मेरे वश में केवल इतना ही था कि मैं अपने मन में चल रहे विचारों पर किस तरह प्रतिक्रिया दूँ। ऑश्वित्ज़ ने मुझे भीतर की शक्ति और चुनाव करने का अवसर दिया। अन्यथा, मेरे भीतर छिपे मददगार अंगों की जानकारी तो मुझे थी ही नहीं।

हम सब में चुनाव करने की शक्ति होती है। कष्ट के समय बाहरी दुनिया में कोई हल नहीं मिले, तब यही वह पल होता जब हम अपने व्यक्तित्व को सही मायने में समझ पाते हैं। हमारे साथ क्या घट रहा है यह मायने नहीं रखता, बल्कि उन घटनाओं के प्रति हमारी प्रतिक्रिया कैसी रहती है, यह मायने रखता है।

अपनी मानसिक क़ैद से मुक्त होते ही हम यह जान लेते हैं कि भूतकाल का अनुभव ही हमें जकड़े हुए था और अब हम नई सोच के साथ जीने के लिए आज़ाद हैं। मई 1945 में 17 साल की उम्र में गन्सकर्चन से मुक्ति के दिन मुझे सकारात्मक और नकारात्मक आज़ादी का अर्थ समझ में आया। जिस समय 71 वीं बटालियन शिविर को आज़ाद करने आई थी, उस समय मैं लाशों से पटी, गन्दगी भरी धरती पर लेटी हुई थी। मुझे सिपाहियों की आँखों में झलक रही दहशत याद है। उन्होंने सड़े-गले मांस की बदबू से बचने के लिए अपने चेहरे पर कपड़ा बाँध रखा था। मैंने अपने कुछ क़ैदी साथियों को, जो चल सकते थे - उन्हें बाहर जाते हुए देखा, लेकिन कुछ ही देर में वापस लौटकर निर्जीव-सी हालत में नम घास पर या बैरक फ़र्श पर बैठा हुआ पाया। विक्टर फ्रैंकल ने यही व्यवहार रूस द्वारा ऑश्वित्ज़ को आज़ाद किए जाने पर देखा था। अब हम आज़ाद थे, लेकिन कई लोग अब भी शारीरिक और मानसिक रूप से इस आज़ादी को महसूस नहीं कर पा रहे थे। हम सभी बीमारी, भूख और डर की वजह से स्वयं को सँभालने में सक्षम नहीं थे। हम खुद को ही पहचान नहीं पा रहे थे।

हम नाज़ियों *से* तो मुक्त थे, पर अपने आप से नहीं।

अब मैं समझ पा रही हूँ कि सबसे घातक क़ैद हमारे मन में होती है, जिसकी चाबी हमारे जेब में रहती है। हमारी यातनाएँ चाहे कितनी ही कठिन हों या सलाख़ें कितनी ही मोटी हों, हमारे भीतर इनसे मुक्त होने के लिए शक्तियाँ होती हैं।

यह आसान नहीं है लेकिन यही एकमात्र उपाय भी है।

'द चॉइस' में मैंने क़ैद से रिहाई तक की यात्रा और फिर वास्तविक आज़ादी का वर्णन किया है। अपनी किताब को विश्व-भर में पसन्द किए जाने पर विस्मित और

भाव-विभोर हूँ, विशेषकर उन प्रतिक्रियाओं को पढ़कर अच्छा लगता है जिनमें पाठक, अपना भूतकाल पीछे छोड़कर अपनी समस्याओं का समाधान पा चुके हैं। पाठकों से मेरा सम्पर्क ई-मेल, सोशल मीडिया और वीडियो कॉल के जरिए हुआ। कई सच्ची कहानियों को मैंने किताब में स्थान दिया है। (निजता का ध्यान रखते हुए उनके नाम और दूसरी जानकारियाँ गुप्त रखी गई हैं।)

मैंने अपनी *द चॉइस* में लिखा है कि मैं नहीं चाहती कि पाठक मेरी कहानी पढ़ें और उन पर विचार करें। "मेरी तकलीफ़ों की तुलना दूसरों से करना व्यर्थ है।" मैं केवल यह चाहती हूँ कि लोग यह समझें कि "जब वह जीत सकती है, तो मैं क्यों नहीं!" लोग मुझसे ठीक होने के उन कारगर उपायों के बारे में जानना चाहते हैं, जिन्हें मैंने स्वयं पर और चिकित्सा के दौरान अपने मरीजों पर आज़माया है। सभी के लिए मेरा एक ही उत्तर है, मेरी यह किताब।

प्रत्येक अध्याय में मैंने मानसिक क़ैद के विशिष्ट प्रकार और उसके प्रभाव की समीक्षा अपने जीवन के अनुभव और चिकित्सा के दौरान मरीजों से मिले हुए अनुभवों के आधार पर की है और मानसिक रूप से आज़ादी के लिए इन्हीं में से कुछ उपायों का चयन किया। कुछ समाधान ऐसे प्रश्नों के रूप में भी हैं जिनक उपयोग पत्र-पत्रिकाओं में अनुबोधन के रूप में या, किसी विश्वसनीय दोस्त या चिकित्सक के साथ चर्चा में किया जा सकता है, अन्य क़दम ऐसे हैं जिन्हें आप अपने जीवन और रिश्तों को सुधारने के लिए तुरन्त उठा सकते हैं। विशेष परिस्थितियों में चिकित्सकीय सलाह अपेक्षित है। यद्यपि स्वस्थ होने की प्रगति का कोई निश्चित क्रम नहीं होता है, फिर भी मैंने किताब के अध्यायों को आज़ादी की अपनी यात्रा के आधार पर क्रमबद्ध किया है। इन्हें आप किसी भी क्रम में पढ़ना शुरू कर सकते हैं। आप अपनी यात्रा के संचालक हैं और इन कहानियों का उपयोग आप अपनी सहूलियत से कर सकते हैं।

आपकी आज़ादी की यात्रा के लिए मैं कुछ दिशा-निर्देश देना चाहूँगी - हम तब तक बदल नहीं सकते, जब तक स्वयं तैयार नहीं हों। हम सब में बदलने की इच्छाशक्ति होना ज़रूरी है। कई बार परिस्थिति कठिन होती है जैसे तलाक़, दुर्घटना, गम्भीर बीमारी या मृत्यु। ऐसी परिस्थिति में हम सँभलने के लिए कुछ नए प्रयोग करने लगते हैं। कभी-कभी हमारी आन्तरिक पीड़ा या अधूरी लालसा इतनी तेज़ और आग्रहपूर्ण हो जाती है कि हम इसे एक मिनट भी अनदेखा नहीं कर सकते। लेकिन हमारी तैयारी बाहर से नहीं आती और ना ही दबाव या जल्दबाज़ी में नतीज़े पाए जा सकते हैं। आप तो तब तैयार हैं जब आप यह कहने को तैयार होते हैं, *अब तक मैंने वे प्रयास किए लेकिन अब मैं कुछ अलग और नए प्रयास करूँगा।*

हम तब तक बदल नहीं सकते, जब तक स्वयं तैयार नहीं हों।

बदलाव का अर्थ है अपनी उन आदतों को बदलना जिनसे आपको अपेक्षित परिणाम नहीं मिल रहे हों। यदि आप जीवन को एक नया अर्थ देना चाहते हैं तो परिणाम नहीं देने वाली आदतों को केवल छोड़ने भर से लाभ नहीं होगा, बल्कि उनकी जगह नई सकारात्मक आदतों को स्थान देना होगा। आप यह तय करते हैं कि आपको किस दिशा में जाना है और यात्रा प्रारम्भ करते हैं। यह दिखना ना केवल महत्त्वपूर्ण है कि आप किस चीज़ *से* मुक्त होना चाहते हैं, बल्कि आप क्या *करने* या बनने के लिए स्वतंत्र होना चाहते हैं।

बदलाव का तात्पर्य - अपनी उन आदतों को बदलना है जिनसे परिणाम नहीं मिलें।

अन्त में, अपने जीवन को बदलने का अर्थ *नए* रूप में प्रवेश करना नहीं है, वरन् अपने *वास्तविक* स्वरूप को पाना है, हीरे जैसा रूप जो फिर कभी नहीं मिल पाएगा और ना ही जिसे बदला जा सकेगा। अब तक जो कुछ भी हुआ, जो भी निर्णय आपने लिए, जितने भी प्रयास किए, उन सबका भी एक अर्थ है, सभी उपयोगी हैं। आपको सब कुछ छोड़ कर नई शुरुआत नहीं करनी है। अब तक जो कुछ हुआ उसके परिणामस्वरूप ही आप यहाँ तक पहुँचे।

जब आप अपने जीवन को बदलते हैं, तो यह अपने *वास्तविक* स्वरूप को पाना है।

अपने वास्तविक स्वरूप को पाना ही आज़ादी की सच्ची पहचान है।

1

अब क्या?

उत्पीड़न की क़ैद

मेरे जो अनुभव हैं उनके अनुसार मरीज का पहला प्रश्न होता है, "मैं ही क्यों?" और स्वस्थ व्यक्ति पूछता है, "अब क्या?"

त्रासदी सार्वभौमिक है, लेकिन विपत्ति-ग्रस्त होना वैकल्पिक है। दु:खी होना, आहत होना, दूसरों या परिस्थिति द्वारा उत्पीड़ित किए जाने से बचने का कोई रास्ता नहीं है। एक बात तो तय है कि हम कितने भी उदार हों या कितना भी कठिन परिश्रम करें, हमें दर्द अवश्य मिलेगा। परिवेश और आनुवांशिक प्रभाव के कुछ गुणों पर हमारा या तो कोई नियन्त्रण नहीं होता या फिर नगण्य होता है, लेकिन हम सभी के पास परेशान होते रहने या ना होने का अवसर अवश्य होता है। हम पर क्या बीतेगी, इसका चुनाव तो हम करते नहीं, लेकिन परिस्थिति पर हमारी प्रतिक्रिया का निर्णय हमारा ही होता है।

हम में से अधिकतर लोग उत्पीड़न की क़ैद में रहना सुरक्षित सनझते हैं। "क्यों?" यह प्रश्न हम बार-बार यह सोच कर पूछते हैं कि शायद उत्तर मिल जाएगा और दर्द कम हो जाएगा। मुझे कैन्सर क्यों हो गया? मेरी नौकरी क्यों चली गई? मेरे जीवन-साथी का दूसरे के साथ सम्बन्ध क्यों है? हम प्रश्नों का तार्किक उत्तर जानने का प्रयास करते हैं कि ऐसा क्यों हुआ। जब हम "क्यों" की पद्धति से प्रश्न करते हैं तब वास्तव में हम अपने साथ-साथ किसी और को भी दोषी ठहराने की खोज में होते हैं।

यह मेरे साथ ही क्यों हुआ?

तुम्हारे साथ क्यों *नहीं?*

हो सकता है मैं ऑश्वित्ज़ की त्रासदी झेल कर वापस आ गई, इसलिए उदाहरण बनकर यह समझा पाती हूँ कि तनावग्रस्त होने की बजाय आज़ाद रहा जा

सकता है। जब मैं स्वयं से “मैं ही क्यों?” की जगह “आगे क्या?” यह प्रश्न करती हूँ तो मेरा ध्यान, मेरे साथ यह घटना क्यों हुई या बार-बार ऐसा क्यों हो रहा है, से हट कर, उस परिस्थिति से निकलने का उपाय ढूँढ़ने की तरफ़ जाता है। मैं रक्षक या किसी को दोष देने का मौक़ा नहीं खोजती। मैं सम्भावनाओं और अवसरों की तलाश करती हूँ।

मेरे माता-पिता के पास इस बात का कोई विकल्प नहीं था कि उनके जीवन का अन्त कैसा होगा, लेकिन मेरे पास है। मुझे इस बात का अपराध-बोध हमेशा रहेगा कि मैं तो बच गई, लेकिन मेरे माता-पिता और लाखों लोगों ने नारकीय जीवन बिताते हुए अपना अन्त देखा। मैं अपनी पसन्द का जीवन, अपने अतीत को भुलाकर, अपनी शक्तियों को जगाकर, जी सकती हूँ।

उत्पीड़न का भाव ऐसी कठोर मानसिक स्थिति है जहाँ हम केवल भूतकाल के दर्द में जीते हैं, हानि और अभाव का भाव पीछा नहीं छोड़ता। *मैं यह नहीं कर सकता* और *मेरे पास कुछ भी नहीं* - यही हमारी भाषा होती है।

मानसिक पीड़ा से बाहर निकलने का पहला अस्त्र है : जो कुछ हो रहा है उसे प्यार से स्वीकारो। इसका अर्थ यह नहीं कि घटनाओं से प्यार करें, बल्कि परिस्थितियों से मानसिक रूप से लड़ना बन्द करें, जिससे “आगे क्या?” यह तय करने के लिए आपको ऊर्जा और कल्पनाशक्ति मिलेगी। एक ही जगह बँधकर रहने के बजाय आगे बढ़ना शुरू कर देंगे। वर्तमान में जो चाहते हैं और भविष्य की योजनाएँ स्पष्ट दिखाई देने लगेंगी।

हमारा हर व्यवहार किसी न किसी भावना को सन्तुष्ट करता है। कष्ट के दिनों में कुछ भी नहीं करना हमें सबसे सरल उपाय मालूम पड़ता है। आज़ादी की एक क़ीमत होती है। अपने व्यवहार के लिए हम स्वयं ज़िम्मेदार होते हैं, भले ही परिस्थिति का कारण हम हों या नहीं हों।

जीवन सुखद आश्चर्यों से भरपूर होता है।

क्रिसमस के कुछ सप्ताह पूर्व, पैंतालीस साल की विवाहित एमिली, दो बच्चों की माँ, जिसकी शादी को ग्यारह वर्ष हो चुके थे, बच्चों के सो जाने के बाद अपने पति के साथ बातें कर रही थी। वह पति से किसी फ़िल्म को देखने आग्रह करने ही जा रही थी कि पति ने ऐसी बात कह दी जिससे एमिली का जीवन हिल गया।

“मेरी एक महिला मित्र है और हम एक दूसरे से प्यार करते हैं। हम अब आगे साथ नहीं रह पाएँगे।”

एमिली के पैरों तले ज़मीन खिसक गई। वह कुछ भी बोल नहीं पा रही थी। फिर, आगे एक और झटका लगा। उसे स्तन कैन्सर का पता चला। एक बड़ा ट्यूमर था, जिसकी कीमोथेरेपी तुरन्त करनी थी। इलाज के पहले सप्ताह के दौरान, वो ख़ुद को कमज़ोर महसूस कर रही थी। उसके पति ने कीमोथेरेपी पूरी होते तक अपने दूसरे विवाह की बात स्थगित कर दी, लेकिन एमिली सदमे में थी।

उसने कहा, "मैंने सोचा मेरा जीवन समाप्त हो गया है। मेरी मृत्यु क़रीब है।"

एमिली से मेरी बातचीत उसकी बीमारी का पता चलने के आठ माह बाद हुई, उसी समय उसका ऑपरेशन हुआ था। उसे अप्रत्याशित ख़बर मिली : वह पूरी तरह से ठीक हो चुकी थी।

उसका कहना था, "डॉक्टरों ने इसकी बिलकुल भी उम्मीद नहीं की थी। यह एक चमत्कार जैसा था।"

उसका कैन्सर समाप्त हो चुका था। उधर पति भी जा चुका था। कीमो ख़त्म होने के बाद पति ने एक घर किराए पर ले लिया था। वो तलाक़ चाहता था।

"मुझे मरने से बहुत डर लगता था," एमिली बोली - "अब मैं जीना सीखना चाहती हूँ।"

पति से धोखा खा चुकी एमिली को बच्चों की चिन्ता सता रही थी, आर्थिक परेशानियाँ और अकेलेपन से भी बहुत चिन्तित थी। उसे लग रहा था, जैसे किसी ने उसे पहाड़ी से धकेल दिया हो।

"मैं अभी-भी जीवन को स्वीकार नहीं कर पा रही हूँ," एमिली बोली।

एमिली के तलाक़ ने उसके काल्पनिक डर को सच्चाई में बदल दिया था। बचपन की यादों में माँ के अवसादग्रस्त होने से अकेलेपन का डर अब भी कौंध रहा था। उसके पिता इस विषय पर शान्त रहते और एमिली को ख़ुद को सँभालना पड़ा। बाद में माँ की आत्महत्या के बाद एमिली इस सच्चाई से अवगत हुई कि जिन्हें आप प्रेम करते हैं वे ग़ायब हो जाते हैं - इसे हम नकारना चाहते हैं।

उसने बताया, "मैं पन्द्रह वर्ष की उम्र से ही एक रिश्ते में थी। मैंने स्वतः से ख़ुश होना नहीं सीखा और ना ही स्वयं से प्रेम करना।" जब उसने कहा *स्वयं से प्रेम* तब उसका गला रुँध रहा था।

मैं हमेशा कहती हूँ अपने बच्चों को संस्कार और उड़ने के लिए पंख दें और हमें भी स्वयं के साथ यही करना चाहिए। आपके साथ केवल आप ही हैं। आप अकेले ही पैदा होते हैं और अकेले ही मरते हैं। इसलिए हर सुबह उठते ही आईने के सामने खड़े होकर, आँखों में आँखें डालकर बोलें, "मैं तुमसे प्रेम करता/करती हूँ," "मैं तुम्हें कभी नहीं छोड़ूँगा/छोड़ूँगी।" अपने आपको चूमें, गले लगाएँ। ऐसा करके तो देखिए।

और फिर सारा दिन अपना ध्यान रखिए, स्वयं पर गर्व कीजिए।

"लेकिन अपने पति के साथ सम्बन्धों को कैसे सुधारूँ?" एमिली ने पूछा। "जब भी हम मिलते हैं, वो शान्त और निश्चिन्त दिखता है। वो अपने निर्णय से खुश है, लेकिन मैं अपनी भावनाएँ छुपा नहीं पाती। रोने लगती हूँ। उसे देखने के बाद अपने आप पर क़ाबू नहीं रख पाती।"

"आप कर सकती हैं यदि आप चाहें तो।" मैंने उससे कहा। "लेकिन आपको ऐसा चाहना होगा। यह काम आपके लिए मैं नहीं कर सकती। मुझमें वह शक्ति नहीं है। आप में है। फ़ैसला लीजिए। आपको चीख़ने और रोने की इच्छा होगी, लेकिन ऐसा तभी करें जब यह आपके फ़ायदे के लिए हो।"

कभी-कभी केवल एक वाक्य आपको त्रासदी से बाहर निकालने के लिए पर्याप्त होता है, *क्या यह मेरे लिए अच्छा है?*

क्या किसी शादी-शुदा मर्द के साथ सोना मेरे लिए अच्छा है? क्या चॉकलेट केक का एक टुकड़ा खाना मेरे लिए अच्छा है? क्या धोखा देने वाले पति की छाती पर मुक्के मारना अच्छा है? क्या नृत्य करना मेरे लिए अच्छा है? किसी दोस्त की मदद करना? यह मुझे कमज़ोर बनाएगा है या ताक़तवर?

त्रासदी से बाहर निकलने का दूसरा रास्ता है - अकेलेपन से निपटना। हम सब इसी बात से सबसे अधिक घबराते हैं, पर जब आप अपने आप से प्यार करने लगते हैं, तब अकेले होने का मतलब अकेलापन नहीं होता।

"स्वयं से प्रेम करना आपके बच्चों के लिए भी अच्छा होता है।" एमिली से मैंने यही कहा। "जब आप उन्हें यह जताते हैं कि आप अपने आपको को नहीं खोएँगे, तो बच्चों को भी यह विश्वास हो जाता है कि वे भी कभी आपको नहीं खोएँगे। आप यहीं हैं और फिर वो अपना स्वाभाविक जीवन जीने लगते हैं। आपको चिन्ता करने की ज़रूरत नहीं पड़ती। उन्हें भी आपकी चिन्ता करने की ज़रूरत नहीं होती। सभी चिन्ताओं से मुक्त रहते हैं। बच्चों से और अपने आपसे कहिए, 'मैं हूँ यहाँ तुम्हारे पास।' ऐसा करके आप उन्हें और खुद को वह देंगी जो आपको नहीं मिला था - एक स्वस्थ माँ।"

जब हम स्वयं से प्रेम करने लगते हैं, अपने हृदय को स्वस्थ व मजबूत बनाने लगते हैं, जो कभी असम्भव लगता था। हम नई खोज करने लगते हैं। हम कहने लगते हैं, "अहा ! मैंने इस नज़र से तो पहले कभी देखा ही नहीं था।" एमिली से मैंने पूछा कि पिछले आठ महीनों में आपने क्या नई खोज की, तो उसकी आँखें चमक उठीं।

"मैंने देखा कि मेरे आसपास कितने अच्छे-अच्छे लोग हैं - मेरा परिवार, दोस्त, वे लोग जो मेरे इलाज के दौरान मेरे मित्र बने। डॉक्टर ने जब मुझे बताया था कि

मुझे कैन्सर हो गया है, तो मुझे लगा कि मेरा जीवन ही समाप्त हो गया। पर अब मैं कई लोगों से मिल चुकी हूँ। मैंने लड़ना सीख लिया है, मुझमें भी ताक़त है। यह जानने में मुझे पैंतालीस वर्ष लग गए, पर मैं भाग्यशाली हूँ कि मैं जान तो पाई। अब मेरा नया जीवन शुरू हो चुका है।"

भयानक और घोर विपरीत परिस्थितियों में भी हम ताक़त और आज़ादी पा सकते हैं। प्रिये, अपने जीवन की बागडोर सँभालो। किसी राजकुमार की प्रतीक्षा मत करो। कहीं कोई राजकुमार या राजकुमारी नहीं है। जिस प्रेम की तुम खोज कर रहे हो वो तुम्हारे भीतर ही है। लिख डालो अपने जीवन में तुम क्या पाना चाहते हो, किस तरह का जीवन जीना चाहते हो, किस तरह का जीवन-साथी चाहते हो। जब घर से बाहर निकलो तो स्वयं को करोड़पति की भूमिका में रखो। अपने जैसा संघर्ष करने वाले लोगों के समूह में रहना सीखो, जहाँ सब एकदूसरे की मदद कर सकें और अपने लिए अधिक से अधिक प्राप्त करने का प्रयास करो। जिज्ञासु बनो। आगे क्या? यह कैसे हो सम्भव हो सकता है?

हमारा मस्तिष्क हमें सुरक्षित रखने के सैकड़ों तरीक़े जानता है। पीड़ाग्रस्त होना एक लुभावनी ढाल है जिसके कारण हम यह मान बैठते हैं कि स्वयं को दोषमुक्त मानने से हमें दर्द कम होगा। जब तक एमिली खुद को पीड़ित मान रही थी, सारा दोष और ज़िम्मेदारी अपने पूर्व पति पर डाल रही थी। उत्पीड़न का शिकार होने पर हमारा ग़लत नज़रिया हमारी प्रगति को प्रभावित करता है। हम अपना नज़रिया बदलने में जितनी देर लगाएँगे, हमें परिस्थिति से बाहर आने में उतनी अधिक कठिनाई होगी।

"तुम पीड़ित नहीं हो," मैंने एमिली से कहा, "तुम वह नहीं हो जो आज हो, बल्कि यह तो तुम्हारे साथ घटित हुआ है।"

हम आहत हो सकते हैं *और* जबावदेह भी। ज़िम्मेदार *और* निर्दोष। प्रगति करने, स्वस्थ होने और आगे बढ़ते चले जाने के प्रमुख फ़ायदे हासिल करने के लिए हम विपत्ति-ग्रस्तता के दोयम दर्जे के फ़ायदों को छोड़ सकते हैं।

उत्पीड़न के दुःख से बाहर निकलने का प्रयास इसलिए करना ही चाहिए ताकि हम एक नए जीवन में प्रवेश कर सकें। बारबरा ने अपनी माँ की मृत्यु के एक साल बाद मुझसे सम्पर्क किया। लग रहा था मानो वह अपने मन में बड़ा बोझ पाले हुई थी। उसकी आँखें दुःख से बोझिल थीं।

बारबरा के अपनी माँ के साथ उसके रिश्ते बहुत उलझे हुए थे, इसलिए उसका जीवन भी उलझन भरा हुआ था। उसकी माँ रौब जमाने वाली और बहुत रोक-टोक करने वाली थी। अच्छे ग्रेड नहीं पाने पर, या ब्रेक-अप्स जैसी समस्या के लिए सीधे-

सीधे बारबरा को ही दोषी ठहराती थीं। इससे बारबरा का आत्मविश्वास डगमगा जाता था। वह अपने जीवन से त्रस्त हो चुकी थी और अपने आपको असहाय मानकर सारी उम्मीदें छोड़ चुकी थी। माँ की मृत्यु से एक तरफ़ वह उसे उसके विचित्र व्यवहार के कारण होने वाली परेशानी से मुक्त तो हो गई थी, लेकिन उसे जीवन में अस्थिरता थी और बैचेनी भी महसूस हो रही थी। कुछ ही समय पहले पीठ में घाव की वजह से उसकी कैफ़े की मनपसन्द नौकरी छूट गई थी। उसे रात में नींद नहीं आ रही थी। केवल एक ही प्रश्न दिमाग़ में घूमता रहता था - *क्या मेरा समय ख़त्म हो गया? मुझसे कहाँ चूक हो गई? मैंने ऐसा कौन-सा काम किया है, जिसके कारण मुझे याद रखा जाएगा? आख़िर, मेरे जीवन की क्या उपलब्धि है?*

उत्पीड़न के दुःख से बाहर निकलने का प्रयास इसलिए करना ही चाहिए ताकि हम एक नए जीवन में आवेश कर सकें।

बारबरा ने कहा, “मैं दुःखी, असुरक्षित और व्यग्र रहती हूँ। मेरे मन में शान्ति नहीं है।”

मैं अधेड़ उम्र की महिलाओं में यह समस्या अक्सर देखती हूँ, विशेषकर उनमें, जिन्होंने अपनी माँ को खो दिया है। मौत के कारण सम्बन्धों में भावनात्मक जुड़ाव अचानक टूट जाने से, उस कमी का पूरा होना कठिन लगता है।

“क्या तुम अपनी माँ को भुला चुकी हो?” मैंने उससे पूछा।

उसने हाँ में सिर हिलाया और रोने लगी।

आँसू अच्छे होते हैं। इसका अर्थ होता है कि हमारी भावनात्मक सच्चाई को छू लिया गया है। मेरे किसी प्रश्न से मरीज यदि रोने लगता है, तो मैं समझ जाती हूँ कि तीर निशाने पर लगा है। किसी ज़रूरी सवाल का उत्तर मिलने वाला है। मेरा अनुभव यह भी कहता है कि भावनाओं की अभिव्यक्ति जितनी सहायक है, उतनी ही संवेदनशील भी।

बारबरा ने अपना चेहरा पोंछा और लम्बी गहरी साँस ली। “मैं आपको कुछ बताना चाहती हूँ।” वह बोली। “मेरे बचपन की कुछ यादें लगातार मेरे दिमाग़ में घूमती रहती हैं।”

मैंने उसे आँखें बन्द रखकर सभी घटनाओं को, वर्तमान काल में विस्तार में बताने को कहा, मानो सब कुछ अभी घट रहा हो।

“हम तीन लोग हैं।” उसने बताना शुरू किया। “हम सब किचन में हैं। पिताजी नाश्ते की टेबल पर हैं। मेरे पास माँ और बड़ा भाई खड़े हैं। माँ नाराज़ है। वे हम दोनों को लाइन से खड़ा करके पूछ रही हैं, ‘आप दोनों मुझे पसन्द करते हो या

अपने पिता को?' पिताजी यह सुनकर चिल्लाते हैं, 'ऐसा मत करो। बच्चों के साथ यह सब मत करो।' मैं कहना चाहती हूँ कि मैं पिताजी से प्रेम करती हूँ। पिताजी की गोद में बैठकर उन्हें गले लगाना चाहती हूँ, लेकिन मैं ऐसा कर नहीं सकती। मैं ऐसा कह नहीं सकती क्योंकि माँ नाराज़ हो जाएँगी। मैं मुसीबत में फँस जाऊँगी। मैं कहती हूँ कि मुझे माँ पसन्द हैं। और अब..." यह कहते हुए बारबरा रोने लगती है। "काश! मैं अपने शब्द वापस ले पाती।"

"तुमने अपना बचाव अच्छे ढंग किया। तुमने वही किया जो तुम्हें अपने बचाव के लिए करना चाहिए था।"

"फिर मुझे इतनी तकलीफ़ क्यों होती है? यह सब मैं भूल क्यों नहीं पाती हूँ?" उसने पूछा।

"क्योंकि वह छोटी बच्ची यह नहीं समझ पाती कि अब वह सुरक्षित है। मुझे अपनी किचन में ले चलो। अब वहाँ क्या देख रही हो?"

उसने बताया कि उसके पीछे वाली खिड़की आँगन में खुलती है। वहाँ पीले फूलों की क्यारियाँ हैं। वह ओवन के बटनों को देख पा रही है।

"उस छोटी लड़की से बात करो। वह अब कैसा महसूस कर रही है?"

"मैं अपने पिता से प्रेम करती हूँ, पर कह नहीं सकती।"

"तुम शक्तिहीन हो।"

उसके चेहरे पर आँसू लुढ़क रहे थे, जिन्हें उसने अपने हाथों से पोंछा।

"तुम उस समय एक बच्ची थी। अब वयस्क हो। उस छोटी, सुन्दर-सी बच्ची के पास जाओ। उसकी माँ बनो। उसका हाथ पकड़कर कहो कि मैं तुम्हें यहाँ से ले जाऊँगी।"

बारबरा की आँखें अभी-भी बन्द थीं। उसने अगल-बगल देखा।

"उसका हाथ पकड़ो, दरवाज़े तक ले जाओ, उसे पूरे घर में घुमाओ। बच्ची से कहो कि अब तुम इस घर में क़ैद नहीं हो। तुम आज़ाद हो।"

हम बचपन में ही उत्पीड़न की क़ैद में फँस जाते हैं। कई बार ऐसा भी होता है कि जब हम वयस्क हो जाते हैं, तब भी यह क़ैद बनी रहती है। यह हमें कमज़ोर बना देती है। अपने भीतर के बच्चे को सुरक्षित होने का विश्वास दिलाकर और वयस्क जीवन की उमंग दिखाकर, हम इस क़ैद से मुक्ति पा सकते हैं।

मैंने बारबरा को घायल बच्ची का हाथ थामे रहने का आदेश दिया। उसे अपने साथ घुमाने ले जाने को कहा। पार्क में फुलवारी दिखाने को कहा। उससे प्यार करने को कहा। आइस्क्रीम या टेडीबियर दिलाने को कहा। उससे कहा कि वह बच्ची को प्रसन्न और सुरक्षित महसूस कराने वाली हर बात करे। "और फिर समुद्र के किनारे

ले जाकर रेत से खेलना सिखाओ। उससे कहो, 'हम साथ-साथ हैं और अब हम नाराज़ होने वाले हैं।' उसके साथ रेत में खेलो। चीख़ो, चिल्लाओ। अब उसे घर वापस लाओ लेकिन किचन में नहीं, अभी तुम जहाँ रहती हो वहाँ। जहाँ रहकर तुम हमेशा उसकी देखभाल कर सको।"

बारबरा की आँखें अभी भी बन्द थीं, लेकिन चेहरा शान्त था। आँखों में अब भी कुछ परेशानी झलक रही थी।

"छोटी बच्ची किचन में क़ैद थी और बाहर आने में उसे तुम्हारी मदद की ज़रूरत थी। तुमने उसे मुक्त किया।" मैंने कहा।

उसने धीरे से सिर हिलाया लेकिन चेहरे पर तनाव की कुछ रेखाएँ अब भी बाक़ी थीं।

किचन में उसका काम अभी ख़त्म नहीं हुआ था। कुछ और लोगों को रिहा करना बाक़ी था।

मैंने कहा, "तुम्हारी माँ को भी तुम्हारी मदद की ज़रूरत है। वह अब भी किचन में खड़ी हैं। उनके लिए दरवाज़ा खोलो। उनसे कहो अब हम दोनों के आज़ाद होने का समय आ गया है।"

बरबरा ने देखा कि अब वो पिताजी के पास जा रही है, जो नाश्ते की टेबल पर शान्त बैठे हैं और उनके गालों पर आँसू बह रहे हैं। बारबरा ने उनके माथे को चूमा और उनके लिए अपना प्यार ज़ाहिर किया, जैसा वह बचपन में करती थी। उसके बाद माँ के पास गई। उनके कन्धे पर हाथ रखा, उनकी दुःखी आँखों में देखा, खुले दरवाज़े की तरफ इशारा किया जहाँ से बगीचे की हरियाली नज़र आ रही थी। बारबरा ने जब आँखें खोलीं तो उसका चेहरा तनावमुक्त था, लग रहा था कि कन्धों का बोझ हल्का हो गया है।

उसने कहा, "धन्यवाद।"

अपने आपको क़ैदमुक्त करने का मतलब है - हमने उन्हें भी मुक्त कर दिया है जिन्हें हम दोषी मान रहे थे।

इस उपाय को आज़माने का अवसर मुझे कुछ महीने पहले ही मिला, जब मैं यूरोप के दौरे पर थी और अपनी बेटी ऑड्री को भी साथ चलने का न्योता दिया था। ऑड्री जब मिडिल और हाईस्कूल में थी तो सुबह पाँच बजे उठकर तैराकी के लिए जूनियर ओलिम्पिक्स के प्रशिक्षण के लिए जाती थी। क्लोरीन के लगातार सम्पर्क में रहने उसके बालों पर प्रभाव दिखता था। टेक्सास और साउथवेस्ट में तैराकी के उत्सवों में उसके पिता उसके साथ रहते थे। इस तरह से बेला और मैं अपने भविष्य और

तीन बच्चों की देखभाल की ज़िम्मेदारियाँ निभा रहे थे। हमने अपनी ज़िम्मेदारियाँ बाँट रखी थीं। इस कारण ज़िन्दगी के कुछ पल हमसे छूट भी गए। ऑड्री के साथ सफ़र, उसके बचपन के दिनों की भरपाई नहीं कर सकता। लेकिन अपने नए रिश्ते का स्वागत करने का यह अच्छा मौक़ा था। इसके अलावा, अब मुझे एक संरक्षिका की ज़रूरत थी!

हम पहले नीदरलैंड और फिर स्विट्ज़रलैंड गए, जहाँ हमने वैसी ही मीठी और स्वादिष्ट नेपोलियन पेस्ट्री खाई जैसी रात में बिलियर्ड्स खेलकर लौटते हुए पिताजी मेरे लिए लाया करते थे। युद्ध के बाद मैं कई बार यूरोप गई, लेकिन अब की बार यह सफ़र बहुत सुकून देने वाला रहा। मेरे बचपन और मेरी त्रासदी के बहुत क़रीब, शानदार बेटी के साथ अपनी चुप्पी और बातें साझा करना। विशेषकर, लोगों को मानसिक सम्बल देने वाले वक्ता के रूप में अपना नया भविष्य बनाने की योजना के बारे में जानकर अच्छा लगा। एक रात, लोज़ैन के बिज़नेस स्कूल में दुनिया-भर के प्रबंधकों से खचाखच भरे हॉल में भाषण देने के बाद, एक श्रोता के प्रश्न ने मुझे अचम्भित कर दिया, "ऑड्री के साथ सफ़र करना कैसा लग रहा है?"

मैं इस विशेष अनुभव को व्यक्त करने के लिए शब्द खोजने लगी। मैंने कहा कि मँझले बच्चे की तरफ़ परिवार का ध्यान अक्सर कम जाता हैं। ऑड्री की भी ज़्यादा देखभाल उसकी बड़ी बहन मरिआना ने की है। मैं उसके छोटे भाई जॉन के साथ एल पासो और बाल्टीमोर के इर्द-गिर्द उन लोगों की थेरैपी में व्यस्त थी। जॉन टेक्सास में कॉलेज की पढ़ाई में व्यस्त था और पहले दस अच्छे विद्यार्थियों में गिना जाता था और अब एक सिविक लीडर है और अक्षम लोगों की मदद करता है। मैं भाग्यशाली हूँ कि उसे हमेशा हस्तक्षेप और सहायता का लाभ मिला, लेकिन इस बात का दुःख भी रहा कि जॉन की तरफ़ अधिक ध्यान देने की वजह से ऑड्री के बचपन की आवश्यकताओं के साथ मैं न्याय नहीं कर पाई। इसके पीछे मरिआना और ऑड्री में छह साल का अन्तर और मेरी त्रासदी एक बड़ा कारण रहे। सब के सामने इस सच को अचानक बता देना मेरे लिए पीड़ादायक है, लेकिन इसे स्वीकारना और क्षमा माँगना अच्छा लगता है।

अगले दिन एयरपोर्ट पर ऑड्री से मेरी अजीब तरीक़े से बहस हो गई।

वह बोली, "अब मुझे अपनी पहचान बदलनी होगी। मैं स्वयं को उत्पीड़ित नहीं मानती। आपको मुझे उस नज़र से देखना बन्द करना पड़ेगा।"

स्वयं का बचाव करने के प्रयास में मैं असहज हो गई। मेरी धड़कन बढ़ने लगी। मुझे लगा ऑड्री को तो मैं संकट से उबर चुके व्यक्ति के रूप में प्रदर्शित कर रही हूँ ना कि पीड़ित की तरह, पर वह पूरी तरह सही थी। मैंने अपने अपराध को छुपाने के लिए उसे उपेक्षित बच्ची सिद्ध कर दिया। मैंने अपने आप ही सबकी

भूमिका तय कर दी - मैं उत्पीड़क, ऑड्री उत्पीड़ित और मरिआना रक्षक (या इसी कहानी का दूसरा रूप - जॉन उत्पीड़ित, मैं रक्षक और बेला, जिससे मैं उन दिनों नाराज़ थी, उत्पीड़क।) हम रिश्तों और परिवारों के आगे पीड़ित व्यक्ति को भूल जाते हैं। लेकिन उत्पीड़क नहीं हो तो पीड़ित कहाँ होता है? जब हम पीड़ित बने रहते हैं, या किसी और को उस भूमिका में डालते हैं, तो हम नुक़सान को सुदृढ़ और स्थाई ही करते हैं। ऑड्री की चर्चा करते समय उसके विकास करते रहने को *मैं भूल गई।* उसकी स्वयं की रक्षा करने की ताक़त को कम आँकती रही, हर अनुभव को विकास के एक अवसर की नज़र से देखने की शक्तियों को नज़रअंदाज़ करती रही। दूसरी तरफ़ मैं स्वयं को अपराध-बोध की क़ैद में डाल रही थी।

1970 के मध्य में, विलियम बोमॉन्ट आर्मी अस्पताल में, पहली बार पीड़ित होने की जगह आज़ाद महसूस करने के भाव में जीने का प्रत्यक्ष उदाहरण पेश हुआ। एक दिन मुझे दो नए वियतनामी मरीजों की देखभाल की ज़िम्मेदारी मिली। दोनों को रीढ़ की हड्डी के निचले भाग में चोट की तकलीफ़ थी, जिसके कारण उनके चल पाने की सम्भावना कम ही थी। दोनों को एक जैसी लक्षण थे, एक जैसी पीड़ा भी। उनमें से एक तो गर्भ में पल रहे बच्चे की तरह बदन को सिकोड़ कर बिस्तर पर पड़े-पड़े गुस्से में ईश्वर और देश कोसता रहता था, जबकि दूसरे मरीज को बिस्तर पर पड़े रहना पसन्द नहीं था। व्हील चेयर पर बैठ कर मुझसे कहता, "मैं हर चीज़ को एक नई नज़र से देख रहा हूँ। मेरे बच्चे कल मुझसे मिलने आए थे। अब जब मैं व्हील चेयर में हूँ, मैं उनके क़रीब हूँ।" वह अपनी शारीरिक अक्षमता से प्रसन्न नहीं था। वह अब शादी-शुदा ज़िन्दगी के सुख से वंचित था, अपनी बेटी के साथ दौड़ नहीं पाएगा, अपने बेटे की शादी में नाच नहीं पाएगा, लेकिन इस बात से ख़ुश था कि चोट के कारण जीवन को एक नई नज़र से देख पा रहा है। अब वह अपनी चोट को अभिशाप या वरदान के रूप में देखने का चुनाव कर सकता था।

चालीस वर्षों से भी अधिक अरसे के बाद, 2018 में, मेरी बेटी मरिआना ने भी ऐसा ही एक चुनाव किया था। वह, अपने पति रॉब के साथ इटली के सफ़र के दौरान सीढ़ियों से फिसलने के कारण उसे सिर और दिमाग़ में गम्भीर चोट आई। दो सप्ताह तक तो हम उसके बचने की आशा ही नहीं कर रहे थे। सोचते थे कि अगर बच भी गई तो उसकी हालत कैसी होगी, क्या वो बोल पाएगी? क्या अपने बच्चों को पहचान पाएगी? अपने तीन ख़ूबसूरत पोतों, अपने पति, बहनों या मुझे पहचान पाएगी? उन असह्य दिनों में, जब मरिआना जीवन से संघर्ष कर रही थी, मेरा हाथ बार-बार एक ब्रेसलेट को छू रहा था जो बेला ने मुझे उसके जन्म पर दिया था। यह ब्रेसलेट तीन तरह के सोने का बना था। 1949 में, हम जब चेकोस्लोवाकिया जा रहे

थे, तब इस ब्रेसलेट को मैं मरिआना के कपड़ों छुपा कर, चोरी से ले गई थी। तभी से मैं इसे बुरी नज़रों से बचने के लिए, तावीज़ की तरह रोज़ पहनती हूँ ताकि मौत और विनाश से बच सकूँ। यह मुझे इस बात की याद दिलाता है कि मेरे पास ऐसी कोई चीज़ है जो विपरीत परिस्थितियों में मेरी रक्षा करती है।

मेरे लिए डर और शक्तिहीनता से बड़ी कोई मनोभावना नहीं है। मरिआना का साथ छूटने की तकलीफ़ से बड़ा कोई डर नहीं था। मैं उसकी पीड़ा से बहुत दुःखी थी। उसकी जान बचाने और कुछ बुरा घटित होने से रोकने का कोई निश्चित *उपाय* नहीं था। जब मेरा डर बढ़ने लगता तब मैं हंगेरियन नाम, “मारचुका, मारचुका” को किसी प्रार्थना की तरह दोहराने लगती थी। मुझे याद था कि मैं ऑश्वित्ज़ में जोसेफ़ मेंगले के सामने नृत्य करते हुए इसे ही दोहराती थी। मैंने अपने भीतर एक अभयारण्य बना लिया था, एक ऐसी जगह जहाँ डर और अनिश्चितता से मैं सुरक्षित रह सकूँ।

मरिआना चमत्कारिक रूप से बच गई। उसे चोट के बाद का पहला सप्ताह याद नहीं था। अच्छा इलाज, पति का सहयोग और परिवार की उपस्थिति के अलावा उसकी आन्तरिक शक्ति से धीरे-धीरे उसे शारीरिक ताक़त मिलने लगी, अब वह बच्चों को उनके नाम से भी पहचानने लगी थी। शुरुआत में उसे स्वाद का पता नहीं चलता था और निगलने में भी दिक़्क़त होती थी। मैं लगातार उसे उसकी पसन्द का खाना बनाकर खिला रही थी। एक दिन उसने मुझे आलू का एक विशेष व्यंजन - ट्रेपांका बनाकर खिलाने को कहा, इसे चेक किसान अक्सर बड़े चाव से खाते हैं। इस व्यंजन को मैं मरिआना के गर्भ में रहने के समय खाया करती थी। आज उसे खाते हुए देखकर मैं आश्वस्त हुई कि अब वह ठीक हो रही थी।

डेढ़ साल के भीतर मरिआना स्वस्थ होकर, पहले की ही तरह अपने कामों को पूरी क्षमता, लगन और प्रेम से करने लगी।

हालाँकि, मरिआना के स्वस्थ होने के बाद भी उसके जीवन के कई पक्ष ऐसे थे, जो उसके नियंत्रण में नहीं थे और ना ही इस बारे में उसे बताया जा सकता था। लेकिन, सामान्य जीवन जीने का उसका चुनाव ही एक बहुत बड़ी शक्ति की तरह काम कर रहा था। जब आप असहाय स्थिति में, सीमित ऊर्जा में रहते हैं, तब अपना समय व्यतीत करने के तरीक़े का चुनाव बहुत महत्त्वपूर्ण होता है। मरिआना ने एक विजेता की तरह सोचने का निर्णय लिया था। उसने अपनी प्रगति के लिए उठाए जाने वाले आवश्यक क़दमों पर विशेष ध्यान दिया, शरीर द्वारा आराम माँगने की गुहार सुनती थी। उसको स्वस्थ बनने में मदद करने वाले सभी लोगों का वह आभार मानकर उन्हें धन्यवाद देती थी। सुबह उठकर स्वयं से पूछती, “आज मुझे किस समय व्यायाम करना है? किन योजनाओं पर मुझे काम करना है? अपनी सेहत का ध्यान रखने के लिए मुझे क्या-क्या करना है?”

हमारा नज़रिया ही सब कुछ नहीं होता। हम केवल बाहरी मेहनत से अपने दुःख-परेशानियों को कम नहीं कर सकते। हमारी सेहत पर इस बात का भी विशेष प्रभाव पड़ता है कि हम अपना समय किस तरह व्यतीत करते हैं और हमारी मानसिक स्थिति कैसी है। हम जो कुछ महसूस कर रहे हैं यदि उसके विपरीत दिशा में कार्य करने लगते हैं तो हम अपनी प्रगति को भी अवरुद्ध कर रहे होते हैं। बजाय इसके, हमें अपने भीतर के सुधारों को महसूस कर उनके साथ बेहतर ढंग से जीने का अभ्यास करना चाहिए।

यह तरीक़ा विशेषकर तब काम आता है, जब इलाज के दौरान अचानक दुविधाएँ खड़ी हो जाती हैं। मस्तिष्क सम्बन्धित बीमारियों में मरीज सभी कामों को पहले जैसी क्षमता और उसी रफ़्तार से नहीं कर पाता। मरिआना आज भी स्नायु सम्बन्धित समस्याओं को सामान्य करने के लिए मेहनत कर रही है। वह थोड़ा-सा चलने और देर तक खड़े रहने से थक जाती है। बात करते समय शब्दों का चयन करने में मुश्क़िल होती है। इलाज के शुरुआती दिनों को छोड़ दें, तो उसकी बाक़ी याददाश्त अच्छी है। जिन देशों की उसने यात्राएँ की हैं उनके और सब्ज़ियों के नाम भी उसे याद हैं। पहले जिन कामों को वह आसानी से कर लेती थी, अब उन्हें करने के नए तरीक़े खोज लिए हैं। भाषण लिखते समय पहले जैसा कौशल दिखाने के लिए मस्तिष्क पर ज़ोर लगाना पड़ता है। अब उसे घटनाओं के उल्लेख और विवरण के साथ पूरा भाषण लिखना पड़ता है।

सबसे रोचक बात यह है कि मरिआना कुछ अन्य काम भी निपुणता और आसानी से कर लेती है। वो एक अच्छे ख़ानसामे के रूप में जानी जाती है और सैन डियागो के एक अख़बार में स्तम्भ भी लिखा करती थी। चोट के बाद उसे एक बार फिर से खाना बनाना सीखना पड़ा। इस प्रयास में उसने कई नए व्यंजन ईजाद कर लिए। साथ ही पुराने काम को नए तरीक़े से करने लगी है। वह रॉब के साथ अब मैनहट्टन में रहती है, लेकिन वे लोग गर्मियों का अधिकतर समय ला जोला में बिताते हैं, जहाँ मैं रहती हूँ। मरिआना रात के खाने में मेरे लिए चेरी सूप बनाना चाहती थी, जो उसने एक बार न्यू यॉर्क में बनाया था। वह बाज़ार से खट्टी चेरियाँ लाईं और हंगेरियन व्यंजन बनाने की दो किताबों को भी बार-बार पढ़ा। उसने सूप को गर्म की बजाय ठंडा बनाया और उसमें तीन तरह के फल भी डाले। यह बहुत स्वादिष्ट बना था। उसकी बीमारी ने उसे कामों को नए तरीक़े से करने के लिए प्रेरित किया था।

मैं मरिआना की आँखों में उन कामों को करते हुए थकान देख पाती थी, जिन्हें वो कभी बड़ी आसानी से कर लेती थी। अच्छी बात यह है कि वो धीरे-धीरे इसकी आदी होते जा रही थी।

“बहुत मज़ा आ रहा है लेकिन मुझे लगता है कि अब मैं अलग तरह की बुद्धिमानी से जीने लगी हूँ।” उसने कहा। उसके चेहरे पर ठीक बचपन जैसी खुशी थी, जैसी उसे पहली बार पढ़ना सीखने पर मिली थी। “यह बहुत रोमांचक है।”

> **हर आपदा कुछ अच्छे बदलाव का संकेत देती है।**

ऐसे अनुभव इस तरह के रोगियों में असामान्य नहीं हैं। मरिआना के न्यूरोलॉजिस्ट ने बताया कि उनके कई मरीज जिन्हें पेन्टिंग नहीं आती थी, मस्तिष्क के ऑपरेशन के बाद अच्छी तसवीरें बनाने लगे। मस्तिष्क की नसों के अवरोध में सुधार होने से मरीज को ऐसी कई सम्भावनाओं का पता चलता है जिसके बारे में उन्होंने कभी सोचा भी नहीं था।

कैसा अद्‌भुत अनुभव - जो घटना हमारे जीवन में प्रगति की बाधक बनती है, वहीं से नई सम्भावनाओं का जन्म होता है। वे उभरते हुए स्व के लिए उत्प्रेरक भी हो सकते हैं। ऐसे उपाय हमें होने का एक नया तरीक़ा दिखाते हैं, जो हमें नई दृष्टि से सम्पन्न करते हैं।

इसी वजह से मैं कहती हूँ कि हर आपदा कुछ अच्छे बदलाव का संकेत देती है। भयानक हादसे होते हैं। हम टूट जाते हैं, जीवन नर्क बन जाता है और फिर यहीं से नए अवसरों के द्वार खुलते हैं। हम जो चाहते हैं उसकी योजना बनाते हैं। घटनाओं के प्रति हमारी प्रतिक्रिया सकारात्मक होने से आगे बढ़ने की ऊर्जा मिलती है और हम क़ैद से आज़ादी की तरफ़ चल पड़ते हैं।

अक्षमता की क़ैद से बाहर निकलने के सूत्र :

- ***वह तब हुआ था, अब सब बदल गया है।*** *अपने बचपन या वयस्क अवस्था का कोई क्षण याद कीजिए जब आप किसी की छोटी या बड़ी हरक़त से दुःखी हुए थे। किसी ख़ास क्षण को ही याद कीजिए। कल्पना कीजिए आप उस घटना को प्रत्यक्ष जी रहे हैं। घटना की हर बारीक़ी को याद करें - दृश्य, आवाज़, गन्ध, शारीरिक स्पर्श आदि। अब दृश्य अपना वर्तमान देखें। अब अपने पुराने स्वरूप का हाथ थामें। अपने पुराने रूप को दृश्य से बाहर निकालें। स्वयं से कहें, "मैं आ गया/गई हूँ। यहाँ से बाहर निकालकर तुम्हारी देखभाल करूँगा/करूँगी।"*

- ***हर आपदा एक विशेष बदलाव का संकेत देती है।*** *उस व्यक्ति या परिस्थिति को एक पत्र लिखें, जिसके कारण आप वर्तमान या अतीत में आहत हुए थे। आपके साथ जो हुआ उसे ठीक वैसा ही लिखें या आप जिस बात से दुःखी हुए हैं - शब्दशः वही लिखें। शब्दों, हरक़तों या घटना से आप किस तरह आहत हुए, उसका उच्चारण करें। इसके बाद एक और पत्र उसी व्यक्ति या परिस्थिति को दोबारा लिखें, लेकिन इस बार धन्यवाद पत्र लिखें जिसमें उन्हें इस बात के लिए आभार जताएँ कि उनकी वजह से आपके जीवन में उन्नति हो रही है। पत्र लिखने का आशय, उन पर प्रेम प्रदर्शित करना नहीं होना चाहिए, ना ही स्वयं पर घटना से हुए दुःख को कम करने का दबाव डालना चाहिए। यह ज़ाहिर करें कि जो कुछ हुआ वह सही नहीं था और मैं आहत हुआ। महसूस करें कि शक्तिहीन होने का भाव धीरे-धीरे आपको शक्तिशाली बना रहा है।*

- ***अपनी आज़ादी का जश्न मनाएँ।*** *एक विज़न बोर्ड बनाएँ जिसमें अपनी भविष्य की योजनाओं के दृश्य को चित्रित करें। पुस्तकों, कैलेंडर आदि से चित्र काटकर चिपकाएँ। इसका कोई विशेष नियम नहीं है। बस, यह सब आपको अच्छा लगना चाहिए। तात्पर्य यह है कि आपकी भविष्य की योजनाओं का चित्र हमेशा आपकी आँखों के सामने रहना चाहिए। (इसका अभ्यास अपने मित्रों और ढेर सारे अच्छे खाने के साथ भी कर सकते हैं!) यह एक प्रभावशाली प्रक्रिया है। इस कलाकृति का अनुसरण करते रहें।*

2

ऑश्वित्ज़ में प्रोज़ैक नहीं

आज़ादी से आनाकानी की क़ैद

हम बाल्टीमोर में एक छोटे घर में रहते थे। पाँच साल की मरिआना एक दिन स्कूल से रोती हुई घर लौटी। उसे जन्मदिन की एक पार्टी में आमंत्रित नहीं किया गया था। वह बहुत दुःखी थी और उसका चेहरा आँसुओं से तर था। उसे कैसे समझाऊँ, सँभालू, सब कुछ मेरी समझ से परे था। उन दिनों मैं अपना अतीत भूल चुकी थी। ऑश्वित्ज़ की बातें कभी नहीं करती थी। मेरे बच्चों को भी मेरे अतीत के बारे में तब तक मालूम नहीं हुआ था, जब तक मिडिल स्कूल में पढ़ने वाली मरिआना ने मेरी एक पुस्तक नहीं पढ़ ली। उसमें हमारे सर्वनाश की कहानी लिखी थी। उसने अपने पिता को भुखमरी के उन चित्रों दिखाकर उस त्रासदी के बारे में जानना चाहा। पिता के यह बताने पर कि मैं भी वहाँ पर एक क़ैदी की तरह रह चुकी थी, मेरा दिल टूट गया और मैं रो पड़ी। मैं बाथरूम में जाकर छुप गई। समझ ही नहीं पा रही थी कि अपनी बेटी से कैसे आँखें मिला पाऊँगी।

मरिआना जब किंडरगार्टन से रोती हुई लौटी तो मैं बहुत असहज और दुःखी हो गई। मैं उसका हाथ थामकर किचन में ले गई और उसके लिए मिल्कशेक बनाया। उसे सात परतों वाला हंगेरियन चॉकलेट केक भी खिलाया। यही मेरा उपाय है - कुछ मीठा खाएँ। कुछ अच्छा खाकर अपनी असहजता को दूर भगाएँ। (भोजन मेरे हर सवाल का जवाब था - ख़ासकर हंगेरियन चॉकलेट, बिना नमक वाले मक्खन के साथ।)

तब तक मुझे यह पता नहीं था, पर हम बच्चों को तक़लीफ़ों से दूर रखकर उन्हें कमज़ोर बना देते हैं। उन्हें यह सिखाते हैं कि भावनाएँ ग़लत और डरावनी होती हैं, लेकिन भावना तो केवल भावना ही होती है। वे सही या ग़लत नहीं होतीं। भावना केवल मेरी या तुम्हारी होती है। हमें, सभी को अपनी भावनाएँ व्यक्त करने

का अवसर देना चाहिए। उनसे कहना चाहिए, “और कुछ बताओ।” मेरे बच्चे जब भी उदास होते थे, मैं उनसे यह कहने से बचती थी। यह कहकर बात टाल देती थी, “मैं समझती हूँ तुम्हें कैसा महसूस हो रहा होगा।” यह ग़लत है। ऐसा करके आप कभी नहीं जान पाते कि उसे कैसा लग रहा होगा। दूसरों को सान्त्वना देते समय उसके जीवन को अपना मत समझें। ऐसा करना उसके अनुभवों पर डाका डालने जैसा तो है ही, साथ ही उसकी प्रगति में बाधक भी।

मैं अपने मरीजों को याद दिलाती रहती हूँ, अवसाद का उलट है *अभिव्यक्ति*।

यदि आप व्यक्त करते हैं तो आप बीमार नहीं पड़ते, बल्कि अभिव्यक्त नहीं करने से नुक़सान होता है।

अभी हाल ही मैंने एक ख़ूबसूरत इंसान से बातचीत की, जो कैनेडियन अनाथ बच्चों को परामर्श देता है। उन्हें उनके परिवार के खो जाने के दुःख से बाहर निकलने में मदद करता है ताकि उनमें सुरक्षा का भाव पैदा हो। मैंने उससे पूछा कि किस प्रेरणा से वह ऐसा कर रहा है? उसने कैन्सर से मरने जा रहे अपने पिता से हुई बातचीत का उदाहरण दिया। उसने अपने पिता से पूछा, “आपको कैन्सर क्यों हो गया।” पिता बोले, “क्योंकि मैंने कभी रोना नहीं सीखा।”

बेशक, हर व्यक्ति की सेहत का निर्धारण कई बातों से होता है और हम किसी और को इन बातों के लिए दोष देकर अपना नुक़सान करते रहते हैं। मैं पूरे भरोसे के साथ कह सकती हूँ कि जब हम अपनी भावनाओं को व्यक्त नहीं करते तो हमारे भीतर ही दबे रह जाते हैं जिससे हमारे शरीर का रसायन-तंत्र बिगड़ जाता है। दबी भावनाएँ हमारी कोशिकाओं पर प्रहार करती हैं और हम बीमार हो जाते हैं। हंगरी में एक कहावत मशहूर है, “गुस्से को अपने सीने में थाम कर मत रखो।” भावनाओं को अपने भीतर दबाए रखना ख़तरनाक हो सकता है।

भावनाओं से खुद का या दूसरों का बचाव करना लम्बे समय तक काम नहीं करता। अधिकतर को बचपन से ही अपनी भावनाओं को नज़रअंदाज़ सीख दी जाती है। दूसरे शब्दों में अपने वास्तविक स्वरूप को नकारना। बच्चा कहता है, “मुझे स्कूल से नफ़रत है।” पिता जवाब देता है, “नफ़रत एक कठोर शब्द है।” या “नफ़रत मत बोलो।” बच्चा खेलते हुए गिर कर घुटनों में चोट लगा लेता है। बड़ा बच्चा कहता है, कोई बात नहीं। तुम ठीक हो! बच्चों को किसी चोट या कठिन परिस्थिति से उबारते समय बड़ों को सावधानी बरतनी चाहिए। बच्चों को बताना चाहिए कि कुछ ऐसी बातें हैं, जिन्हें वे महसूस कर सकते हैं, पर दूसरे नहीं। ऐसा होना ग़लत नहीं है। कई बार सूक्ष्म तरीक़े से भी भावनाएँ नियंत्रित की जाती हैं जैसे, *चुप हो जाओ! बच्चों की तरह मत रोया करो।*

बच्चे हमारा कहना तो कम ही मानते हैं, पर जो हम करते हैं उसे देख कर सीखते अवश्य हैं। यदि बड़े घर के माहौल को ऐसा बनाकर रखते हैं, जहाँ गुस्सा जताना मना है, या उसे हानिकारक तरीक़े से बाहर निकाला जाता है तो उससे बच्चे यही सीखते-समझते हैं कि उग्र भावनाएँ जताने की अनुमति नहीं है, या वे हानिकारक होती हैं।

हम में से कई लोग भावनाओं पर विचार करने की जगह उन पर प्रतिक्रिया देने लगते हैं। हम उन्हें या तो छुपाना सीख जाते हैं, उनके इलाज में जुट जाते हैं या फिर उनसे दूर भागने लगते हैं।

एक सुबह मेरे मरीज मित्र ने फ़ोन किया जो नुस्ख़े में लिखी गई कुछ दवाओं के आदी थे। वह बोले, “डॉक्टर ईगर, कल रात मैंने देखा कि ऑश्वित्ज़ में प्रोज़ैक (मस्तिष्क में सेरोटोनिन रसायन को नियंत्रित करने वाली दवा) ख़त्म हो गई है।” मैं सदमे में आ गई। अपना इलाज स्वयं करने और डॉक्टर की निगरानी में रहकर दवाएँ लेने में अन्तर होता है। यह एक अच्छा संकेत था कि मेरा मित्र अपनी स्थिति से बाहर आने का प्रयास कर रहा था, लेकिन वह उन दवाओं का उपयोग कर रहा था, जिसकी उसे आवश्यकता नहीं है।

ऑश्वित्ज़ में हमें कुछ भी आसानी से नहीं मिला था। यातना, भूख और आसन्न मौत की वास्तविकता को भूलने का कोई रास्ता नहीं था। हमें अपनी देखभाल करना सीखना पड़ा।

मैं कैम्प में कभी नहीं रोई। मैं अपनी रक्षा के प्रयास में ही व्यस्त रहती थी। भावनाओं के लिए कोई जगह नहीं थी। वर्षों तक मैं उपेक्षा करते हुए करके उनसे भागती रही।

युद्ध के तीस वर्षों बाद, अमेरिकन मिलिट्री में बतौर ट्रॉमा स्पेशलिस्ट काम करते हुए मुझे युद्ध बंदियों की सलाहकार समिति (प्रिज़नर ऑफ़ वार कमेटी) में कार्य करने का आदेश आया। मैं जब भी समिति के काम से वाशिंगटन डी.सी. जाती, मुझसे हर बार कोई न कोई यह सवाल अवश्य पूछता था कि मैं होलोकास्ट मेमोरियल म्यूजियम में गई या नहीं। मैं तो वैसे ही ऑश्वित्ज़ से लौटी थी। मैं उस ज़मीन पर खड़ी रह चुकी थी, जहाँ पर मेरे अपने माता-पिता को, अपनी आँखों के सामने, खुले आसमान के नीचे, राख़ का ढेर बनते देखा था। वह दृश्य मुझे आज भी याद है। मैं भला म्यूज़ियम क्यों जाती? *हाँ गई थी,* मैंने सोचा। समिति में मैंने छह साल काम किया और इस दौरान म्यूज़ियम में जाने का विचार टालती रही। एक सुबह जब मैं मीटिंग वाले कमरे में बैठी थी,

आप उस दर्द का इलाज नहीं कर सकते, जिसे आप महसूस नहीं करते।

अपने सामने एक पट्टी पर अपना नाम लिखा हुआ देखा। मुझे अहसास हुआ कि वो तब था, अब यह है। मैं डॉक्टर ईगर हूँ। मैंने कर दिखाया।

मैं तब तक म्यूज़ियम में जाना टालती रही, जब तक मैंने अपने आपको आश्वस्त नहीं कर लिया कि मैं अब उन हालात से बाहर निकल चुकी हूँ, और अब भूतकाल लौटकर नहीं आने वाला। मैं म्यूज़ियम में जाना टाल तो रही थी और ख़ुद को आज़ाद महसूस भी करती रही, लेकिन मन का एक हिस्सा अब भी वहाँ अटका हुआ था। मेरा एक हिस्सा अब भी क़ैद में था।

आख़िरकार, मैंने अपनी पूरी हिम्मत जुटाई और म्यूज़ियम देखने पहुँच गई। वहाँ का हर क्षण दुःखदाई था। वहाँ पर मैं मई 1944 में ऑश्वित्ज़ प्लेटफ़ॉर्म के कुछ चित्रों देखकर अभिभूत हो गई। मेरी तो साँसें ही थम गईं। इसके बाद मैं जर्मनी की जानवरों को ढोने वाली गाड़ी की प्रतिकृति को भीतर से देखा। आप इसके भीतर जा कर देख सकते हैं कि कितनी छोटी और अँधेरी जगह थी। लोग इसमें लगभग एक दूसरे पर लदकर बैठते थे। कल्पना कीजिए, एक बाल्टी पानी का उपयोग लगभग सौ लोग किस तरह करते होंगे, बिना रुके दिन-रात की यात्रा और बासी ब्रेड का एक पैकट आठ से दस कैदियों को बाँटकर खाना पड़ता था। मैं गाड़ी के बाहर जड़वत खड़ी रही। मेरे पीछे लोगों की क़तार मेरे भीतर प्रवेश करने की शान्तिपूर्वक प्रतीक्षा कर रही थी। जैसे-तैसे हिम्मत जुटाकर एक-एक क़दम आगे बढ़ाते हुए मैंने उस सँकरी गाड़ी में प्रवेश किया।

भीतर, मैंने भय और आतंक की लहर को महसूस किया। ऐसा लगा उल्टी हो जाएगी। मैं उन दिनों की कल्पना करने लगी जब माता-पिता जीवित थे। मुझे पटरियों से गुज़रती गाड़ी के पहियों की आवाज़ सुनाई दे रही थी। मैं तब सोलह बरस की थी। नहीं जानती थी कि हम ऑश्वित्ज़ जा रहे हैं। मुझे क्या पता था कि जल्द ही मेरे माता-पिता की हत्या कर दी जाएगी। मुझे अनिश्चितता और कठिनाइयों से बचकर निकलना होगा। आज अपनी यादों में उन दिनों को जीने से, वे पुराने दिन काटना आरामदायक लग रहा था। अब मुझे वह सबकुछ महसूस करना था। मैं रो रही थी। वहाँ बैठे-बैठे समय का पता ही नहीं चला। लोग आते-जाते रहे। एक घण्टे से अधिक का समय कब गुज़र गया, पता ही नहीं चला।

बाहर निकलने के बाद मुझे अलग तरह की अनुभूति हो रही थी, हल्कापन महसूस कर रही थी। ख़ाली-सा लग रहा था। फिर भी सारे दुःख और डर अभी गए नहीं थे। हर तसवीर में स्वस्तिक का निशान, अफ़सरों की घूरती निगाहें देखकर मैं कराहने लगती थी। लेकिन मैं अपने अतीत में गई, उन भावनाओं का सामना किया जिनसे मैं बरसों से भागती फिर रही थी।

अपनी भावनाओं को व्यक्त नहीं करने कई कारण हो सकते हैं : जैसे ऐसा करना हमारे लिए असुविधाजनक हो सकता है, उन्हें हम दिल में रखना पसन्द नहीं करते, दूसरों को तकलीफ़ होने का डर, वे हमारे बारे में क्या सोचेंगे, हमने अपनी प्रगति के लिए जो रास्ता चुना है कहीं उसके बारे में लोगों को मालूम हो जाए, आदि।

लेकिन, कब तक हम अनुभूतियों को दबाकर रखेंगे, सच्चाई से दूर भागते रहेंगे। अगर आप यह कहते हैं, "इस विषय पर मैं सोचना नहीं चाहता/चाहती", मेरा दावा है कि आप इस विषय में ही सोच रहे होते हैं। इसलिए अनुभूतियों के साथ संवाद करें और निर्णय लें कि आप कब तक इनके साथ ही रहना चाहते हैं। आप कोई नाजुक वस्तु तो हैं नहीं। हर सच्चाई का सामना करना अच्छी बात है। खुद से ही छिपते फिरना और जूझना बन्द करें। याद रखें - अनुभूति केवल अनुभूति ही है, आपकी पहचान नहीं।

सोलह वर्ष पहले, सितम्बर महीने के किसी एक दिन कैरोलीन कैनाडा के एक शहर में कपड़े धोने की तैयारी कर रही थी। अचानक दरवाज़े पर किसी ने दस्तक दी। वह उसके पति का चचेरा भाई, माइकल था। उसकी उम्र चालीस के आसपास थी। वह कई परेशानियों से जूझ रहा था - चोरी, छोटे-मोटे अपराध, नशे की लत - और अब यह सब छोड़ कर दूसरी पारी की तैयारी कर रहा था। हाल ही में माइकल अपनी महिला मित्र के साथ रहने लगा था। कैरोलीन और उसके पति मिलकर एक अच्छे वातावरण में, नया जीवन शुरू करने में उसकी मदद कर रहे थे। माइकल उनके जीवन का एक भरोसेमंद हिस्सा था और अक्सर कैरोलीन, उसके पति और तीन सौतेले पुत्रों के साथ रात भोजन में शामिल होता था।

माइकल की मदद करने में कैरोलीन को खुशी होती थी लेकिन एक क्षण के लिए वह घर में नहीं होने का बहाना करना चाहती थी। उसका पति शहर से बाहर था और बच्चे भी गर्मी की छुट्टियों के बाद वापस स्कूल चले गए थे। वह माइकल के आने से अपनी दिनचर्या के अस्त-व्यस्त नहीं करना चाहती थी। वह अपने सारे काम निपटाना चाहती थी, तीन महीनों बाद उसे इतना समय मिल पाया था। लेकिन दरवाज़े पर तो माइकल था जिसे वह प्यार करती थी और माइकल भी उनके परिवार पर पूरा भरोसा करता था। कैरोलीन ने दरवाज़ा खोलकर उसे कॉफ़ी के लिए निमन्त्रित किया।

अनुभूति केवल अनुभूति ही है, आपकी पहचान नहीं।

"बच्चे स्कूल चले गए हैं," बात शुरू करने के लिए कॉफ़ी मग को टेबल पर रखते हुए कैरोलीन बोली।

"मैं जानता हूँ।"

"टॉम भी कुछ दिनों के लिए बाहर गया हुआ है।"

अचानक माइकल ने एक छोटी पिस्तौल निकाल कर कैरोलीन के माथे पर रखी और उसे फ़र्श पर बैठने को कहा। वह रेफ्रिजरेटर के पास घुटनों के बल बैठ गई।

"तुम क्या कर रहे हो माइकल?" उसने पूछा, "यह तुम क्या कर रहे हो?"

उसने माइकल के बेल्ट और जीन्स की ज़िप खोलने की आवाज़ सुनी।

उसका गला सूख गया था। दिल ज़ोरों से धड़क रहा था। कैरोलीन ने स्कूल में आत्मरक्षा का प्रशिक्षण लिया था। कैरोलीन वे शब्द बोल रही थी जो उसे किसी के प्रहार किए जाने के समय बोलना सिखाया गया था जैसे, उसका नाम लो, उसके परिवार के बारे में बात करो। कैरोलीन ने इसके अलावा उसके माँ-बाप, दोस्तों और मछली पकड़ने की उसकी प्रिय जगह के बारे में बातें कीं।

आख़िरकार माइकल ने कहा, "ठीक है मैं तुम्हारा बलात्कार नहीं करूँगा।" उसकी आवाज़ में बेतकल्लुफ़ी और लापरवाही थी मानो कह रहा हो, "मैं अब कॉफ़ी भी नहीं पीने वाला।"

लेकिन उसने पिस्तौल माथे पर टिका कर ही रखी हुई थी। वह उसका चेहरा नहीं देख पा रही थी। वह समझ नहीं पा रही थी कि आख़िर माइकल चाहता क्या है? शायद उसे मालूम था कि कैरोलीन घर पर अकेली है और उसने यही जान कर कोई योजना बनाई होगी। क्या वह उसे लूटना चाहता है?

"तुम्हें जो चाहिए वो ले जाओ।" कैरोलीन बोली, "तुम्हें पता है घर में कहाँ क्या रखा हुआ है। सब कुछ ले जाओ।"

"हाँ, मैं वही करने जा रहा हूँ।"

कैरोलीन को लगा कि वह जा रहा है, लेकिन उसने तो अभी-भी पिस्तौल हटाई नहीं थी।

"मुझे पता नहीं कि मैं यह क्यों कर रहा हूँ।" माइकल बोला।

कमरे में एक चीख़ भर गई। कैरोलीन का सिर दर्द से चकराने लगा।

अब जो उसे याद था वह यह कि उसे होश आ रहा था। उसे पता नहीं चला कि किचन में उसने कितना समय बिताया। वो कुछ देख नहीं पाई। वह उठने की कोशिश कर रही थी लेकिन फ़र्श पर फैले हुए ख़ून पर उसके पैर फिसल रहे थे। वह बार-बार गिर रही थी। तभी तलघर की सीढ़ियों से किसी के आने की आहट सुनाई दी।

"माइकल!" उसने आवाज़ दी, "मेरी मदद करो।"

जिसने अभी थोड़ी देर पहले ही हमला किया हो, उससे मदद माँगने का भला क्या औचित्य, लेकिन यह सिर्फ़ एक प्रतिक्रिया भर थी। वह परिवार का सदस्य था और उस समय मदद के लिए वहाँ और कोई था भी नहीं।

"माइकल?" उसने दोबारा पुकारा।

एक और गोली की आवाज़ सुनाई दी। इस बार गोली कैरोलीन के सिर के पीछे लगी।

इस बार उसने मरने का केवल नाटक किया। फ़र्श पर साँसें रोककर पड़ी रही। उसे पूरे घर में माइकल की चहलक़दमी सुनाई दे रही थी। वह साँस रोक कर प्रतीक्षा करती रही। तभी पिछला दरवाज़ा बन्द होने की आवाज़ आई। फिर भी कैरोलीन पड़ी ही रही। शायद माइकल आश्वस्त होना चाहता हो। यदि वह उठ गई तो फिर मुझे गोली मार सकता था। कैरालीन को दुःख और डर की जगह उसे बहुत गुस्सा आ रहा था कि आख़िर माइकल ऐसे कैसे कर सकता है? मुझे मार कर, बच्चों को यह दृश्य देखने के लिए कैसे छोड़ सकता है? कैरोलीन माइकल को हिरासत में भिजवाने से पहले मरना नहीं चाहती थी। इस हादसे का कोई गवाह भी नहीं था। वह नहीं चाहती थी कि माइकल किसी और को घायल करे।

कुछ देर बाद घर में शान्ति छा गई। उसने अपनी आँखें खोलीं, लेकिन कुछ भी देख नहीं पा रही थी। गोलियों ने उसके मस्तिष्क और आँखों की नसों को नुक़सान पहुँचाया था। वह रेंगते हुए किचन के प्लेटफ़ॉर्म तक पहुँच कर फ़ोन को टटोलने की कोशिश करने लगी। उसे रिसीवर मिल तो गया पर हाथ से बार-बार फिसल रहा था। बहुत प्रयास करने के बाद रिसीवर पकड़ा तो अब उसे डायल में नम्बर दिखाई नहीं दे रहे थे। वह डायल को ठोकने लगी, रिसीवर गिरा दिया, फिर कोशिश की लेकिन कुछ नहीं हुआ।

उसने आशा छोड़ दी और धीरे-धीरे रेंगने लगी। उसे कुछ भी समझ में नहीं आ रहा था। कभी-कभी नज़रों की धुँधलाहट से रोशनी की चमक दिखाई देती थी जिसके सहारे वह सामने के दरवाज़े से किसी तरह बाहर निकल पाई। उनका घर पाँच एकड़ ज़मीन पर बना था। उसकी चीख़ पड़ोसियों तक पहुँच पाना असम्भव था। किसी मदद लेने के लिए रेंगते हुए ही जाना पड़ता। आख़िर धीरे-धीरे गैरेज के रास्ते चीख़ते हुए सड़क तक पहुँच गई। जब एक महिला ने कैरोलीन के ख़ून से लथपथ चेहरे से कपड़ा हटाया, जैसा किसी हॉरर फ़िल्म में दिखाया जाता है, तो उसे अहसास हुआ कि उसे किसी ने देख लिया है। जल्द ही और भी लोग भागकर आए। किसी ने एम्बुलेंस भी बुलवा ली। कैरोलीन अपने कुछ पड़ोसियों की आवाज़ पहचान पा रही

थी, लेकिन वे उसे पहचान नहीं पा रहे थे। कैरोलीन समझ गई कि चोट की वजह से चेहरा ख़राब हो चुका था। वह तेज़ी से घटना का वर्णन कर रही थी - माइकल का नाम, कार का रंग, घर पर आने का अनुमानित समय और वह सब कुछ जो उसे याद आता जा रहा था। उसे लग रहा था कि शायद दूसरा मौक़ा नहीं मिले।

"मेरे ससुराल के रिश्तेदारों को बुलाएँ। स्कूल में बच्चों को सुरक्षित करना सुनिश्चित करने के लिए कहें। टॉम और बच्चों से कहें कि मैं उन्हें बहुत प्यार करती हूँ।"

कैरोलीन समझ गई थी कि परिवार के सदस्यों और बच्चों को अस्पताल में उससे आख़िरी बार मिलने के लिए बुलाया गया है। ससुर ने कैथोलिक चर्च से पादरी को और माँ ने अपने बिशप को बुला लिया था। कैथोलिक पादरी ने अन्तिम संस्कार किए।

कई सप्ताह बाद पादरी कैरोलीन से मिलने उसकी ससुराल गए। कैरोलीन वहाँ अपनी बीमारी से उबर रही थी। उन्होंने कहा, "मैं आज तक ऐसे किसी व्यक्ति से नहीं मिला जो लौट कर वापस आया हो।"

कैरोलीन ने पूछा, "कहाँ से लौट कर?"

"मेरी बेटी, तुम टेबल पर ठंडी, बेजान पड़ी थी।"

यह वाक़ई एक चमत्कार ही है, जो सबकी चहेती कैरोलीन का जीवन बच गया।

जब कोई मानसिक सदमे से गुज़र कर सामान्य जीवन जीने लगता है, तब वह केवल पहली जंग ही जीतता है।

हिंसा दूरगामी और भयानक दुष्परिणाम छोड़ जाती है। माइकल के पेरोल पर छूटने से कुछ महीने पहले कैरोलीन मुझसे मिलने आई थी। उसके साथ हुई घटना को सोलह वर्ष बीत चुके थे, लेकिन मानसिक आघात के निशान अब भी ताज़ा थे।

कैरोलीन ने कहा, "हम मानसिक आघात से गुज़र कर घर लौटे किसी व्यक्ति की कहानी टेलीविज़न पर देखते हैं। लोग कहते हैं अब हम मरीज को घर ले जाकर एक सुरक्षित जीवन जीने में मदद करेंगे। मैं अपने पति की तरफ़ देखती हूँ और कहती हूँ, 'यदि वे ऐसा करना जानते हों तो।' सिर्फ़ इसलिए कि आपकी जान बच गई और आप अब अपने घर जा रहे हैं, आपका जीवन चमत्कारिक रूप से बदलने वाला नहीं है। जो व्यक्ति मानसिक सदमे से गुज़र चुका है, उसके लिए आगे एक लम्बा सफ़र तय करना बाक़ी होता है।"

मेरे हिसाब से, कैरोलीन के विषय में यह सच था कि सदमे का कुछ स्पष्ट शारीरिक असर अब भी बचा हुआ था। उसके दिमाग़ की सूजन कम होने के बाद आँखों की रोशनी धीरे-धीरे वापस आने लगी थी। हालाँकि थोड़ा अन्धापन बाक़ी था।

वह ठीक से सुन नहीं पाती थी। हाथों और बाँहों में शक्ति कम हो गई थी। घबराहट में मस्तिष्क और शरीर का सम्बन्ध टूट जाता था। शरीर के अंगों को संचालित करने में परेशानी होती थी।

एक अपराध की कैरोलीन के साथ-साथ परिवार और समाज को भारी क़ीमत चुकानी पड़ी। परिवार, रिश्तेदार, पड़ोसी सभी लोग अपने क़रीबी लोगों द्वारा विश्वासघात किए जाने के डर से सहमे हुए थे। इस घटना के बाद, कैरोलीन का सबसे छोटा सौतेला बेटा जो उस समय आठ साल का था, अपनी माँ को कमरे में अकेला नहीं छोड़ता था। वह अपने बेटे से कहती कि दूसरे बच्चों के साथ खेलने जाए पर वह कहता, "मैं तुम्हारे साथ रहूँगा। मुझे मालूम है कि तुम्हें अकेले रहना अच्छा नहीं लगता।" जब वह चलने लगी, गाड़ी चलाने लगी और अपने कुछ काम स्वतन्त्र रूप से करने लगी, तब उसका सबसे बड़ा सौतेला बेटा उसका संरक्षक बन गया। हर समय उसके साथ रहता ताकि उसके साथ कोई हादसा नहीं हो जाए। मँझला बेटा लम्बे अरसे तक माँ को सिर्फ़ इसलिए गले नहीं लगाता था कि उसे चोट लग जाएगी।

कैरोलीन ने मुझे बताया कि एक ओर जहाँ मेरे कुछ मित्र और रिश्तेदार ऐसे सदमों के बाद अतिरिक्त सावधानी बरत कर स्वस्थ हुए, वहीं दूसरों ने जो कुछ हुआ उसे भूलने का प्रयास करके समस्या को हल किया।

उसने कहा, "लोग अक्सर समस्या जानने के बाद दुःखी होते हैं, लेकिन इस बारे में बात नहीं करना चाहते। वे समझते हैं कि किसी से चर्चा नहीं करने से समस्या का हल निकल जाएगा। उन्हें लगता है अब सब ठीक हो गया है और आगे बढ़ जाते हैं। या लोग इसे मेरी 'दुर्घटना' कहते थे। मैं *दुर्घटनावश* पिस्तौल के सामने नहीं आई थी! लोग इसे 'अपराध' या 'गोलीबारी' कहने से कतराते थे।"

यहाँ तक कि कैरोलीन के ससुर माइकल के चाचा, जो बाद में घटनास्थल पर मौजूद थे और जब वह काम करने में सक्षम नहीं थी तो उसके परिवार को तीन-चार महीनों के लिए अपने साथ ले गए थे, बाद में लोगों से यही कहते थे, "अब वो सौ प्रतिशत भली-चंगी है।"

"क्या आप मज़ाक़ कर रहे हैं?" कैरोलीन उदास हँसी के साथ बोली, "लेकिन, उन्हें ऐसा कहकर अच्छा महसूस हुआ।"

अब जीवन कई अर्थों में सामान्य हो रहा है। बच्चे बड़े हो गए हैं। उनकी शादियाँ हो गईं और अब उनके भी बच्चे हो गए हैं। कैरोलीन अपने पति के साथ, माइकल से हज़ारों मील दूर, अमेरिका में रहती है, जहाँ बदला लेने के लिए माइकल उसे ढूँढ़ पाए, ऐसा लगभग असम्भव है। लेकिन, डर पूरी तरह समाप्त नहीं हुआ है। कैरोलीन ने कहा, "वह हमारे परिवार का हिस्सा था। हमने उस पर विश्वास किया। वह हमारे साथ रहता था। आख़िरी बात उसने मुझसे कही थी, 'मुझे पता नहीं मैं

यह क्यों कर रहा हूँ।' यदि उसे यह पता नहीं था और वह परिवार का सदस्य था तो फिर कौन बेवजह मुझे मारना चाहता था?"

कैरोलीन ने मुझे बताया कि उसको हमेशा इस बात का डर सताता था कि जिस खेल को माइकल ने शुरू किया था उसे कोई और ख़त्म करेगा। वह घर के बाहर नहीं निकलती थी और बग़ीचे में भी नहीं जाती थी, जहाँ जाना उसे पसन्द था, क्योंकि उसे लगता था कि कोई उसके पीछे आ जाएगा और उसे पता भी नहीं चल पाएगा। घर के भीतर भी बहुत सतर्क रहती थी। हमेशा अलार्म बटन लेकर ही घूमती थी ताकि ख़तरे के समय मदद के लिए किसी को बुलाया जा सके। कभी अलार्म बटन खो जाता, तो बेचैन हो जाती थी।

उसने बताया, "कुछ देर के लिए मैं उस कमरे में गई जहाँ माइकल ने मुझ पर हमला किया था। मैं उसे अपना घर छीनने नहीं देना चाहती थी। मैं अपना घर वापस चाहती थी।"

लेकिन उस जगह पर ठहरना उसके लिए बहुत भयावह और दर्दनाक अनुभव था, जहाँ वह लगभग मर चुकी थी। वे अब दक्षिणी अमेरिका के एक सुरक्षित और पारिवारिक माहौल में रहते हैं। कभी-कभी पास की झील में अपनी नौका से नौकायन का आनन्द उठाते हैं। फिर भी डर पूरी तरह गया नहीं है।

उसका कहना है, "सोलह साल तक इस तरह डर-डर कर जीना कोई जीना नहीं है।"

वह अपने अतीत की क़ैद में है और अब आज़ाद होना चाहती है।

बातचीत कै दौरान कैरोलीन में मुझे असीम प्यार, शक्ति और दृढ़ इच्छाशक्ति दिखाई दे रही थी। मैंने ग़ौर किया कि वह चार तरह के व्यवहार कर रही थी, जो उसे अतीत और उसके डर से जकड़े हुए हैं।

एक बात तो यह थी कि वह अपनी शक्ति का उपयोग अपनी भावनाओं को बदलने में, जिस तरह से वह वास्तव में महसूस कर रही थी उससे अलग महसूस करने के लिए खुद को समझाने में ख़र्च कर रही थी।

उसका कहना था, "मैं भाग्यशाली हूँ! हाँ, मैं भाग्यशाली हूँ कि जीवित हूँ! मेरे आसपास मुझे प्यार करने वाले लोग हैं।"

"हाँ, यह सही है।" मैं बोली। "लेकिन जब तुम दुःखी रहो तब खुश होने का प्रयत्न मत करो। इससे फ़ायदा नहीं होगा। तुम अपने आपको दोष देने लगोगी कि मैं अच्छा क्यों नहीं महसूस कर पा रही हूँ। इसके बजाय अलग तरह से कोशिश करो - भावनाओं को महसूस करो। यह दुःख है, डर है, उदासी है। बस उन्हें क़बूल करो। दूसरों से सहायता की अपेक्षा मत करो। तुम्हारा जीवन वे लोग नहीं जी सकते। तुम्हारी भावनाओं को वे नहीं समझ सकते।"

अपने स्वाभाविक दुःख और डर से खुद को बाहर निकालने की कोशिश करने के अलावा, कैरोलीन *दूसरों पर* अपनी भावनाएँ ज़ाहिर नहीं हो जाएँ, इस प्रयास की क़ैद में भी रहती थी। जो लोग हमसे प्रेम करते हैं वे हमारे लिए सबसे अच्छा सोचते हैं। हमें आहत नहीं करना चाहते। इसलिए हम उन्हें वैसा ही दिखाना चाहते हैं, जैसी उन्हें हमसे अपेक्षा होती है। लेकिन, जब हम अपनी वास्तविक भावनाओं का विरोध करते हैं या उसे नकारते हैं, तो विपरीत परिणाम मिलते हैं।

कैरोलीन ने बताया कि उसे गोली लगने के बाद वह और उसके पति कुत्ते पालने लगे थे। जिसके होने से वह सुरक्षित महसूस करती थी। यह बात उसके पति समझ नहीं पा रहे थे। कुछ दिन पहले ही, कुत्ते की मृत्यु के बाद दूसरा कुत्ता लाने के लिए वह समय माँगने लगे।

उसने बताया, "मैं वास्तव में नाराज़ हुई पर यह बात मैं कह नहीं पाई। मुझे यह कह देना चाहिए था। कुत्ते के बिना मैं अकेलापन महसूस करती हूँ। मैंने यह सोचकर कुछ नहीं कहा कि वह मेरी भावनाओं को समझ जाएगा। मैं अपने डर और असुरक्षा की बात उसे बताना नहीं चाहती थी, पता नहीं क्यों?"

मैंने उसे समझाया कि वह उसे चिन्ता और अपराध-बोध से बचा रही है। इतना ही नहीं तो वह अपने पति को सहायता देने भी से वंचित कर रही है।

कैरोलीन ने बताया ऐसा वह अपने बच्चों के साथ भी कर रही है। "उन्हें पता नहीं कि मैं किस क़ैद में रह रही हूँ। मैं उन्हें बताने से बचती हूँ।"

"लेकिन तुम झूठ बोल रही हो। तुम अपने परिवार के लिए वह नहीं बन पा रही हो, जो तुम वास्तव में हो। तुम खुद को आज़ाद होने का मौक़ा नहीं दे रही हो। साथ ही अपने परिवार को मदद करने से रोक रही हो। अपनी समस्या से लड़ने की तुम्हारी रणनीति भी तुम्हारे लिए एक समस्या बन गई है।"

अपनी भावनाओं को दूसरों से छुपाने के प्रयास में कैरोलीन अब उन्हें ज़िम्मेदारी देने से बच रही है।

डर को भीतर दबाए रखने के कारण कैरोलीन अपने अतीत और माइकल को अधिक शक्तिशाली बना रही थी।

"हमारी शादी को तीन साल हुए थे।" उसने बताया। "हम नया परिवार बनाने जा रहे थे। बच्चे भी मुझे अपनी माँ मानकर एक ख़ूबसूरत नया जीवन शुरू करने जा रहे थे। माइकल ने इसे छीन लिया।" उसका चेहरा तन गया, गुस्से से उसने अपनी मुट्ठियाँ भींच लीं।

"उसने छीन लिया?"

"उसने मुझ पर निशाना साधा। मेरे घर पर पिस्तौल ले कर आया। मेरे सिर में दो गोलियाँ मारीं और मुझे मरने के लिए छोड़ दिया।"

"हाँ, उसके हाथ में पिस्तौल थी। हाँ। जीवित रहने के लिए जो कुछ करना था वह सब तुमने किया। लेकिन तुम्हारे भीतर का जीवन और तुम्हारी प्रतिक्रियाएँ कोई नहीं छीन सकता। तुम माइकल पर अपनी इतनी अधिक शक्ति क्यों ख़र्च कर रही हो?"

वह बहुत ही दर्दनाक और हिंसक तरीक़े से प्रताड़ित की गई थी। उसे अपनी प्रतिक्रिया व्यक्त करने का पूरा अधिकार है - उदासी, क्रोध, दुःख, डर। माइकल ने उसके जीवन को लगभग पूरी तरह से उजाड़ दिया था लेकिन यह सब कुछ सोलह वर्ष पहले हुआ था। यहाँ तक कि जब वह पेरोल पर रिहा हुआ तो भी डरने जैसी कोई बात नहीं थी, क्योंकि उसे यात्रा करने की अनुमति नहीं थी। उसके पास कैरोलीन को ढूँढ़ पाने का कोई तरीक़ा ही नहीं था। फिर भी वह उस पर अपनी ऊर्जा ख़र्च करके अपने मस्तिष्क में ज़िन्दा रख रही थी। कैरोलीन को इससे मुक्ति पाना था। वह अपने दुःख और क्रोध को व्यक्त कर अपने भीतर के प्रदूषण को समाप्त करना चाहती थी।

"यह मत करो, वह मत करो बहुत हुआ, अब मैं तुम्हें बहुत कुछ करने देना चाहती हूँ।"

मैंने उससे कहा कि वह मानसिक रूप से माइकल को सामने की कुर्सी पर बिठाए। अब उसे रस्सियों से बाँधने को कहा। उसे मारने और चीख़ कर उस पर अपना गुस्सा निकालने को कहा। "तुम मेरे साथ ऐसा कैसे कर सके थे?"

कैरोलीन ने कहा कि उसे ऐसा करने में डर लग रहा है।

"डरना तुमने सीखा है। जब तुम पैदा हुई थी तब तुम्हें डर के बारे में तो पता ही नहीं था। इसे अपने ऊपर हावी मत होने दो। प्रेम और डर साथ नहीं रह सकते।"

"यदि मैं पागलों की तरह उसे पीटती हूँ, तो कुर्सी पर कुछ नहीं बचेगा।"

"वह एक बीमार व्यक्ति था। बीमार व्यक्ति का दिमाग़ भी बीमार ही होता है। ऐसा बीमार व्यक्ति तुम्हें तुम्हारी इच्छा का जीवन जीने से कब तक रोकता रहे, यह अब तुम पर निर्भर करता है।"

"अब मैं और दुःखी नहीं रहना चाहती हूँ, ना ही डर कर जीना चाहती हूँ।" वह बोली। "मैं अकेली हूँ। नए दोस्त और नए प्रयोग करने से बचती रही। अपने आप को क़ैद कर दिया था। मेरे चेहरे पर क्रोध और तनाव साफ़ दिखाई देता है। मुझे लगता है मेरे पति को भी वही पुरानी प्रसन्न रहने वाली पत्नी चाहिए। *मैं भी* वैसी ही शादीशुदा महिला बनना चाहती हूँ।"

अधिकतर जिन भावनाओं को हम बल देते हैं वे असुविधाजनक या पीड़ादायक नहीं होतीं। कई बार हम *अच्छी* भावनाओं को टाल जाते हैं। अपने शौक़, सुख और

ख़ुशियों के दरवाज़े बन्द कर देते हैं। जब हम प्रताड़ित होते हैं, तो हमारे मन का एक हिस्सा उससे तादात्म्य स्थापित कर लेता है। और फिर वही दण्डात्मक रवैया हम अपने बारे में अपना लेते हैं। ख़ुश रहने का अवसर ढूँढ़ना ही नहीं चाहते। सुखी रहने के अपने जन्मसिद्ध अधिकार की उपेक्षा करने लगते हैं। इसलिए मैं अक्सर कहती हूँ कि कल जो प्रताड़ित था, वह आज आसानी से प्रताड़क बन जाता है।

आप जिस भी आदत का अभ्यास करते हैं, उसमें पारंगत हो जाते हैं। आप लगातार तनाव में बने रहते हैं, तो तनाव को ही बुलावा देते हैं। आप डर में जीते हैं, तो आप हमेशा डरे हुए ही रहेंगे। सच का सामना करने से जितना दूर भागेंगे, सच्चाई भी आपसे उतनी ही दूर भागेगी। कैरोलीन मानसिक उन्माद की अवस्था में जीती थी, *गाड़ी तेज़ मत चलाओ, बोट तेज़ मत भगाओ, यह मत करो, वह मत करो, वहाँ मत जाओ।*

"*नहीं, नहीं* बहुत हुआ।" मैंने उसे समझाया, "तुम्हें क्या करना है अब मैं बताती हूँ। मेरे पास विकल्प *है।* मेरे पास जीने के लिए जीवन *है।* मेरी भी एक भूमिका *है।* मैं वर्तमान में जीती *हूँ।* मैं सकारात्मक बातों पर अपना ध्यान केन्द्रित करती हूँ और लक्ष्यों का सही चुनाव कर रही हूँ इससे मुझे आनन्द मिलता है।"

मैंने कैरोलीन को समझाया, "मैं चाहती हूँ तुम अपनी इन्द्रियों - स्पर्श, सूँघना, स्वाद लेना, देखना आदि पर ध्यान देने का अभ्यास करो। अब मुस्कराने का समय है। अब चिन्तामुक्त होने का समय है।"

"मैं जीवित हूँ, मैं बहुत ख़ुश कि मैं जीवित हूँ।" कैरोलीन बोली।

"बस। अब इसी अभ्यास को हर दिन, हर घण्टे और हर मिनट दोहराओ। ख़ुद से अच्छी बातें करो।"

मैंने उसे एक और अभ्यास दिया। जो हो चुका है उसे एक काग़ज़ के टुकड़े में लिखने को कहा। तेज़ गर्मी है फिर फावड़ा लेकर पिछले आँगन में तीन फुट का एक गड्ढा खोदकर उस काग़ज़ के टुकड़े को उसमें दफ़नाने को कहा। उस पर मिट्टी डालकर अपने कमरे में वापस आने को कहा। मैंने कहा कि वह नया जन्म लेने को तैयार हो जाए, क्योंकि अपना अतीत वह ज़मीन के भीतर दफ़ना चुकी है।

हमारी बातचीत होने के एक माह बाद कैरोलीन ने मुझे लिखा कि वह अपने नवजात पोते को देखने के लिए कैनाडा जा रही है और अपना पुराना घर, जहाँ उसे गोली मारी गई थी, वह पीछे छोड़ आई है। उसका वह घर अब बहुत बदल गया है, बलूत और चिनार के पौधे अब वृक्षों में तब्दील हो गए हैं। नए मकान मालिक ने घर के सामने कुछ बदलाव किए हैं। उसने लिखा, *अब यह सब मुझे पहले की तरह ज़्यादा तकलीफ़ नहीं देता। अतीत का दर्द बहुत हद तक कम हो गया है।*

अतीत का सामना करने उसे भुला देने का यही लाभ होता है। हम आगे बढ़ जाते हैं, वहीं ठहरे नहीं रहते।

जब हम अपनी अनुभूतियों को नकारने की आदत अपना लेते हैं तो हम भावनाओं को पहचान ही नहीं पाते, उनका सामना करना, व्यक्त करना और उनसे पीछा छुड़ाना तो दूर की बात है। कई बार हम अनुभूति और विचार में अन्तर नहीं कर पाते। मुझे आश्चर्य होता है जब लोग कहते हैं, "मुझे लगता है कि दोपहर में शहर की तरफ़ जा कर कुछ काम कर आऊँ" या "मुझे लगता है तुम्हारी आँखें मेकअप से चमक जाएँगी।" ये अनुभूतियाँ नहीं हैं! विचार हैं, योजना है। अनुभूति में ऊर्जा होती है। इनसे बचा नहीं जा सकता, इनसे *गुज़रना* होता है। हमें इनके साथ जीना होता है। बिना कुछ किए, यूँ ही बने रहने के लिए साहस चाहिए।

एक दिन मुझे एक व्यक्ति का फ़ोन आया जिसके पिता एक गम्भीर बीमारी के से जूझ रहे थे और अपने जीवन के अन्तिम दिन गिन रहे थे। वह व्यक्ति चाहता था कि मैं एक बार उसके पिता और परिवार से मिलूँ। मैंने जीवन में अनेक कठिन परिस्थितियों का सामना किया है, लेकिन इस परिवार के दुःख ने मुझे आहत कर दिया था। पिता व्हीलचेयर पर थे और बोल और खा भी नहीं सकते थे। उसकी पत्नी और बच्चे उनका पूरा ध्यान रखते थे, लेकिन उनकी बीमारी जिस गति से बढ़ती जा रही थी, उसके आगे सब लाचार थे।

मैं समझ नहीं पा रही थी कि उसके पिता या परिवार को क्या सलाह दूँ? मैं शान्त थी। पत्नी को उनका एक हाथ थाम कर एक चुम्बन लेने को कहा। दूसरा हाथ मैंने पकड़ा। हमारी नज़रें मिलीं। उनकी आँखों में कमज़ोरी और लाचारी साफ़ दिखाई दे रही थी। वहाँ उनके पास बस बैठकर हमने उन्हें उनका सारा दुःख और तकलीफ़ बाहर निकालने के लिए कहा। हम सब मिलकर उनकी बेचैनी को आराम में बदलने का प्रयास कर रहे थे। हम घण्टों वहाँ बैठे रहे।

चार दिन बाद बेटे ने पिता की मृत्यु की ख़बर सुनाई। मैं दुःखी थी। मैंने कहा कि मुझसे जो सम्भव बन पड़ा मैंने वह किया। फिर भी बेटा कह रहा था कि मैंने उनकी बड़ी मदद की और उसने मुझे धन्यवाद दिया। शायद वर्तमान में जीने की मेरी सलाह उनके लिए उपयोगी थी। एक दूसरे के साथ बैठकर बीमारी और नश्वरता की सच्चाई के सत्य को, बिना किसी पूर्वाग्रह स्वीकारने का अभ्यास लाभदायक था।

इस परिवार से प्रेरित होकर मैंने एक नया प्रयोग किया जो इससे पहले कभी नहीं किया था। मैं बँधकर या सीमित दायरे में नहीं रह सकती, क्योंकि इससे मुझे घबराहट होने लगती है। एमआरआई जैसी जाँच के लिए मैं बेहोशी की दवा लेना

पसन्द करती हूँ। लेकिन पिछले सप्ताह मैंने अपनी पीठ की नियमित जाँच दवाई लिए बिना करवाई।

एमआरआई मशीन सँकरी और अँधेरी जगह होती है जिसमें जाँच के दौरान बहुत शोर होता है। मुझे मशीन में लिटाया गया और शोर बढ़ने लगा। हॉस्पिटल का पतला गाउन पहनकर मशीन में लेटे रहने से पीठ में दबाव पड़ रहा था। मुझे डर भी लग रहा था। शोर इतना तेज़ था कि लग रहा था मानो बम गिरने वाले हैं और पूरी बिल्डिंग मुझ पर गिर जाएगी। मुझे लग रहा था कि चीख़कर बाहर निकलने के लिए मदद माँगूँ। फिर मैंने खुद को समझाया, "जितनी अधिक आवाज़ें सुनूँगी उतनी ही जल्दी आराम महसूस करूँगी।" मैंने वैसा ही किया। कोई भी दवा लिए बिना मैंने चालीस मिनट मशीन के भीतर बिताए। अपनी असुविधाओं के बीच शान्त बने रहना मैंने एक रात में नहीं सीखा था। यह मेरे बरसों की साधना का परिणाम था।

इस तरह से ही हम अपनी टालमटोल करने या आनाकानी की क़ैद से मुक्त हो पाते हैं - हम अनुभूतियों को आने देते हैं, उनके प्रभाव को महसूस करते हैं और फिर उनसे आज़ाद हो जाते हैं।

किनाराकशी की आदत से छुटकारा पाने के सूत्र :

- ***महसूस करें ताकि स्वस्थ हो सकें।*** *अपनी अनुभूतियों को प्रतिदिन जाँचने का अभ्यास करें। सामान्य कार्यों का समय चुनें जैसे भोजन करने के पहले, दाँतों में ब्रश करते हुए या दुकान में अपनी बारी की प्रतीक्षा करते समय, दो-तीन गहरी साँसें लें और स्वयं से पूछें, "इस वक्त मैं क्या महसूस कर रहा हूँ।" अपने शरीर का अवलोकन करें। जकड़न, झनझनाहट, दर्द या ख़ुशी का आभास जैसी संवेदनाओं को अनुभव करें। देखें कि क्या आप बिना पूर्व विचार के या बदलने की कोशिश किए बिना किसी भावना की पहचान कर सकते हैं और उसे नाम दे सकते हैं।*

- ***सारे अनुभव क्षणिक हैं।*** *इस अभ्यास के आदत में बदल जाने के बाद अगले क़दम में, अधिक तीव्र संवेदनाओं के अनुभव के समय, चाहे वे सकारात्मक हों या नकारात्मक, इसी अभ्यास को दोहराएँ। दुःख, गुस्सा जैसी अन्य भावनाएँ भड़काने वाले माहौल से दूर होने की कोशिश करें। शान्त बैठकर गहरी साँसें लें। ऐसा करते समय आँखें बन्द रखें या पेट पर हाथों को रख लें। हर अनुभूति को नाम दें और शरीर के अंगों पर उसका प्रभाव देखें। ठंडी हैं या गर्म? शिथिल हैं या तंग? उन्हें शरीर के बाहर निकलते देखें।*

- ***अवसाद का विपरीत अभिव्यक्ति है।*** *अपने परिवार के सदस्य, मित्र, साथी के साथ हाल ही में हुए किसी एक ऐसे वार्तालाप को याद करें जहाँ आप अपनी भावनाएँ चाहकर भी नहीं रख पाए थे। टाल गए थे। ज़िम्मेदारीपूर्वक सच्चाई से अपनी भावनाएँ व्यक्त करें, अब भी देर नहीं हुई है। वार्तालाप के लिए उचित समय तय करें और कुछ इस तरह से कहें, "मैं उस समय अपना विचार और भावनाएँ व्यक्त नहीं कर पाया/ पाई था/थी। दरअसल, मैं उस समय... महसूस कर रहा था।"*

3

अन्य सभी संबन्ध समाप्त हो जाएँगे

स्व-उपेक्षा की क़ैद

हमारा सबसे बड़ा भय होता है - त्याग दिए जाने या अकेलेपन का भय। बचपन से ही हम इन तीन प्रयासों में लगे रहते हैं - लोगों का ध्यान आकर्षित करने, उनका स्नेह पाने और उनकी सहमति पाने में। क्या करना है और किसके जैसा बनना है, इसी कोशिश में लगे रहते हैं। ऐसा करना ग़लत नहीं है, पर समस्या यह हो जाती है कि हमें लगने लगता है कि लोगों का प्यार पाने के लिए हमें लगातार ऐसा ही करते रहना होगा।

अपना पूरा जीवन किसी और के हाथों में देना ख़तरनाक होता है। अपने पूरे जीवन काल के लिए केवल *तुम* ही तुम्हारे रहोगे। बाक़ी सभी सम्बन्ध छूट जाएँगे। तो, यह सोचो कि तुम अपने आपसे बिना शर्त प्यार करने वाले और अपनी देखभाल खुद करने वाले कैसे बन सकते हो?

बचपन में हमें तरह-तरह के संदेश, बोलकर या बिना बोले भी मिलते हैं, जिनसे हम अपना महत्त्व तय कर पाते हैं, जान पाते हैं कि हम किस क़ाबिल हैं। और, यही धारणा हम वयस्क होने के बाद भी बनाए रखते हैं।

उदाहरण के लिए, ब्रायन जब दस साल का था, उसके पिता परिवार को छोड़ कर चले गए। ब्रायन ही अब घर का मुखिया था। माँ का जीवन आसान बनाने के लिए अपनी शक्ति लगाकर मेहनत करता था कि कहीं वह भी कभी उसे छोड़ कर नहीं चली जाए। माँ की देखभाल करने की ज़िम्मेदारी उसने बड़े होने तक निभाई और ज़रूरतमन्द महिलाओं की भी मदद बड़ी सावधानी के साथ करता था। वह

त्याग की अपेक्षा रखने वालों से नाराज़ रहता। वह सोचता कि प्यार पाने के लिए उसकी आवश्यकता पड़ेगी।

दूसरी तरफ़, एक मरीज, मैथ्यू एक ऐसी माँ की सन्तान था, जो माँ नहीं बनना चाहती थी। वह मातृत्व को बोझ समझती थी और उसने बहुत निराश मन से माँ बनना स्वीकार किया। जब माता-पिता तनावग्रस्त या निराश हों, उनके बच्चे यही संस्कार खुद पर लाद लेते हैं। वयस्क होने के बाद भी मैथ्यू को छोड़ दिए जाने का भय सताता रहता है, यह डर उसके क्रोध में नज़र आता है। वह अपनी महिला मित्रों के साथ निर्दयता से व्यवहार करता और समाज में शेखी बघारता फिरता है। वह लोगों पर चीख़ता-चिल्लाता, एक बार तो उसने पार्किंग की जगह में कुत्ते को छोड़ दिया था। मैथ्यू त्याग दिए जाने के डर से जिस तरह का व्यवहार करने लगा था, उससे लोग उससे दूरी बनाने लगे, और तब वह कहता, "यह तो मुझे मालूम था।" छोड़ दिए जाने के भय से वह ख़ूँख़ार बन चुका था।

भले ही हमने किसी ऐसी घटना या त्रासदी का अनुभव नहीं किया हो, जिसने हमें प्यार करने या अपनी ओर ध्यान आकर्षित हेतु जूझने के लिए मजबूर किया हो, फिर भी हममें से अधिकतर लोग उस बात को बार-बार याद कर सकते हैं कि जब हमने उनकी स्वीकृति पाने के लिए दूसरों की रक्षा की। हम ऐसा सोच सकते हैं कि प्यार पाने के लिए उपलब्धियाँ ज़रूरी हैं या परिवार में हमारी विशेष भूमिका निभानी पड़ेगी।

दुर्भाग्यवश, कई परिवारों में बच्चों को उपलब्धियाँ हासिल करने के लिए प्रेरित करते समय, उनका स्वाभाविक व्यक्तित्व, उन्हें क्या बनना है, इसके साथ उलझ जाता है। बच्चों को सिखाया जाता है कि वे क्या हैं - यह मायने नहीं रखता, बल्कि यह महत्त्वपूर्ण है कि वे दूसरों के लिए क्या करते हैं। बच्चों पर कई तरह के दबाव बनाए जाते हैं - स्कूल में अच्छे नम्बर प्राप्त करना, संगीत, खेलकूद में अव्वल आना, अच्छे कॉलेज में दाख़िला मिलना ताकि अच्छी नौकरी मिल सके आदि। यह किसी प्यार या स्वीकृति पाने के लिए क़तई आवश्यक नहीं है। यह सब तो जोड़-तोड़ है। उपलब्धियों पर सारा जोर देने पर बच्चों को बिना शर्त प्रेम पाने का अनुभव नहीं मिल पाता। वे अपने तरीक़े से जीवन जीने का अवसर खो देते हैं। बच्चे यह अनुभव नहीं कर पाते कि वे हर परिस्थिति में प्रेम पाने के हक़दार हैं। उन्हें भी ग़लतियाँ करने का अधिकार है। हम सब सीखकर प्रगति करने की प्रक्रिया में हैं और सीखना एक आनन्ददायक खेल है।

मेरा नवासा जॉर्डन एक फ़ोटोग्राफ़र है। उसे पिछले दिनों लॉस एंजिलिस के एक एक्टिंग स्टूडियो में फ़ोटो खींचने के लिए बुलाया गया था। उस दिन दो ऑस्कर पुरस्कार विजेता निर्देशक उस समारोह में शामिल होने वाले थे। जब उनसे पूछा गया

कि अपनी ट्रॉफ़ियों पुरस्कारों को किस जगह सजाना चाहेंगे तो उनका उत्तर था कि अपने सभी पुरस्कारों को उन्होंने टेबल की दराज़ में छुपा कर रखा है। "मैं नहीं चाहता मेरे बच्चे स्कूल से आने के बाद हर दिन मेरे ऑस्करों को देख कर सोचें, कि *उनकी तुलना किससे की जाएगी?"* जॉर्डन की बातों पर मुझे हँसी आ गई, क्योंकि वह भी एक बेहद सफल व्यक्ति का बेटा था। उसके पिता, मरिआना के पति रॉब ने अर्थशास्त्र में नोबेल पुरस्कार जीता था और रॉब भी अपना पुरस्कार वहाँ छुपाकर रखता है, जहाँ शराब की बोतल का ओपनर रखा रहता है!

वैसे तो अपने बच्चों से अपनी उपलब्धियाँ छुपाने की कोई आवश्यकता नहीं है, लेकिन वह निर्देशक और मेरे रॉब का नज़रिया दूसरा है। वे कहते हैं कि वे जो कुछ हैं, उनके पुरस्कार और उपलब्धियाँ वे नहीं हैं *जो वे हैं।* वे वास्तव में जो हैं, और जो कर रहे हैं - उसमें घालमेल नहीं करते। जब हम उपलब्धि को सम्पत्ति की तरह देखेंगे तो सफलता और निराशा दोनों ही बच्चों पर बोझ बन जाएगी।

मरिआना ने मुझे एक बड़ी अच्छी कहानी सुनाई जिससे यह सबक़ मिलता है कि हम एक दूसरी ही तरह की विरासत बच्चों के लिए छोड़ सकते हैं। एक बार मेरा परपोता यानी मरिआना का पोता सिलास, न्यू यॉर्क में रॉब और मरिआना के घर छुट्टियाँ बिताने के लिए आया था। वह बोला, "नानी, मैंने सुना है कि पापा को एक बहुत बड़ा और महत्त्वपूर्ण पुरस्कार मिला है।" वह उसे देखना चाहता था। मरिआना ने दराज़ से बाहर निकालकर दिखाया तो सिलास उसे बड़ी देर तक ग़ौर से देखता रहा, सुनहरी पट्टी पर लिखे हुए अपने नाना के नाम : रॉबर्ट फ़्राय एंगल III, पर अँगुलियाँ फिराता रहा। आख़िर में उसने पूछा, "मेरा मध्य नाम भी फ़्राय है?" मरिआना ने पूछा, "क्या लगता है यह तुम्हें कहाँ से मिला होगा?" सिलास इस बात से उत्साहित था कि यह नाम उसे उसके नाना से मिला था। कुछ देर बाद एक मित्र भोजन पर आए। सिलास ने पूछा, "क्या आपने मेरा पुरस्कार देखा है?" वह दौड़ कर दराज़ तक गया, पुरस्कार निकालकर दिखाते हुए बोला, "देखा? मेरा नाम इसमें लिखा है। मुझे और पापा को यह मिला है!"

सफलता के नशे में ही जीते रहना और लोगों का ध्यान केन्द्रित करने के लिए दबाव में जीते रहना अच्छी बात नहीं है। हमारी सफलता में, हमारे पूर्वजों की ऊर्जा और कौशल भी शामिल है। यह हमारी विरासत है। हमारा पुरस्कार भी है। जब हम अपने बच्चों को आत्म-उन्नति या आत्म-विलोपन, आशातीत उपलब्धता या आशा से कम उपलब्धता पर ध्यान नहीं देने का संस्कार देते हैं, तो हम वास्तव में उपलब्धि की *खुशी* की संस्कृति बनाते हैं। कड़ी मेहनत करने की खुशी। हमारे उपहारों का पोषण करने के लिए। इसलिए नहीं कि हमें करना है। क्योंकि हम करने के लिए स्वतंत्र हैं। क्योंकि हम जीवन का उपहार पाकर धन्य हुए हैं।

मेरी बेटी ऑड्री और उसके बेटे डेविड ने मुझे महत्त्वाकांक्षाओं के पीछे भागने के बजाय उपहारों को सहेजना सिखाया। डेविड की बुद्धि बेहद रचनात्मक है। जब भी वह खेलकूद सम्बन्धी सामग्री पढ़ता है सारी चीज़ें उसके मस्तिष्क में फ़ोटो की तरह अंकित हो जाती हैं। मैं दो साल के डेविड के साथ टेलीविज़न पर *द विजार्ड ऑफ़ ओज़* कार्यक्रम देखने के प्रसंग को कभी नहीं भूल सकती, उसने यह निष्कर्ष निकाल लिया था कि तूफ़ान में साइकल चलाने वाली महिला चुड़ैल है। एक तरफ़ डेविड हाईस्कूल में फुटबॉल, गाने लिखना, समूह गान में शामिल होना और पहला कॉमेडी क्लब बनाना जैसी अतिरिक्त गतिविधियों में पारंगत था, वहीं उसके लिए पढ़ाई में बहुत अच्छे नम्बर लाना एक समस्या बन गई थी। ऑड्री अपने पति डेल के साथ अक्सर सलाहकारों के सम्पर्क में रहती थी। उन्हें डर था कि डेविड पढ़ाई में कहीं पिछड़ नहीं जाए। आगे के वर्षों में जब उसका चुनाव दो छोटे प्राइवेट कॉलेजों के लिए हो गया तो वह वहाँ जाने को तैयार नहीं था।

हमारे परिवार में पढ़ाई पर विशेष ज़ोर दिया जाता था, क्योंकि बेला और मैं युद्ध के कारण पढ़ने का अवसर गँवा चुके थे। वैसे ऑड्री ने डेविड के लिए कोई बन्धन नहीं रखा था। उसने बेटे की बात मानी और जब उसे पता चला कि ऑस्टिन में एक नई संगीत अकादमी खुल रही है, तो उसने डेविड से कहा यदि अकादमी में प्रवेश मिल जाता है तो वह एक साल के लिए कॉलेज की पढ़ाई से छुट्टी ले सकता है। डेविड ने इस मौक़े को झपट लिया। मौलिक गानों का एक प्रदर्शन किया और यहाँ भी उसने बाज़ी मार ली।

डेविड अपनी पसन्द का चुनाव सावधानी से करता था। फ़ैसला कर लेने के बाद पूरी शक्ति और लगन से उस काम को करने में जुट जाता था। परिवार का सहयोग उसके लिए हमेशा एक बड़ी प्रेरणा रही। इसी कारण भविष्य में उसे अपनी पसन्द का व्यवसाय चुनने में कोई परेशानी नहीं हुई। समूह गान की स्कॉलरशिप के लिए डेविड जब कॉलेज में दाख़िल हुआ तब भी वह ठीक तरह से जानता था कि उसे क्या करना है और पूरी लगन से वह वहाँ रहना चाहता था। वह अपने चुनाव का आनन्द ले रहा था। वह किसी और की नहीं, बल्कि अपनी इच्छा पूरा कर रहा था। अब वह एक पत्रकार है और खेलकूद पर लिखता है। संगीत आज भी उसके जीवन का एक अभिन्न अंग है। ऑड्री और डेल द्वारा बच्चों के पालन-पोषण के तरीक़े से मैं अभिभूत हूँ, विशेषकर डेविड की, सच को जानने और अभिव्यक्त करने की क्षमता सराहनीय है।

अक्सर ही हम सभी अपेक्षाओं को पूरा करने की क़ैद में होते हैं अर्थात हमें कोई विशेष तरह का करने की बाध्यता होती है। परिवार में अक्सर बच्चों पर लेबल लगा दिए जाते हैं, जैसे जवाबदार बच्चा, मज़ाक़िया या विद्रोही बच्चा। जब ये नाम बच्चों को मिल जाते हैं, तो वे खेल खेलने लगते हैं। यदि परिवार में कोई लड़का या

लड़की "सर्वश्रेष्ठ" होता है, तो कोई "निकृष्ट" भी होगा ही। मेरा एक मरीज अपनी बात कहता है, "मेरा भाई बचपन में बहुत अशान्त और विध्वंसक था। मुझे मददगार और अच्छा होने का तमगा मिला हुआ था, इसलिए मुझ पर अधिक ध्यान दिया गया।" लेकिन किसी तरह का नामकरण या तमगा किसी व्यक्ति की पहचान नहीं होती। यह केवल मुखौटा होता है, यह एक तरह की क़ैद है। मेरे मरीज ने ख़ूबसूरत अन्दाज़ में एक बात कही थी। "आप एक अच्छी लड़की का रूप अधिक समय तक नहीं रख सकते। मेरा असली व्यक्तित्व, मेरे आसपास के वातावरण के कारण दबा हुआ था।" हमारा बचपन उस वक्त ख़त्म हो जाता है, जब हम दूसरों की आशा-अपेक्षाओं के अनुसार जीवन जीने लगते हैं।

अक्सर ही हम सभी अपेक्षाओं को पूरा करने की क़ैद में होते हैं अर्थात हमें कोई विशेष तरह का करने की बाध्यता होती है।

अपने व्यक्तित्व का केवल एक सीमित रूप देखने की बजाय पूरे परिवार को अपने भीतर निहित पाएँ। हमारे भीतर एक छोटा बच्चा है जिसे हर चीज़ अभी और तुरन्त चाहिए, जो उत्सुक है, सनकी है, अपनी इच्छाओं को बिना डर, शर्न और निर्णय के पूरा करना चाहता है। एक नौजवान है जो मस्ती और जोख़िम उठाना चाहता है, एक वयस्क है जो सोचता है, योजनाएँ बनाता है, लक्ष्य निर्धारित करता है और उस तक पहुँचने के लिये प्रयास करता है। उसके भीतर दो अभिभावक हैं - एक संरक्षक है तो दूसरा डरावना। एक प्रेम और सुरक्षा देता है, दूसरा ऊँची आवाज़ में अँगुली उठाकर कहता है, "तुम्हें करना चाहिए, करना ही होगा, कोई दूसरा विकल्प ही नहीं है।" हमारे भीतर के परिवार में सधा हुआ तालमेल आवश्यक होता है। और जब हम स्वतंत्र होते हैं, तो यह परिवार एक टीम के रूप में काम करता है, सभी एकदूसरे का स्वागत करते हैं, कोई भी अनुपस्थित या मौन या शासन नहीं करता है।

मेरी मुक्त अन्तरात्मा ने मुझे ऑश्वित्ज़ में जीवित रखने में बहुत मदद की, हालाँकि, इसमें मेरे वयस्क रूप की कोई भूमिका नहीं थी, वह तो कई तरह की गड़बड़ियाँ करता रहता था, जैसे कि मेरी नातिन, ऑड्री की बेटी, रैशेल करती थी। जब वह छोटी थी, उसे भोजन पकाने का बड़ा शौक़ था, मुझे ख़ुशी होती जब वह मुझे हंगेरियन व्यंजन बनाना सिखाने का आग्रह करती। मैंने उसे मेरी पसन्दीदा डिश, चिकन पैपरीकश बनाना सिखाया। रैशेल के साथ किचन में काम करने का, प्याज़ को बहुत सारे मक्खन और चिकन के साथ भूनते उसकी गंध को महसूस करने का एक अलग ही आनन्द था। तभी मैंने देखा कि रैशेल के पिता डेल, आसपास फैले मसालों को साफ़ कर रहे हैं। अचानक रैशेल जो अब तक शान्त थी ज़ोर से चीख़ी। "ठहरो!" मैं कढ़ाई में लहसुन और लाल शिमला मिर्च डालने जा ही रही थी कि मेरा

हाथ पकड़ पर बोली, “मैं रेसिपी बनाना सीख रही हूँ। मुझे लिखना है कि तुमने कितनी मात्रा में चीज़ें डाली हैं।”

मैं रुकना नहीं चाहती थी, क्योंकि मैं तो नाप-तौल किए बिना स्वाभाविक तरीक़े से खाना पकाती हूँ, लेकिन रैशेल जो चाहती थी, वह यह नहीं था। मैंने भीतर के वयस्क अभिभावक और आत्मा की मदद से उसे अपना कौशल सिखाया।

रैशेल अब बहुत स्वादिष्ट चिकन पैपरीकश और सीकी गुलाश बनाती है। एक दिन जब मैं नट रोल बना रही थी मैंने रैशेल से पूछा आटे में एक कप पानी मिलाऊँ या आधा? उसने रेसिपी की कॉपी देखे बिना कहा, “आधा कप!”

* * *

अपने वास्तविक स्वरूप और दूसरों की अपेक्षाओं को पूरा करने के बीच सन्तुलन बनाना एक चुनौती अवश्य होती है। अपने माता-पिता और बहन के साथ असहज रिश्ते निभाने और उनके अनुसार जीवन जीने के बाद, आइरिस अब बन्धन तोड़कर नया जीवन जीना चाहती है।

आइरिस के पिता दूसरे विश्वयुद्ध के समय सेना में थे। टैंक की मरम्मत के दौरान धमाके से एक व्यक्ति की मौत होने के कारण उन्हें बर्ख़ास्त कर दिया गया था। वह एक मानसिक रोगी बन गए थे। वह अवसाद, पागलपन के कारण शराब के आदी हो चुके थे। आइरिस, जो चार बच्चों में सबसे छोटी थी, उसके जन्म के समय से पिता का अधिकतर समय अस्पताल में ही गुज़रता था। आइरिस अपने पिता को बुद्धिमान, संवेदनशील और सज्जन व्यक्ति के तौर पर जानती थी। नहाने के बाद पिता की गोद में बैठकर गीले बालों को उनसे सुलझवाना उसे अच्छा लगता था। वह सोफ़े पर सोने का नाटक करती ताकि पिता उसे गोद में उठाकर बिस्तर पर लिटा दें। पिता की बाँहों में उसे बहुत ख़ुशी मिलती थी। आइरिस जब बारह वर्ष की थी उसके पिता को हृदयाघात हुआ था। एम्बुलेंस आने से पहले उनका दिल बारह मिनट के लिए थम गया था। डॉक्टरों की टीम ने उन्हें बचा तो लिया, लेकिन मस्तिष्क में ख़राबी के कारण शेष जीवन उन्हें उसी अस्पताल में गुज़ारना पड़ा, जहाँ वह नौकरी करते थे। आइरिस जब अठारह वर्ष की थी, उसके पिता का निधन हो गया।

छोटी उम्र में ही आइरिस परिवार की संरक्षक की भूमिका का निर्वहन करने लगी थी। आइरिस के बचपन की यादों में एक तनावपूर्ण संवाद आज भी ताज़ा है। अपने माता-पिता को लड़ते-झगड़ते हुए देख-सुनकर आइरिस उनके कमरे में यह सोच कर बाहर निकल गई कि माहौल बदल जाएगा। पिता ने उसे गोद में उठाकर कहा, “तुम मेरी प्यारी बच्ची हो। तुमसे मुझे कोई शिकायत नहीं है।”

आइरिस की माँ और उसकी बहनों का भी यही मानना था। आइरिस ने परिवार की ज़िम्मेदारियाँ निभाने में 'ए' ग्रेड ही कमाया। वह एक ऐसी सदस्य थी जिस पर हर किसी को भरोसा था। उसकी माँ परिश्रमी, बुराई नहीं करने वाली थी, जो दूसरों के व्यवहार के प्रति सतर्क रहती थीं और आइरिस के पिता के प्रति अन्तिम दिनों तक वफ़ादार रहीं, लेकिन आइरिस की युवावस्था में ही वह मानसिक आघात की शिकार हो गई थी। वर्षों बाद, अपनी बीमारी के दौरान उन्होंने आइरिस से कहा, "मैं स्वयं को समुद्री तूफ़ान में फँसा हुआ पाती हूँ, जहाँ तुम मुझे एक चट्टान के सहारे के रूप में नज़र आती हो।"

आइरिस और उसकी माँ के रिश्तों का केंद्र उसकी बहनों की देखभाल थी, जिन्होंने बहुत कठिन समय देखा था। वे यौन शोषण, नशे की लत और आत्महत्या के विचार जैसे बुरे दौर से गुज़र चुकी थीं। आइरिस और उसकी बहनों की उम्र अब पचास के आसपास है। आइरिस आज भी परिवार के संरक्षक के रूप में अपनी भूमिका निभाने के लिए जूझ रही है।

"मैं परिवार के प्रति अपनी ज़िम्मेदारियों के प्रति काफ़ी सजग रहती हूँ।" उसने बताया। मुझे भाग्यशाली कहा जाता था। मुझे कभी अपमान नहीं मिला। मैं जब छोटी सी थी, मेरे पिता तभी से मानसिक चिकित्सालय में भर्ती थे। मैं कभी अपने लिए जीना नहीं चाहती थी। मेरी शादी एक भले इंसान से हुई है और मैं तीन ख़ूबसूरत बच्चों की माँ हूँ, जो अब वयस्क हो गए हैं। कभी-कभी मुझे इस बात का अपराध-बोध होता है कि मैंने तो अच्छे दिन देख लिए, लेकिन अपनी बहनों के लिए मैं कुछ नहीं कर पाई। अपनी बहनों को एक सुरक्षित जीवन देने के प्रयास में अक्सर थक भी जाती हूँ। मैं लॉटरी जीतने का सपना देखती हूँ ताकि बहनों को एक आलीशान घर दे सकूँ, उन्हें जीवन-भर के लिए आर्थिक रूप से आज़ाद कर दूँ और मैं अपराध-बोध से मुक्त हो जाऊँ।"

आइरिस सुनहरे बालों और मोटे होंठों वाली सुन्दर महिला है। उसकी नीली आँखों से भीतर उनमें समाया वह तूफ़ान झलकता है जो 'ए' ग्रेड पाने के लिए कटिबद्ध है। आइरिस ने दूसरों की मदद करने, उनका जीवन सरल बनाने की अपनी भूमिका में स्वयं को क़ैद कर रखा था। वह इस अपराध-बोध की क़ैद में भी थी कि उसकी माँ और बहनों के मुक़ाबले उसका जीवन अधिक आसान था। एक 'गुड गर्ल' बन कर दूसरों का जीवन आसान बनाते रहने की उसकी इस सोच से बाहर किस तरह निकालूँ, यही मेरा प्रयास था।

"जब तक स्वयं से प्रेम करना नहीं सीखोगी, तब तक तुम अपनी बहनों के लिए कुछ नहीं कर सकती।" मैंने उसे समझाया।

"मुझे समझ नहीं आ रहा है कि सब कुछ कैसे होगा। इस साल मेरी उनसे मुलाक़ात भी नहीं हो पाई है। इस वजह से मैं परेशान हूँ। मुझे उनकी चिन्ता सताती है। पता नहीं वे कैसी हैं? मैं उनके लिए और क्या कर सकती हूँ। क्या-क्या कर सकती हूँ, कुछ समझ नहीं आ रहा। मैं इस बात को लेकर परेशान हूँ कि उनसे किस तरह से सम्पर्क किया जाए। उनके साथ सम्पर्क नहीं हो पाने से बहुत बुरा लगता है।"

मुझे लगता है कि आइरिस को अपराध-बोध और चिन्ता से दूर रहना चाहिए। मैंने उसे समझाया, "अपराध बोध अतीत है और चिन्ता भविष्य। केवल वर्तमान ही तुम्हारे हाथ में है, जिसे तुम बदल सकती हो। बहनों के बारे में सोचने की ज़िम्मेदारी केवल *तुम्हारी* नहीं है। प्रश्न यह नहीं कि अपनी बहनों से कितना प्रेम करती हो, सवाल यह भी है कि तुम *अपने आप* से कितना प्यार करती हो।"

उसने हाँ में सिर तो हिला तो दिया लेकिन, उसकी आँखों में ज़रा झिझक भी थी मानो अपने आपसे प्रेम करना उसके लिए असहज और असामान्य काम था।

"मेरी दोस्त, अपनी बहनों की मदद के बारे में ज़्यादा सोचना तुम्हारे और *उनके* लिए हानिकारक है। तुम उन्हें अपाहिज बना रही हो, तुम पर आश्रित बना रही हो, उन्हें अपनी ज़िम्मेदारियाँ लेकर बढ़ने से वंचित करना ठीक नहीं।"

मैंने समझाया कि हो सकता कि उन्हें मदद की आवश्यकता ही नहीं हो, लेकिन यह *तुम* मानकर बैठी हो। कई बार हमारी मदद की आवश्यकता की अपेक्षा हम ही कर लेते हैं। दूसरों की सहायता किए बिना हम असहज रहते हैं। जब तुम सहायता माँगे जाने पर आश्रित हो जाती हो तब यह किसी शराबी से शादी करने जैसा हो जाता है। वो गैरज़िम्मेदार हैं और आप ज़िम्मेदार हैं। यही सोच पालना शुरू कर देते हैं।

"अपराध बोध अतीत है और चिन्ता भविष्य।"

मैंने आइरिस को सलाह दी, "तुम्हारे लिए यही सही समय है *स्वयं* से शादी करने का, अन्यथा बुरे हालात और भी बुरे हो जाएँगे, बेहतर नहीं होंगे।"

वह शान्त थी। उसकी प्रतिक्रिया विचित्र थी, "बहुत कठिन है। मैं अब भी अपने आपको अपराधी महसूस करती हूँ।"

जब वे बच्चे थे, उसकी सबसे बड़ी बहन गुस्सैल और डरावने स्वभाव वाली थी। उस समय किसी को भी अनुमान नहीं था कि वह यौन शोषण का शिकार हो चुकी थी। आइरिस स्कूल से आने के बाद बड़ी बहन के उग्र स्वभाव का सामना करने से बचने के लिए खुद को कमरे में बन्द कर लिया करती थी। वह और उसकी बहनें माता-पिता से पूछते थे, "क्या इससे छुटकारा पाया जा सकता है, क्या उसे क़ाबू किया जा सकता है?" एक दिन सबसे बड़ी बहन का पिताजी के साथ ज़ोरदार

झगड़ा हुआ और उसने पिताजी को दीवार पर धक्का दे दिया। इसके बाद घरवालों ने उसे लड़कियों के होस्टल भेज दिया। उसके बाद तो वह और भी निर्दयी हो गई।

"शायद मेरे ही कारण माँ-बाप ने उसे घर के बाहर भेज दिया," आइरिस ने कहा।

"अगर तुम्हें अपनी बहनों से अच्छे रिश्ते बनाए रखना है तो उसके लिए एक दूसरे की आवश्यकता बनना ज़रूरी नहीं है। ऐसा इसलिए है कि तुम लोग एकदूसरे को चाहते हो। अब चुनाव तुम्हारा है – तुम्हें शर्मिंदगी *चाहिए* या प्रेम?" मैंने समझाया।

प्रेम का चुनाव करने का अर्थ है अच्छा और दयालु बनना और स्वयं से प्यार करना। अतीत को भुलाना। हर किसी की रक्षा के लिए उपस्थित नहीं होने के लिए माफ़ी माँगते रहना बन्द करना अर्थात् कहना, "मैं जो सर्वश्रेष्ठ कर सकती थी, मैंने वह किया।"

आइरिस बोली, "लेकिन मुझे लगता है कि मेरे जीवन का यह एक हिस्सा ही है। हम तीनों बहनों के साथ जो कुछ भी बुरा हुआ उसका हल तलाशूँ। परिवार के एक ऐसे सदस्य के नाते, जिसे ज़्यादा संघर्ष नहीं करना पड़ा। मैं अकेली ही थी जो सबको बाँधे रख सकती थी। अब जब मैं उनकी सहायता नहीं कर पा रही हूँ, स्वयं को विश्वासघाती मानती हूँ।"

पहला प्रश्न जो मैं अपने मरीज से पूछती हूँ वह यह है, "तुम्हारा बचपन कब ख़त्म हुआ? किस उम्र से दूसरों की रक्षा या सहायता करना शुरू किया? किस उम्र से अपने आपको भूलना शुरू किया और कुछ अलग बन कर जीने लगे?"

आइरिस को मैंने बताया, "तुम बहुत जल्दी बड़ी होकर वयस्क बन गईं, दूसरों का ध्यान रखने लगीं एक ज़िम्मेदार सदस्य की तरह और इतना सब कुछ करने के बाद भी स्वयं को, कुछ भी नहीं कर पाने का, दोषी मानती हो।"

उसने सिर हिलाया। उसकी आँखें भर आई थीं।

"अब तय करो : कहाँ बस करना है।"

'ए' ग्रेड प्राप्त करने की पुरानी आदत को छोड़ना कठिन होता है, साथ ही प्यार और सम्बन्ध बनाने के लिए एक ऐसा नया तरीक़ा खोजना, जो कि एक दूसरे की निर्भरता पर टिका हो, निर्भरता पर नहीं; प्यार पर टिका हो ज़रूरत पर नहीं।

अपने मरीजों को उनकी पुराने तरीक़े की सोच में बदलाव लाने के लिए उनसे यह प्रश्न अवश्य पूछती हूँ, "आपमें कोई ऐसी बात है जिसे अधिकता में करते हैं?" हम अपने उपचार के लिए किसी पदार्थ या आदत का उपयोग अवश्य करते हैं जैसे–

खाना, शक्कर, शराब, ख़रीदारी, जुआ खेलना, सेक्स आदि। हम अच्छी आदतों को भी बहुतायत में कर सकते हैं। हमें अत्यधिक खाना, काम, व्यायाम आदि की भी लत लग सकती है, लेकिन जब हम प्यार, ध्यानाकर्षण और सहमति के भूखे होते हैं - जो हमें बचपन में नहीं मिला होता - तो हमारी आवश्यकता पूरी करने के लिए हमें सब कुछ कम ही लगता है। आप ग़लत मार्ग से अपनी इच्छा पूरी कर रहे होते हैं। यह ठीक वैसा ही होता है जैसे आप हार्डवेयर वाली दुकान पर केले ख़रीदने जा रहे हो। आप जो चाहते हैं वह वहाँ नहीं है। फिर भी, कई लोग ग़लत दुकान में जा रहे होते हैं।

कई बार हम कुछ चाहने के आदी हो जाते हैं और कई बार तो चाहे जाने के आदी भी हो जाते हैं।

लूसिया एक नर्स है जिसने मुझे बताया कि उसे लगता है, "आप क्या चाहते हैं? मैं आपकी किस तरह मदद कर सकती हूँ?" यह पूछना उसके ख़ून में ही है। आदेश देने और रौब जमाने वाले पति के साथ वर्षों बिताने और बच्चों की परवरिश, जिसमें एक अपाहिज बच्चा भी शामिल था, उसे यह सोचने-विचारने में दशकों लग गए, "मेरी कौन सुनेगा, आख़िर मेरा अस्तित्व क्या है?" वह सालों से "यह करो! वह करो!" सुन-सुन कर परेशान हो गई थी।

स्वार्थी होना अच्छा है : अपने आप से प्रेम करने और अपना ख़याल रखने के लिए।

लूसिया अब मुखर हो चुकी है। अपनी इच्छाओं और प्राथमिकताओं का ध्यान रखती है। कई बार लोगों से विचित्र तरह की प्रतिक्रिया मिलती है। पहली बार उसने पति को नाश्ता देने के लिए सोफ़े से उठने से इंकार किया, वह चिल्लाया, "मैं तुम्हें आदेश देता हूँ!"

गहरी साँस लेते हुए लूसिया ने कहा, "मैं आदेश नहीं मानती। यदि मुझसे इस लहज़े में कोई बात करता है तो कमरे से बाहर चली जाऊँगी।"

लूसिया अब किसी निवेदन को स्वीकार करने से पहले, रुक कर स्वयं से पूछती है, "क्या मैं यह वाक़ई करना चाहती हूँ? इसे करने से मुझे गुस्सा तो नहीं आएगा?"

स्वार्थी होना अच्छा है - अपने आप से प्यार करने और अपना ख़याल रखने के लिए।

जब लिंडसी और जॉर्डन छोटे थे, मरिआना और रॉब ने एक दूसरे से वादा किया कि वे किसी-किसी रात परिवार से दूर रहेंगे। मरिआना के नाइट आउट के समय बच्चों के साथ रॉबर रहता था और जब रॉब परिवार से दूर रहता, तो मरिआना भी ऐसा ही करती। एक बार रॉब लन्दन से आए प्रसिद्ध अर्थशास्त्री के

भाषण को सुनने जाना चाहता था। लेकिन यह दिन मरिआना के नाइट आउट का था। उसे इस दिन अपने मित्रों के साथ नाटक देखने जाना था, जिसकी टिकटें वह ख़रीद चुकी थी और रॉब घर पर रहने का वादा कर चुका था। जब उसने मरिआना को बताया कि इतने कम समय में किसी आया की व्यवस्था करना कठिन है तो उसे अपनी टिकटों को बेचकर अगले दिन का कार्यक्रम बनाना चाहिए। हमें एक दूसरे की भावनाओं का आदर करते हुए व्यवस्थाओं में तब्दीली करने का चुनाव स्वयं करना चाहिए। समस्या तब पैदा होती है जब अचानक किसी नई आदत को अपनाने की जल्दबाज़ी करते हैं। हम दूसरों की समस्याओं को सुलझाने की सारी ज़िम्मेदारी उठा लेते हैं। हम उन्हें इस बात की ट्रेनिंग देते हैं कि वे अपने आप पर निर्भर होने की बजाय हमारे भरोसे रहें। मरिआना ने बड़े प्यार से कहा, "तुम्हें शायद दुविधा हो रही है। मुझे भरोसा है कि तुम इस समस्या का हल निकाल लोगे।" आख़िर में रॉब बच्चों को अपने साथ ऑडिटोरियम में ले गया, जहाँ बच्चे कुर्सियों के नीचे मज़े से खेलते रहे।

प्रेम का मतलब है समय देना।

कभी-कभी जीवन हमसे उसकी रफ़्तार में बहते जाने की अपेक्षा करता है और कभी हमें अपनी प्राथमिकताओं को दूसरों की ज़रूरत के हिसाब से बदलना भी अच्छा होता है। बेशक, हम अपनी क्षमताओं के दायरे में रहते हुए अपने प्रियजन की आकांक्षाओं को पूरा करने का हरसम्भव प्रयास करते हैं, लेकिन इस प्रयास में हमारा अस्तित्व खो नहीं जाए इस बात का विशेष ध्यान रखा जाना चाहिए। मदद देने के प्रयास में शहीद होने से और अपनी नाराज़गी को हवा देने से बचने में ही बुद्धिमानी है। प्यार का अर्थ है - स्वयं से प्रेम का अभ्यास करते हुए दूसरों के प्रति उदार *और* दयालु बनना।

मैं अक्सर प्रेम को इस तरह परिभाषित करती हूँ - प्रेम का मतलब है समय देना। एक तरफ़ जहाँ हमारी आन्तरिक शक्तियाँ अनन्त हैं, वहीं समय और हमारी ऊर्जा सीमित है। हम चाहे स्कूल में काम करते हों, परिवार में हों, समाज सेवा करते हों, मन्दिर, गिरिजाघर में सेवाएँ देते हों, माता-पिता या वृद्ध लोगों की सेवा में व्यस्त हों - अपने आपको नहीं भूलें। आप आराम कब करेंगे, ताज़ादम कब होंगे, अपनी दिनचर्या, कामकाज, प्रेम और मनोरंजन के बीच सही तालमेल कैसे बनाएँगे?

किसी से सहायता माँगना हमारे लिए सबसे कठिन कार्य होता है। मैं कई वर्षों तक मेरे बेहतरीन 'स्विंग डांस' पार्टनर के साथ डेटिंग में रही। जीन बहुत अच्छा मित्र था। एक बार उसे बीमारी के कारण कुछ सप्ताह के लिए अस्पताल में रहना पड़ा, जहाँ

उसकी सेवा करना मुझे अच्छा लगता था। जीन को मेरा हाथ पकड़ना, उसे बच्चों की तरह खाना खिलाना बहुत ख़ुशी देता था। जब कोई आपको मदद का अवसर देता है, तो यह एक अद्भुत अनुभव होता है। एक दोपहर को जीन अचानक ठंड से काँपने लगा। उसने कहा भी कि उसे ठंड लग रही है पर गर्म कम्बल को माँगने में उसे झिझक हो रही थी। दूसरों पर बोझ नहीं बनने की सोच के कारण वह अपने प्रति लापरवाह हो रहा था।

मैं भी यही करती थी। अपने स्थानांतर के शुरुआती दिनों में बेला, मैं और मरिआना बाल्टिमोर में एक अपार्टमेंट के पिछले हिस्से में नौकरानी के लिए बने छोटे-से घर में रहते थे। उस समय हम पैसों की भारी तंगी से गुज़र रहे थे। हमने दस डॉलर उधार लेकर अपना जीवन शुरू किया था। ऐसी परिस्थिति में मेरा नियम था कि बेला और मरिआना को खाना खिलाने के बाद, यदि कुछ बचा तो मैं खाती थी। इसमें मुझे गर्व महसूस होता था। यह सच है कि दया और प्रेम दैवीय गुण हैं, परन्तु निस्वार्थ होने का अर्थ स्वयं की अवहेलना करना नहीं होता।

और आत्मनिर्भर होने का अर्थ यह नहीं होता कि आप किसी की सहायता और प्रेम पाने से इनकार कर दें।

ऑड्री अपने कॉलेज के दिनों में ऑस्टिन, यूनिवर्सिटी ऑफ़ टेक्सास आई हुई थी। वह घर पर ही थी। एक शनिवार की सुबह उसने मेरे बेडरूम का दरवाज़ा खोला तो उसने देखा कि मैं अपने डिज़ाइनर नाइट गाउन में थी और बेला मुझे पपीता खिला रहा था।

"माँ!" वह चीख़ी। उस पल वह मुझसे घृणा कर रही थी। मैंने उसकी सम्वेदनाओं को आहत किया था।

वह यह नहीं जानती थी कि मैं चाहती हूँ कि बेला मेरी सेवा और ध्यान रखने का आनन्द उठाए। वह हर शनिवार की प्रतीक्षा करता, शहर के किसी कोने से मेरी पसन्द के ताज़े और मीठे पपीते खोजकर लाना उसका शौक़ था और इससे उसे ख़ुशी मिलती थी और मुझे भी क्योंकि वह ख़ुश था।

जब आप आज़ाद होते हैं, तब आप जो हैं वही बने रहने ज़िम्मेदारी उठाने में प्रसन्नता का अनुभव क़रते हैं। आप अपनी आवश्यकताओं को पूरा करने के लिए अतीत में ओढ़े हुए नक़ली मैकेनिज़्म या आदतों को पहचान लेते हैं। आप अपने उन हिस्सों से दोबारा जुड़ते हैं जिन्हें अज्ञानतावश त्याग चुके थे, और जो आपके सम्पूर्ण व्यक्तित्व से पुनः प्राप्त करते हैं। ख़ुद पर ध्यान नहीं देने की आदत से उबरते हैं।

याद रखें - आपके पास वह है जो किसी और के पास नहीं है। आपके पास आप हैं। जीवन भर के लिए।

यही वजह है कि मैं हमेशा अपने आप से बात करती रहती हूँ। मैं कहती हूँ, “एडी, तुम अनूठी हो। तुम ख़ूबसूरत हो। तुम हर दिन अपने आपको बढ़ाती चलो।”

अपना तिरस्कार करने की आदत छोड़ें।

मैंने अपना ख़याल नहीं रखने और अपने आपको शारीरिक या मानसिक रूप से कमज़ोर मानने की आदत छोड़ दी है। मुझे हाई-मेन्टेनेंस वूमन होने का गर्व है! एक्यूपंक्चर और मसाज मेरे हथियार हैं। मैं हर दिन अपना सौन्दर्य उपचार करती हूँ। हालाँकि यह आवश्यक नहीं है, पर मुझे अच्छा लगता है। मैं फ़ेशियल करती हूँ। बालों को अलग-अलग तरह से रंग देती हूँ। डिपार्टमेंटल स्टोर के मेक-अप काउंटर पर जाकर आँखों की सुन्दरता के नए नए प्रयोग करती हूँ। यदि मैंने अपने आन्तरिक सौन्दर्य के महत्त्व को नहीं समझा होता तो बाहरी सौंदर्य मुझे किसी भी तरह से खुश नहीं रख पाता। अभी मैं अपने बारे में जितना अच्छा सोच पाती हूँ, तब नहीं सोच पाती।

अब चूँकि मैं अपने आत्मसम्मान को महत्त्व देती हूँ, स्वयं से प्रेम करती हूँ, और यह समझ चुकी हूँ कि आन्तरिक सौन्दर्य के साथ-साथ बिना किसी अपराध-बोध बाहरी रूप का ध्यान रखना भी ज़रूरी है। मैं अब पूरे आत्मविश्वास के साथ स्वयं को प्रदर्शित करती हूँ। मैं अब प्रशंसा स्वीकार करती हूँ। जब कोई कहता है, “आपका स्कार्फ़ बहुत सुन्दर है,” तब मैं कहती हूँ, “धन्यवाद। मुझे भी यह पसन्द है।”

मैं वह दिन भूल नहीं पाती हूँ जब किशोरवयीन मरिआना के साथ कपड़ों के बाज़ार में गई थी। मैंने उसके लिए एक ड्रेस पसन्द की जिसे देखकर वह बोली “मम्मी, ये नहीं।” मैं अचम्भित रह गई कि मेरी परवरिश ने उसे नकचढ़ी और कृतघ्न भी बना दिया। लेकिन फिर मुझे सोचकर खुशी हुई कि ऐसे बच्चे होना कितना बड़ा उपहार है, जो अपने बारे में सोच सकते हैं, जो यह जानते हैं कि मुझे क्या “पसन्द है” और मुझे क्या “नापसन्द” है।

अपने आप को खोजो। प्रेम पाने के लिए मेहनत करने की ज़रूरत नहीं है। तुम्हें सिर्फ़ *तुम* बनना है। हर दिन इस दिशा में आगे बढ़ते रहो।

स्व-उपेक्षा से बचने के सूत्र :

- ***जिस काम को हम बार-बार करते हैं, उसमें प्रवीण हो जाते हैं।*** *हर दिन कम से कम पाँच मिनट मधुर और संगीतमय माहौल में बिताएँ, कॉफ़ी का आनन्द लें, धूप का ताप सहें, किसी प्रियजन को गले से लगाएँ, ठहाके लगाएँ, बारिश की गिरती बूँदों को सुनें, किचन में बन रहे नाश्ते की ख़ुशबू का मज़ा लें। इस आनन्द को जी भरकर जिएँ।*

- ***काम, प्रेम, आनन्द।*** *सप्ताह-भर के कामों की दिन के अनुसार रूपरेखा बनाएँ। इन तीनों गतिविधियों में सन्तुलन बनाए रखने के लिए समय को इन श्रेणियों में बाँट लें। (कुछ गतिविधियाँ एक से अधिक श्रेणी में फ़िट हो सकती हैं; यदि ऐसा है, तो लागू होने वाली सभी श्रेणियों का उपयोग करें।) फिर एक सप्ताह में आपके द्वारा किए गए इन सभी कामों के कुल घण्टों को जोड़ दें। क्या इन तीनों श्रेणियों में सन्तुलन है? यदि किसी गतिविधि के लिए समय कम पड़ रहा हो, तो विचार करें कि किस तरह समन्वय बनाया जा सकता है?*

- ***अपने प्रति प्रेम प्रदर्शित करें।*** *पिछले सप्ताह की घटना याद करें, जब किसी ने आपसे कुछ माँगा या किसी तरह की मदद माँगी हो। आपकी क्या प्रतिक्रिया थी? क्या यह आपके स्वभाव के विपरीत थी? आवश्यक? ज़रूरत? इच्छा? आपकी इस प्रतिक्रिया से आपके शरीर ने कैसा परिवर्तन अनुभव किया? क्या यह आपके लिए अच्छा था? अब पिछले सप्ताह का दिन याद करें जब आप किसी से मदद माँगना चाहते थे - या किसी की मदद की ली थी। आपने क्या कहा? क्या परिणाम हुआ? क्या आपकी प्रतिक्रिया अच्छी थी? आज आपको स्वयं से केवल प्रेम करने के लिए यानी स्वार्थी बनने के लिए क्या करना चाहिए?*

4

दो नावों की सवारी

रहस्यों की क़ैद

हंगरी में एक कहावत प्रसिद्ध है, *यदि दो कुर्सियों पर बैठने का प्रयास करते हैं, तो आप मूर्ख सिद्ध होते हैं।*

यदि आप दोहरा जीवन जीने की कोशिश करते हैं, यानी दो नावों की सवारी करेंगे, तो मुसीबत का सामना करना पड़ सकता है।

जब आप आज़ाद होते हैं, तो प्रामाणिकता से जीते हैं और दो कुर्सियों के बीच पैर फैला कर बैठने की कोशिश और परेशानी से बच जाते हैं। आपके आदर्श और वास्तविक जीवन में सन्तुलन बना रहता है और दुविधा से भी छुटकारा मिल जाता है। आप एक ही कुर्सी पर सन्तुष्ट होकर बैठना सीख जाते हैं।

रॉबिन भी जब मुझसे मिलने के लिए आई तो इसी तरह की दुविधा में थी। उसका विवाह टूटने की कगार पर था। वह अपने पति की फ़िज़ूल माँगों से त्रस्त हो चुकी थी और उनके वैवाहिक जीवन में कोई उत्साह नहीं रह गया था। वह खुली हवा में साँस लेना चाहती थी। सुख-चैन की तलाश में वह एक प्रेम-प्रसंग में पड़ गई।

धोखेबाज़ी एक ख़तरनाक खेल है। नया प्रेमी मिलना रोमांचक होता है। नए दोस्त के साथ रात बिताते हुए आपको इस बात की चिन्ता नहीं होती कि सुबह कचरा बाहर कौन बाहर फेंकेगा, सॉकर की प्रैक्टिस के लिए जाते हुए कार पूल करते समय कार चलाने की किसकी बारी है। सिर्फ़ आनन्द होता है। किसी क़िस्म की ज़िम्मेदारी नहीं होती। लेकिन यह सब क्षणिक रहता है। नया रिश्ता बनने के कुछ समय तक तो रॉबिन बहुत खुश थी, अधिक आशावादी बन गई थी। वह घर की वर्तमान स्थिति को बर्दाश्त करने में सक्षम बन गई थी, क्योंकि उसकी स्नेह और अन्तरंगता की

चाहत कहीं और पूरी हो रही थी। लेकिन फिर अचानक उसके प्रेमी ने चेतावनी दे डाली। उसे पति और प्रेमी में से किसी एक का चुनाव करना था।

उसने मुझसे मिलने का समय माँगा क्योंकि वह दुविधा में थी, कोई निर्णय नहीं ले पा रही थी। पहली मुलाक़ात में अस्पष्ट बातें कर रही थी, जिससे दो असंभव प्रतीत होते रिश्तों की अच्छाई और बुराइयाँ समझ में आ रही थीं। एक तरफ़, तलाक़ की स्थिति में वह प्रेमी के साथ रह सकती थी, लेकिन इससे उसके दो बच्चों का भविष्य बिखर जाता। लेकिन यदि वह अपने विवाह को बचाती है तो उसे उस व्यक्ति को छोड़ना पड़ेगा जिसने उसके जीवन को नया रंग दिया था। अब उसके सामने केवल बच्चों के भविष्य या उसकी अपनी इच्छापूर्ति का प्रश्न था।

लेकिन मूल प्रश्न इस बात का चुनाव करना नहीं था कि उसे किस व्यक्ति के साथ रहना है। अपने पति से छुपकर वह जो कुछ कर रही थी, उसे तब तक जारी रख सकती थी, जब तक वह किसी निर्णय पर नहीं पहुँच जाती। उसकी आज़ादी सही साथी के चुनाव में नहीं थी, बल्कि रिश्ता चाहे कोई भी हो - उसकी इच्छाओं, आशाओं और डर को व्यक्त करने का एक तरीक़ा खोजने के बारे में थी।

दुर्भाग्यवश, यह एक आम समस्या है। प्यार और जुनून से की गई शादी भी इस तरह की क़ैद में बदल सकती है। समय के साथ यह धीरे-धीरे हो सकता है और पता ही नहीं चलता कि कब हम चारों ओर सलाख़ों से घिर गए। इस अतिक्रमण के संकेत - पैसे या काम का तनाव, बच्चे या बड़ा परिवार या फिर किसी की बीमारी - इस रूप में दिखाई देते हैं। चूँकि पति-पत्नी के पास इनका कोई समाधान नहीं होता, तो चिन्ता, दुःख और क्रोध बढ़ने लगता है। कुछ समय के बाद इन्हें व्यक्त करना कठिन हो जाता है, क्योंकि इससे बहस और तनाव बढ़ने का डर बना रहता है। अतः युगल चुप रहने में ही बुद्धिमानी समझता है। जब तक दोनों को बात समझ में आती है, तब तक तो वे अपनी-अपनी अलग ज़िंदगी जीना शुरू कर देते हैं। तीसरे व्यक्ति के प्रवेश के लिए द्वार खुल जाता है जो समाधान बनने का प्रयास करने लगता है।

रिश्तों में तनाव का कारण केवल एक व्यक्ति ही नहीं होता। रिश्तों में दूरियाँ बनाने और झगड़ा बढ़ाने का काम दोनों करते हैं। रॉबिन का पति एक परफ़ेक्शनिस्ट था। पत्नी की बुराइयाँ निकालता और अपने निर्णय उस पर थोपते रहता था। रॉबिन के लिए उसे प्रसन्न रखना बेहद मुश्किल था। पहले तो रॉबिन को यह समझने में ही देर लगी कि वह भी रिश्ते बिगाड़ने का काम कर रही है : दूरी बनाना, दूसरे कमरे में चले जाना, अलग-थलग रहना, अचानक ग़ायब हो जाना। सबसे मुख्य बात यह थी कि उसने

ईमानदारी की शुरुआत अपने आपसे सच बोलना सीखने से होती है।

अपनी नाखुशी को एक रहस्य बना कर रखा, दूसरे पुरुष से सम्बन्ध तो गौण था। प्रमुख रहस्य यह था कि वह अपनी भावनाओं, रोज़-रोज़ की परेशानियों, सुख-दुःख को अपने पति से आदतन छुपाकर रखती थी।

ईमानदारी की शुरुआत अपने आपसे सच बोलना सीखने से होती है।

मैंने रॉबिन से कहा कि यदि वह तैयार हो तो मैं उसका इलाज करूँगी, लेकिन इसी शर्त पर कि वह अपने प्रेम-प्रसंग को भूलकर उसका अपने साथ जो रिश्ता है, उसके प्रति ईमानदार बने।

मैंने उसे दो एक्सरसाइज़ बताईं। पहली को मैं जीवन-संकेत मानती हूँ। इसमें शरीर का तापमान लेना, अपने भीतर की हलचल और उन भावनात्मक प्रेषण की ओर ध्यान देना शामिल होता है, जो हम वातावरण में भेज रहे होते हैं। हम बिना कोई शब्द बोले भी संवाद कर रहे होते हैं। केवल कोमा की हालत में यह संप्रेषण नहीं हो पाता। दिन-भर में अपने आपसे कई बार पूछें, "क्या मैं शान्ति और जोश का अनुभव कर रहा हूँ या निरुत्साहित और रूखा हो गया हूँ?"

रॉबिन को अपने कठोर, सख़्त या चुप रहने की आदत के बारे में कुछ सोचने-विचारने में कोई दिलचस्पी नहीं थी। हाँ, कुछ समय बाद इमोशनल टेम्प्रेचर लेते रहने से अवश्य कुछ मदद मिली। अब मैंने दूसरे अभ्यास के बारे में बताया - अपने व्यवहार में व्यवधान डालने वाली बातों पर ग़ौर करना - अपनी नकारात्मक प्रतिक्रिया व्यक्त करने की आदत को किसी दूसरी सकारात्मक आदत में बदलना। रॉबिन ने देखा कि जब भी उसे अपने पति से दूर रहने या खुद को रोकने की इच्छा होती, वह ऐसा करने से अपने आपको रोकने का प्रयास करती थी। अपने पति का हाथ पकड़ने का सचेत प्रयास करती। प्यार भरी नजरों से पति को निहारती जो उसने लम्बे अरसे नहीं किया था। एक शाम खाने की टेबल पर रॉबिन ने अपने पति की ओर अपना हाथ आहिस्ता बढ़ा दिया।

अन्तरंगता बढ़ाने की ओर यह पहला क़दम था। अपने प्यार को वापस पाने के लिए अभी बहुत कुछ करना बाक़ी था। यह तो केवल शुरुआत थी। लेकिन पहल हो चुकी थी।

जब तक हम अपने व्यवहार की कुछ सच्चाइयों को छुपाकर रखते हैं, उपचार सम्भव नहीं होता। यदि हम अपनी कुछ भावनाओं को दबा देते हैं या उन्हें व्यक्त नहीं करते हैं, तो हमारी स्थिति कोठरी में क़ैद किसी ऐसे व्यक्ति की तरह होती है जो लोगों का ध्यान आकर्षित करने के लिए छटपटा रहा होता है।

मैं यह सब इसलिए जानती हूँ, क्योंकि मैंने भी अपना अतीत वर्षों तक छुपा रखा था। मेरे साथ जो कुछ बीता, मेरा क्रोध, दुःख सब अव्यक्त था। युद्ध के बाद मरिआना और बेला के साथ अमेरिका आई, मैं सामान्य रहना चाहती थी। मैं ऐसी किसी माँ की पहचान लेकर जीना नहीं चाहती थी, जो नरसंहार से उबरी हो। मैं कपड़ों की फ़ैक्ट्री में काम करती थी। बच्चों के अधोवस्त्रों के बेकार धागे काटने का काम करती थी। मुझे बारह कपड़ों के सात सेंट मिलते थे। उच्चारण से पकड़े जाने के भय से मैं अंग्रेज़ी में बात नहीं करती थी। मैं बस लोगों के बीच समा जाना चाहती थी, चाहती थी कि लोग मुझे स्वीकार करें। मैं यह भी नहीं चाहती थी कि लोग मुझे लेकर किसी तरह का अफ़सोस जाहिर करें। मैं अपने घाव छुपाकर रखना चाहती थी।

दशकों बाद, जब मैं मनोचिकित्सक के तौर पर अपना प्रशिक्षण समाप्त कर रही थी, मुझे दोहरे जीवन का खामियाज़ा भुगतने का अहसास हुआ। खुद का इलाज किए बिना मैं दूसरों का इलाज कर रही थी। मैं एक पाखंडी थी। बाहर से तो एक डॉक्टर थी, पर भीतर से सोलह साल की, घबराई हुई काँपती-थरथराती स्त्री थी, जो इनकार, अतिशयोक्ति और पूर्णतावाद क़ैद में थी।

सच्चाई से परिचित होने तक मैं और मेरा रहस्य एकदूसरे तक सीमित थे।

मेरे रहस्य में मेरे बच्चे भी शामिल थे, जो अब मुझे समझ आ रहा है। मरिआना, ऑड्री और जॉन ने अपने बचपन के तनाव और भय के जो भी अनुभव बाँटे बिना उनकी पृष्ठभूमि जाने, वे सारे उन पत्रों से मिलते-जुलते थे जो मेरे पाठक मुझे लिख कर भेजते थे। वे सभी नरसंहार की त्रासदी से गुज़रे हुए लोगों के बच्चे थे।

रुथ ने अपना दुःख बाँटते हुए बताया कि उसके माता-पिता भी त्रासदी के शिकार हुए थे और उनकी चुप्पी ने उसकी बढ़ती उम्र पर गहरा प्रभाव छोड़ा। दूसरी तरफ़, उसका बचपन खुशियों से भरपूर था। उसके माता-पिता, ऑस्ट्रेलिया में बस जाने के बाद, बाहरी तौर पर खुशहाल और सुखी थे। बच्चों के लिए अच्छी शिक्षा के साथ-साथ बैले और पियानो की कक्षाओं में भी भेजते थे, ताकि उन्हें परिपूर्ण जीवन की खुशी और दोस्तों का साथ मिल सके। "हम भाग्यशाली थे। ईश्वर को धन्यवाद।" वे अक्सर कहते हैं। उनके जीवन पर त्रासदी की कोई छाप नहीं थी।

लेकिन, रुथ के बाहरी और आन्तरिक व्यवहार में बहुत अन्तर था। उसके माता-पिता की वर्तमान सकारात्मकता और अतीत के विषय में चुप्पी का विरोधाभास उसे परेशान कर देता था। उसकी आत्मा में अजीब सी सिहरन दौड़ जाती थी। अपने अभिभावकों के दर्द और चुप्पी के कारण उसके मन में यह धारणा घर कर गई थी कि कुछ तो ग़लत है, कुछ दर्दनाक घटने वाला है। आगे चलकर मनोचिकित्सक और एक सफल माँ बनने और अपनी तमाम उपलब्धियों के बाद भी एक प्रश्न हमेशा अपने

आप से पूछती थी, *मैं इस तरह से क्यों सोचती हूँ?* उसका व्यावसायिक प्रशिक्षण भी उसके प्रश्न का उत्तर खोजने में सहायक नहीं था।

रुथ का छोटा बेटा जब उन्नीस साल का हुआ तो अपने भाई के साध हंगरी जाने की इच्छा जताई। वह अपने दादा-दादी के बारे में कुछ और जानने में उत्सुक था, जो अब जीवित नहीं थे। दक्षिणपंथी राजनीतिक गतिविधियों के वैश्विक प्रसार के साथ यह समझ कि जिन्हें इतिहास का ज्ञान नहीं, वे घटनाओं को दोहराए जाने के अपराधी माने जाते, वह अपने अतीत को जानने के लिए बहुत उत्सुक था। रुथ इसे टालना चाहती थी। वह अपनी युवावस्था में हंगरी गई थी, तब साम्यवाद चरम पर था और उसका अनुभव अच्छा नहीं था। वह वापस नहीं लौटना चाहती थी।

फिर उसके मित्र ने एक पुस्तक का नाम सुझाया – *द चॉइस!* इसे पढ़ने के बाद रुथ को अपने अतीत का सामना करने का नया साहस मिला और वह यात्रा पर जाने के लिए तैयार हो गई।

बच्चों के साथ अपने माता-पिता की पुरानी यादों को ताज़ा करना परिवर्तनकारी और उपचार करने वाला अनुभव साबित हुआ। वे बुडापेस्ट के अल्पसंख्यक क्षेत्र के एक पूजास्थल में भी गए जिसमें बुडापेस्ट यहूदी बस्ती की एक प्रदर्शनी लगाई गई थी। रुथ ने पहली बार देखा कि उसकी माँ किन हालात में रहती थी। उसके लिए यह काफ़ी दुःखदायी था, और इस सच को स्वीकार करना उसके लिए बड़ा कठिन भी। लेकिन इसने उसे अपने माता-पिता से एक नए तरीक़े से जुड़ने की शक्ति भी प्रदान की। उसे अब समझ आया कि क्यों वे अपने कष्ट के दिनों की चर्चा नहीं करना चाहते थे। वे केवल अपनी और उसकी सुरक्षा को लेकर चिन्तित रहते थे। यह भी सच है कि सच को छुपाना या उसे कम करके बताने से हमारे अपनों की सुरक्षा नहीं हो सकती। सुरक्षा का अर्थ है कि अपने अतीत के दर्द को दूर करने के उपाय करें, ताकि हम अनजाने की अपनी पीड़ा बच्चों तक नहीं पहुँचाने पाएँ। रुथ ने परिवार की विरासत का सामना किया, इसलिए कुछ समानताएँ अनुभव कर रही थी जैसे, पीड़ा की जड़ तक पहुँचने और उससे मुक्ति पाना।

मेरा उपचार सही मायने में तब शुरू हुआ जब टेक्सास विश्वविद्यालय के मेरे सहपाठी ने मुझे विक्टर फ्रैंकल की पुस्तक *"मेन्स सर्च फ़ॉर मीनिंग"* पढ़ने के लिए दी और मैंने आख़िरकार उसे पढ़ने का साहस जुटा ही लिया। मेरे पास पहले इसे ना पढ़ने के कई बहाने थे, कई कारण थे : मैंने अपने आप से कह रखा था, *मुझे ऑश्वित्ज़ के दूसरे लोगों का इतिहास जानने की कोई आवश्यकता नहीं है। मैं तो ख़ुद ही वहाँ पर थी। ऐसे में दर्द को दोबारा जीने का क्या अर्थ? उस नर्क में फिर क्यों जाएँ?* लेकिन, सभी के सो जाने के बाद रात के सन्नाटे में जब मैंने पुस्तक खोली,

तो कुछ अजीब-सा महसूस किया। लगा कि फ्रैंकल मेरे सामने साक्षात खड़े थे। जैसे वह मुझसे ही बातें कर रहे हों। हमारे अनुभव एक जैसे नहीं थे। वह जब तीस साल की उम्र में क़ैद में डाले गए तो वे एक स्थापित चिकित्सक थे। मैं केवल सोलह साल की एक जिमनास्ट और बैले डांस की विद्यार्थी थी जो अपने बॉय फ्रेंड के सपने देखती रहती थी। लेकिन घटनाओं के विवरण को पढ़ कर मेरा नज़रिया ही बदल गया। मैंने रहस्यों को छुपाने से छुटकारा पाने, अतीत से भागने और जूझने से निज़ात पाने की कई सम्भावनाएँ देखीं।

फ्रैंकल के शब्दों और नेतृत्व ने मुझे सच का सामना करने का साहस और प्रेरणा दी ताकि मैं अपने रहस्यों को उजागर कर सकूँ, वास्तविक रूप में ज़िन्दा रह सकूँ।

कई बार अपने भीतर रहस्य को पालने की इच्छा अनकही होती है और अवचेतन मन में रहती है। लोगों के डर से चुप्पी तोड़नी पड़ती है। चाहे कुछ भी हो, रहस्य तो हानिकारक होते ही हैं। इनसे शर्मिन्दगी झेलनी पड़ती है और शर्म ही किसी भी लत का आदी बनाने की मुख्य वजह होती है। सच का सामना करने और उसकी अभिव्यक्ति से ही आज़ादी का अहसास होता है। यह तभी सम्भव है जब हम स्वयं से प्रेम और अपनापन रखते हैं।

रहस्यों से छुटकारा पाने के सूत्र :

- ***एक साथ दो नावों की सवारी नहीं करें।*** *एक साथ दो कुर्सियों पर बैठने के बजाय उन्हें साथ-साथ रखें। एक पर अपने पैर फैलाकर बैठें। महसूस करें कि आपके पैर फ़र्श पर टिके हैं। गर्दन और रीढ़ सीधी रखें। कन्धे ढीले छोड़ दें। गहरी साँसें लेकर छोड़ें। अब कल्पना करें कि आप इसी स्थिति में दूसरी कुर्सी पर भी बैठने का प्रयास कर रहे हैं। अपने शरीर के विभिन्न अंगों पर पड़ने वाले दबाव और दर्द का अनुभव करें। जब आप दो कुर्सियों पर पैर फैलाकर, एक साथ बैठने का प्रयास करते हैं तो इसके कारण होने वाली अपनी तकलीफ़ों की कल्पना करें। अन्त में, पहली कुर्सी पर आएँ। अपने पैर ज़मीन पर रखें। अपनी गर्दन और रीढ़ सीधी रखें। आप पूर्वस्थिति में आ गए हैं। साँसों पर ध्यान दें।*

- ***ईमानदारी की शुरुआत अपने आपसे सच बोलना सीखने से होती है।*** *रॉबिन ने अपने विवाह को बचाने के लिए जिन जीवनदायी सूत्रों को अपनाया, आप भी उनका अभ्यास करें। दिन में कई बार अभ्यास करें, शरीर और मानसिक परिवर्तनों पर ध्यान दें। अपने आप से पूछें, "क्या मैं शान्ति और जोश का अनुभव कर रहा हूँ या निरुत्साहित और रूखा हो गया हूँ?"*

- ***सभी की उपस्थिति में सुरक्षित वातावरण में सच बोलें।*** *सहायता समूह और बारह-चरण कार्यक्रम आपके सच को साझा करने के लिए एक अच्छी जगह हो सकते हैं - और दूसरों से सीखें जो लोग ऐसा कर रहे हैं। किसी स्थानीय या ऑनलाइन मीटिंग स्थल को तलाशें जहाँ आप ऐसे लोगों के साथ होंगे जो आपके जैसे ही अनुभव से गुज़रे होंगे और वे आपसे सहानुभूति रख सकते हैं। ये फ़ायदेमंद है या नहीं, यह तय करने से पहले कम से कम से तीन बैठकों में हिस्सा लें।*

5

आप ही स्वयं को नकारते हैं, दूसरे नहीं

अपराध-बोध और शर्म की क़ैद

मुझे अपने आपको माफ़ करने में दशकों लग गए।

मैं कॉलेज से 1969 में स्नातक हुई। मेरी उम्र 42 साल थी और मैं तीन बच्चों की आप्रवासी माँ थी। अंग्रेज़ी सीखने और वापस स्कूल जाने के लिए बड़ी हिम्मत और साधन भी जुटाने पड़े थे। और, मैं ऑनर्स ग्रेजुएट कर रही थी!

लेकिन मैं दीक्षान्त समारोह में नहीं गई। शर्म महसूस कर रही थी।

युद्ध के कई सालों बाद भी, अनेक जीवित बचे लोगों की तरह मैं भी अपराध-बोध से मानसिक तौर पंगु हो गई थी। मेरी बहन मागदा और मुझे आज़ाद हुए चौबीस वर्ष हो गए थे, लेकिन यह बात समझ नहीं पा रही थी कि मैं जीवित क्यों बच गई, जबकि माता-पिता के अलावा साठ लाख लोगों ने अपने प्राण गँवा दिए थे। यहाँ तक कि उत्सवों और उपलब्धि जैसे अच्छे अवसर भी मेरे इस यकीन से प्रभावित होते थे कि मैं वांछनीय नहीं हूँ, मुझे खुश होने का अधिकार नहीं है, और यह भी कि हर बुरी घटना का कारण मैं ही हूँ।

अपने प्रति अपराध तब होता है जब आप स्वयं को दोष देते हैं, यह मानने लगते हैं कि आपने ही कुछ ग़लत किया है। अपराध और पश्चाताप को अलग-अलग रखना आवश्यक है। किसी नुक़सानदायक ग़लती पर दी गई हमारी प्रतिक्रिया को पश्चाताप नाम देना सही है। यह दुःख जताने जैसा है। इसका अर्थ है कि अतीत को अतीत मान लिया गया है जिसे वापस नहीं लाया जा सकता और उसके बारे में बस दुःख व्यक्त किया जा सकता है। मैं पश्चाताप कर सकती हूँ, और स्वीकार कर सकती हूँ कि मैंने जीवन जीने के लिए जो विकल्प चुने, उनकी वजह से ही मैं यहाँ

तक पहुँच पाई हूँ। पश्चाताप वर्तमान में शामिल है, जो आज़ादी और क्षमादान के साथ मिल कर रह सकता है।

लेकिन अपराध-बोध आपको जकड़े रहता है, जिसकी जड़ में यह प्रबल भावना होती है कि "मैं अयोग्य हूँ," जब एक बार आप मान बैठते हैं कि आप क़ाबिल नहीं हैं, तो फिर आप कुछ भी कर लें, आपको पर्याप्त नहीं लगता। अपराध-बोध और शर्मिन्दगी, दोनों कमज़ोर भावनाएँ हैं। ये हमारी असली पहचान नहीं हैं। ऐसे विचारों के कारण ही हम जकड़न का अनुभव करते हैं।

जीवन से मिले हुए अनुभवों का क्या किया जाए - ये चुनाव आपके हाथों में है। मैं एक बार एक समारोह में भाषण दे रही थी। अचानक बीच में ही सम्भ्रान्त-सा दिखने वाला व्यक्ति उठकर ऑडिटोरियम के बाहर चला गया। मैं तो जैसे मंच पर जम-सी गई और खुद से नकारात्मक बातें करने लगी, "मैं बुरी हूँ, इस समारोह में मुझे आमन्त्रित नहीं किया जाना चाहिए था। मैं इस भाषण को प्रस्तुत करने की अधिकारी नहीं हूँ।" कुछ देर बाद ऑडिटोरियम का दरवाज़ा खुला और वह व्यक्ति अपनी जगह पर आकर बैठ गया। वह शायद पानी पीने या प्रसाधन कक्ष में गया होगा, लेकिन तब तक तो मैंने अपना क़त्ल कर ही दिया था।

कोई भी व्यक्ति शर्मिन्दगी की भावना लेकर पैदा नहीं होता है, लेकिन थोड़े ही समय के बाद हमें इसे अपनाने की बुरी आदत लग जाती है। मेरी सबसे बड़ी पोती लिंड्सी जब वह प्रायमरी स्कूल में थी, तो बड़ी होनहार थी और उसे "प्रतिभाशाली और गुणवान" विद्यार्थी की श्रेणी में रखा गया था, हालाँकि मुझे इस वर्गीकरण से घृणा थी। (मैं यह मानती हूँ कि *हर बच्चा* होनहार और गुणी ही होता है, एक हीरे की तरह!) आगे लिंड्सी को अपने इस तमग़े को सँभालने थोड़ी दिक़्क़त होने लगी और उसकी टीचर भी उसे ताने मारने लगी। वह उसे 'गार्ड का डिब्बा' पुकारने लगी थी। लिंड्सी को टीचर के इन शब्दों से दुःख होता था। अब उसे लगने लगा था कि वह कक्षा में बैठने लायक़ नहीं है। वह स्कूल छोड़ना चाहती थी। मैंने उसे समझाया कि टीचर के शब्दों को दिल पर नहीं ले। आख़िरकार, वह उस स्कूल में पढ़ने को राज़ी हो गई। वर्षों बाद, जब उसने अपने कॉलेज में दाख़िले के समय पर निबन्ध लिखा तो उसका शीर्षक रखा - "जब गार्ड का डिब्बा इंजन बना।" लिंड्सी ने प्रिंसटन कॉलेज से ऑनर्स से ग्रेजुएशन किया।

मैं तो तीन वर्ष की उम्र में ही शर्मिन्दगी का सामना कर चुकी थी। ऑपरेशन से पहले तक मेरी आँखें तिरछी थीं। मेरी बहनें गाना गा कर चिढ़ाती थीं : *तुम इतनी कुरूप और भद्दी हो कि तुम्हें ढंग का पति नहीं मिलेगा।* मेरी माँ भी कहती, "यह अच्छी बात है कि तुम स्मार्ट हो क्योंकि ख़ूबसूरत नहीं हो।" यह सबकुछ सहना मेरे लिए पीड़ादायक था। लेकिन कष्टप्रद यह नहीं था कि यह सब मेरे परिवार वालों ने कहा, बल्कि दुःख की बात यह थी कि मैं इन सारी बातों को सच मान रही थी।

मैं उनकी बातों पर विश्वास करती रही।

जब मरिआना और रॉब अपने बच्चों के साथ ला जोला में रहते थे, मैं हर सोमवार को उनके घर जाती और रात का खाना पकाया करती थी। कभी अमेरिकी तो कभी हंगेरियन व्यंजन भी बनाती थी। मुझे बच्चों के साथ इस तरह समय बिताना अच्छा लगता था। एक शाम मैं किचन में काम कर रही थी। उसी समय मरिआना अपने काम से वापस लौटी थी। उसने सिल्क का महँगा सूट पहन रखा था। किचन में चूल्हे पर खाना पक रहा था। उसने आते ही अलमारी से बर्तनों के सही ढक्कनों को निकालना शुरू कर दिया। मेरा दिल बैठ गया। मैं तो परिवार की मदद करके उन्हें खुश रखना चाहती थी, लेकिन मरिआना के इस बर्ताव ने ज़ाहिर कर दिया कि मैं सब कुछ तरीक़े से नहीं कर रही हूँ। मुझे अच्छा नहीं लगा। मुझे यह समझने में थोड़ा समय लगा कि मेरी विफलता का संकेत मरिआना की ओर से नहीं आ रहा है, मैं ही अपने आपको विफल मान रही हूँ। अपने इस विश्वास से मैं बिखर गई हूँ - मैं यह सोचकर परफ़ेक्शन की ओर भागने लगी कि शायद इससे मेरी शर्मिन्दगी का अहसास कुछ कम हो पाएगा। लेकिन हम इंसान हैं, ना अधिक, ना कम, और इंसान का अर्थ है पतनशील। आज़ादी अपने संपूर्ण, अपूर्ण स्वयं को स्वीकार करने और पूर्णता की आवश्यकता त्याग करने में निहित है।

आज़ादी अपने संपूर्ण, अपूर्ण स्वयं को स्वीकार करने और पूर्णता की आवश्यकता त्याग करने में निहित है।

अन्ततः, अपराध-बोध और शर्मिन्दगी का भाव बाहर कहीं से नहीं आता। यह हमारे भीतर जन्म लेता है। मेरे कई मरीज तलाक़ या प्रेम-सम्बन्धों के टूटने से उपजे दर्द से छुटकारा पाने का उपचार चाहते हैं। वे अपने रिश्ते और आशा-अपेक्षाओं और सपनों के ध्वस्त हो जाने का शोक मना रहे होते हैं। बातचीत में वे आमतौर पर अपने दुःख की चर्चा नहीं करते, बल्कि अस्वीकार किए जाने के अनुभव को बाँटते हैं। "उसने मुझे अस्वीकार कर दिया।" लेकिन अस्वीकार तो केवल एक शब्द भर है जिसका इस्तेमाल उस पीड़ा का प्रदर्शन करने के लिए करते हैं, जो हमारी अपेक्षाओं के पूरा नहीं होने पर उपजी थी। ऐसा किसने कहा है कि सभी को हमसे प्यार करना चाहिए? किस देवता ने कहा है कि हमें वह सब कुछ मिलेगा जो हम चाहते हैं? किसने कहा कि हमें सब कुछ मिलने की गारंटी है? आपको कोई और नहीं, बल्कि आप ही अस्वीकार करते हैं।

अपने आपके लिए अर्थपूर्ण विचार और समझ बनाएँ। जब मैं भाषण देती हूँ और बाद में श्रोता यह कहते हुए मेरा भावुक अभिनन्दन करते हैं, "आपने हमारी

ज़िन्दगी बदल दी," और उनमें से कोई एक व्यक्ति मुझसे हाथ मिलाते हुए कहता है, "आपका भाषण बहुत अच्छा था *लेकिन...*," तो मुझे कैसी प्रतिक्रिया देनी है, यह मैं तय कर सकती हूँ। मैं यह सोचते हुए असुरक्षा की खाई में गिर सकती हूँ, "हे ईश्वर, मैंने क्या ग़लत कर दिया?" या मैं यह भी समझ सकती हूँ कि वह समीक्षक मुझसे अधिक, सैकड़ों श्रोताओं की अपेक्षाओं के बारे में सोच रहा है। यहाँ मैं यह भी सोच सकती हूँ, "क्या अब भी ऐसा कुछ है जिससे सीखकर मैं अपनी रचनात्मकता को नई दिशा दे सकती हूँ?" लोगों के अभिमत को स्वीकारना या अस्वीकारना मेरे बस में है। "आपकी राय के लिए धन्यवाद।" कहकर मैं आगे बढ़ सकती हूँ।

यदि हम शर्मिन्दगी मुक्त जीवन जीना चाहते हैं तो हमें अपना मूल्यांकन करने का अधिकार दूसरों को नहीं देना होगा।

और सबसे बड़ी बात यह है कि यह हमें तय करना है कि अपने आप से किस तरह की बातें करते हैं?

आप अपने आप से क्या बात करते हैं - पूरे दिन उन बातों पर ध्यान दें। इस पर विशेष ध्यान दें कि आपकी बातचीत का विषय क्या है। ये सारी बातें ही शक्ति प्रदान करेंगी, तय करेंगी कि आप कैसा महसूस करेंगे, फिर पूरे दिन के क्रियाकलाप इससे निर्धारित होंगे। ध्यान रहे, इन पर ही हमें आश्रित नहीं रहना है। आप शर्म लेकर पैदा नहीं हुए हैं। आपका वास्तविक स्वरूप वैसे ही ख़ूबसूरत है। आप प्यार, जुनून और आनन्द लेकर पैदा हुए हैं और अपना आन्तरिक स्वरूप नए तरीक़े से गढ़ सकते हैं। आप एक सम्पूर्ण व्यक्ति के रूप में जी सकते हैं।

मिशेल को याद है कि उससे मिलने वाला हर व्यक्ति उससे कहता था, "तुम्हारा होने के लिए अपना सब कुछ दाँव पर लगा सकता हूँ।" छरहरी, ऊँची, सुन्दर, व्यावसायिक तौर से सफल, ऐसे कोमल व्यक्तित्व की मलिका के पास तो हर कोई रहना पसन्द करेगा। वह बाहरी तौर पर किसी सुन्दर तसवीर जैसी थी लेकिन भीतर से मृतप्राय।

अपने उपचार के दौरान मैंने इस तरह के कई बिखरे हुए चरित्र देखे हैं - पत्नी ख़ूबसूरत अभिनेत्री, बेहद सौम्य और मिलनसार, दूसरों के प्रति दयालु और उदार लेकिन स्वयं के प्रति बेहद लापरवाह। पति भी अभिनेता, कोई साथ हो तो उसे बहुत प्यार करने वाला और रोमांटिक, लेकिन व्यक्तिगत जीवन में पत्नी के लिए बॉस या पिता की तरह, यह मत करो, वह मत करो, अपना समय और पैसा कहाँ खर्च करना चाहिए - जैसे आदेश देता था। पत्नी अपने पति को खुश रखने और उसके दमनकारी स्वभाव से समझौता करते हुए, अपने अधिकारों को तिलांजलि देकर उसे ही सारे फ़ैसले लेने देती थी। भोजन के प्रति भी पत्नी की रुचि कम हो गई

थी। जब कभी इच्छा होती तब भी खा नहीं पाती थी। उसके शरीर ने पौष्टिकता को नकारना शुरू कर दिया था।

मिशेल जब तक अपना इलाज शुरू करवाती (मुझसे नहीं, अपने शहर के एक नामी चिकित्सक से), तब तक उसे ईटिंग डिसऑर्डर की विचित्र शिकायत आरम्भ हो गई थी। लेकिन वह एनोरेक्सिया के इलाज के लिए नहीं तो अपनी शादी की समस्याओं के समाधान के लिए डॉक्टर से मदद माँगने गई थी। उसका पति हमेशा उपेक्षा करता था और उसका स्वभाव किसी क्रूर पिता जैसा था। वह हमेशा डरे-सहमे हुए बच्चे की तरह रहती थी। मिशेल को यह अच्छे से मालूम था कि वह अपने पति की तुलना में अधिक सशक्त, सफल और एक अधेड़ उम्र महिला थी, न कि कोई अशक्त बच्चा। लेकिन भीतर से वह अपने पति का सामना करने से डरती थी। जब पति का गुस्सा उसके बच्चों को डराने लगा, तब वह इस समस्या का समाधान खोजने पर मजबूर हुई।

लेकिन, अपने आपके लिए खड़े होना उसके लिए बड़े शर्म की बात थी - वह भूखी रह कर अपना सारा दर्द दबाने की कोशिश कर रही थी। मिशेल ने जब दोबारा खाना खाने की शुरुआत की, मैंने उसे चिकित्सकीय या विशेषज्ञ की निगरानी में रहने की सलाह दी, क्योंकि उसके सारे दर्द और आघात सुनामी की तरह उभरकर उस पर हमला करने लगे थे। बचपन में यौन शोषण का शिकार, एक तिरस्कृत माँ जो भावनात्मक रूप से कट चुकी थी, माता-पिता सज़ा के तौर पर उसकी पिटाई करते थे, या इससे भी कठोर कुछ होता था, कोई उससे बात नहीं करता था, मानो मिशेल का कोई अस्तित्व ही नहीं हो। अतीत का दुःख भयानक था। इसे वह टुकड़ों में महसूस करती और फिर भूखा रहना शुरू कर देती थी।

इस प्रक्रिया ने छोड़ दिए जाने का भयानक कष्ट दिया।

“जो लोग मेरी परवाह करते हैं, मुझे मेरे वास्तविक रूप में स्वीकार करते हैं, मैं उनसे जुड़े रहना पसन्द करती हूँ।” मिशेल बताती है, “जब मैं छोटी थी, अपनी टीचर के पास सुरक्षित महसूस करती थी। बड़ी होने पर मेरे प्रोफ़ेसर और फिर मेरे चिकित्सक मेरे शुभचिन्तक बने रहे। मुझे किसी न किसी व्यक्ति से जुड़े रहना अच्छा लगता था। सच कहा जाए तो अब जब मैं अपने जीवन के चालीसवें पड़ाव पर पहुँच गई हूँ, मैं जानती हूँ कि पूरी तरह सुरक्षित हूँ, मेरे आसपास परवाह करने वाले लोग भी हैं। लेकिन, फिर भी कभी-कभी मुझे लगता है कि मैं वही आठ साल की बच्ची हूँ, जो लोगों का प्रेम खो देगी। इस बात से भयभीत रहती हूँ कि मुझसे कोई ग़लती हो जाएगी और लोग मेरी ओर ध्यान देना बन्द कर देंगे।”

याद रखें, एक आप ही हैं जिसे आप कभी खो नहीं सकते। खुश रहने के लिए बाहर कुछ खोजें हैं या स्वयं आनन्दित रहना सीखें - चुनाव आपका है।

तीन साल के उपचार के बाद मिशेल ने उत्साहजनक प्रगति की है। अब वह भरपूर पौष्टिक भोजन लेती है। ज़रूरत से ज़्यादा एक्सरसाइज़ भी नहीं करती। अपने पति की आलोचना से दुःखी होने पर वह इस बारे में अपने पति से कह सकती है और बड़ी होशियारी से डर और उस पर व्यक्त होने वाली प्रतिक्रियाओं को क़ाबू कर लेती है। *यह मेरी ग़लती है, मैं इस लायक़ नहीं हूँ, स्थिति और ख़राब हो सकती है* – जैसे शर्मिन्दा करने वाले भाव-विचारों को वह लगातार अपने अंदर से बाहर निकालती रहती है।

मिशेल ने मुझे बताया, "मैं हमेशा सोचती हूँ कि मैंने चीज़ों को दूसरे बेहतर तरीक़े से क्यों नहीं किया?" "मैं जानती हूँ कि मेरे साथ जो कुछ भी हुआ उसमें मेरी कोई ग़लती नहीं थी, लेकिन मेरे भीतर का एक भाग अब भी उस पर विश्वास करने के लिए संघर्ष करता रहता है।"

यदि आप अपने विचारों पर नियन्त्रण चाहते हैं तो पहले अपने विचारों पर ध्यान दें और जाँचें कि इनसे आपको शक्ति मिलती है या ये आपको चिन्ता में डाल देते हैं? कुछ बोलने से, ख़ासतौर पर अपने आपसे-बोलने से पूछें, "क्या यह सही है?"

मिशेल का बचपन तो तभी ख़त्म हो चुका था, जब वह आठ साल की बच्ची थी और उसका शारीरिक और यौन शोषण हुआ, यह एक ऐसी उम्र होती है जब हमारे फ्रंटल लोब का विकास तेज़ी से होता है और सोच में तार्किकता आने लगती है। लेकिन कुछ बातें समझ नहीं पाते। कभी-कभी हम अपने नियन्त्रण से बाहर की चीज़ों को क़ाबू करने के प्रयास में अपने भीतर अपराध-बोध पैदा करने लगते हैं।

मैंने उससे कहा, "अपना शोषण करने के कारणों को खोजना बन्द कर दो और अपने प्रति सद्‌भावना पैदा करो।"

मिशेल हँसते हुए बोली, "दूसरों के प्रति दयाभाव तो सहज ही प्रकट हो जाता है। लेकिन स्वयं के प्रति दया दिखाने के लिए संघर्ष करना पड़ता है। कभी-कभी तो यह भी लगने लगता है कि मैं जीवन में भलाई की हक़दार हूँ ही नहीं। मुझे यह विश्वास ही नहीं होता कि खुश रहना मेरे लिए ठीक है।"

"तुम ऐसा कह सकती हो, मेरे साथ भी कुछ ऐसा ही हुआ था। अपने आप से बात करने की शैली पर विशेष ध्यान दो। तुम्हें बस अपने आपको खुश रहने की इजाज़त देना है।"

वह रोने लगी।

"तुम अपनी शक्ति को वापस हासिल करो।"

लेकिन वह तो अपने आपको कमतर ही आँक रही थी। सोचती थी कि उसके साथ बुरे से बुरा ही होने वाला है। भले ही उसके साथ मारपीट होती थी, पर उसके

कम से कम उसके माता-पिता सिगरेट से तो नहीं दाग़ते थे, उसे अपने आप्को यह समझाना था।

मैंने उसे समझाया कि "क्या हुआ", इससे आगे बढ़ना होगा। अपने प्रति अपनी भाषा को सुधारना होगा। मैंने कहा, इस बात को स्वीकार करो कि तुम्हारे साथ बुरा हुआ है, तुम आहत हो। लेकिन अब क्या भूलना है और कैसा भविष्य गढ़ना है इसकी सुखद कल्पना करो। इसका लगातार अभ्यास करो। एक नई आदत अपनाओ। शर्मिन्दगी का भाव नष्ट करो। खुद से बार-बार कहो, "मैं कर सकती हूँ, मैं अवश्य करूँगी!"

* * *

मिडवेस्ट में अपने भाषण कार्यक्रम के दौरे में एक परिवार ने मुझे रात्रि भोज पर निमन्त्रित किया। भोजन बहुत ही स्वादिष्ट बना था। बातचीत के दौरान पता चला कि बेटी ने खाना बनाया था। मैं उसकी तारीफ़ कर ही रही थी कि उसकी माँ ने टेबल के नीचे मेरे पैर में हल्की-सी ठोकर मारी। बाद में कॉफ़ी पीते हुए मुझसे धीरे-से बोली, "कृपया उसकी तारीफ़ नहीं करें। मैं नहीं चाहती कि वह घमंड करने लगे।" स्वयं को या बच्चों को शालीन बनाने-दिखाने के प्रयास में हम अपने और उनके वास्तविक स्वरूप को जोख़िम में डाल देते हैं। यही तो वह समय होता है, जब आप खुद से कहें, "शाबाश बच्चे! शाबाश बच्ची!"

खुद से प्रेम करें! यह घमंड नहीं है।

खुद से प्रेम करना पूर्णता, स्वास्थ्य और आनन्द की कुन्जी है। स्वयं से प्रेम में खो जाएँ। इसे घमंड नहीं समझें। इस अभ्यास से आप ना केवल एक *नया,* बल्कि *असली* रूप भी पाने लगेंगे। वह रूप जिसे लेकर आप पैदा हुए थे, सुन्दर और आनन्द भरा।

अपराध-बोध और शर्म से बचने के सूत्र :

- ***यह आपकी ही तो छवि है।*** *यदि आप अपनी ही छवि की लगातार आलोचना करते हैं, स्वयं को छोटा या नकारा आँकते हैं, ग़लतियों के लिए अपने आपको दोषी मानते हैं, तो ख़ुद को गले लगाएँ और इसे दोहराएँ, "हाँ, मुझसे ग़लती हुई है, लेकिन इसका मतलब यह तो नहीं कि मैं बुरा हूँ। मेरे कर्म भले ही बुरे थे, पर मेरा अस्तित्व नहीं। मैं अच्छा हूँ।" यदि आपको लगा हुआ मानसिक आघात अब भी आपकी यादों में समाया हुआ है तो उसका आलिंगन करें, क्योंकि अब आप उस पर विजय प्राप्त कर चुके हैं। अपने सभी दुःखों को याद करें और स्वयं को प्यार करें। अब आप विजेता हैं। युद्ध के दौरान मेरी पीठ टूटने के बाद से मुझे साँस लेने में परेशानी होती थी, इसलिए मैं अपने अन्दर जाकर अपनी साँसों का, अपने फेफड़ों का भी अभिवादन करती थी। अपने कमज़ोर हिस्से को ढूँढ़ें और उसे प्यार करें।*

- ***आप जिस पर ध्यान देंगे, वही विचार मज़बूत होगा।*** *एक पूरा दिन अपने विचारों को ध्यान से सुनने में बिताएँ। "मुझे यह करना चाहिए था।" "यह नहीं करना चाहिए था।" और "हाँ, लेकिन?" क्या आप अपने से कहते हैं, "यह मेरी ग़लती थी" या "मैं सम्मान का पात्र नहीं हूँ" या "क्या इससे भी बुरा हो सकता था?" ऐसे विचारों को ज़्यादा महत्त्व नहीं दें। नकारात्मक विचारों के स्थान पर अपने आप से सकारात्मक संवाद करें। सुबह उठते साथ आईने के सामने खड़े होकर कहें, "मैं शक्तिशाली हूँ," "मैं दयालु हूँ," "मैं क्षमताओं से भरा हुआ हूँ" जैसे विचारों को दोहराएँ। दर्पण के सामने मुस्कराते हुए कहें, "आई लव यू।" अपनी हथेलियों को चूमें।*

6

वह जो हो न सका

अनसुलझे दुःखों की क़ैद

एक दिन एक के बाद एक, दो महिलाएँ मुझसे मिलने आईं। पहली महिला की बेटी हीमोफ़िलिएक थी। इस रोग वाली लड़की की माँ अपनी बेटी की तकलीफ़ बताते हुए एक घण्टे तक लगातार रोती रही। दूसरी महिला कन्ट्री क्लब से आई थी। वह भी एक घण्टे तक रोती रही। वह इस बात से दुःखी थी कि उसकी नई केडिलैक कार उसकी पसन्द के पीले रंग जैसी नहीं थी, ग़लत शेड में डिलीवर हुई थी।

पहली नज़र में तो उसकी ऐसी प्रतिक्रिया नाजायज़ थी। इतने आँसू बहाना व्यर्थ था। लेकिन कई बार छोटी निराशा के पीछे को कोई बड़ा दुःख छिपा होता है। उस महिला के दुःख का कारण ग़लत रंग की कार नहीं था। उसकी परेशानी का कारण अपने पति और बच्चे की उम्मीदें पूरी नहीं कर पाने का अफ़सोस था।

उन दोनों महिलाओं ने मेरे व्यवसाय के एक आधारभूत सिद्धांत की याद दिला दी - आख़िर केवल एक अनुभव हमारे पूरे जीवन की सच्चाई कैसे बन सकता है। हमें तकलीफ़ होती है कि हमें वह मिला जो हम नहीं चाहते थे या हम वो चाहते हैं जो हमारे पास नहीं है।

इन दुःखों का उपचार अपने शोक से लड़ना है। जो चाहा वह नहीं मिला या माँगा कुछ और मिला कुछ, इस दुःख का सामना करने का अभ्यास ही हमारा इलाज है।

यही अनुभव युद्ध के मैदान में सिपाही को भी होता है। मैंने अनेक युद्ध सैन्कों का उपचार किया है और उन सभी का लगभग एक जैसा अनुभव था - जैसे उन्हें वहाँ भेजा गया जहाँ वे नहीं जाना चाहते थे या जैसा बताया गया वैसा था नहीं।

शोक अप्रत्याशित घटना का नहीं होता, बल्कि उस बात का होता है जो नहीं हुआ। मरिआना जब पहली बार हाईस्कूल में जा रही थी तो उसने बहुत सुन्दर

नारंगी सिल्क की पोशाक पहन रखी थी। उसे विदा करते हुए बेला ने उससे कहा, "बेटी, मज़े करना। तुम्हारी माँ इस उम्र में ऑश्वित्ज़ में थी और उसके माता-पिता की मृत्यु हो चुकी थी।" मैं निःशब्द हो गई। मेरे बच्चे जानते थे कि मैं उस त्रासदी के दुःख से उबर चुकी हूँ, फिर बेला मेरी बेटी पर मेरे अतीत का बोझ क्यों डाल रहा है? जिस बात से उसका कोई लेना-देना नहीं, उसे सोचकर उसकी रात क्यों ख़राब हो भला? यह सब अनुचित था। अप्रासंगिक था।

पश्चाताप अपने अतीत को बदलने का व्यर्थ आयास है।

लेकिन मैं खिन्न भी थी, क्योंकि बेला सही था। मुझे नारंगी रंग की पोशाक पहन कर डांस क्लास में जाने का अवसर कभी नहीं मिला। हिटलर ने मेरे और मेरी तरह लाखों लोगों के जीवन में व्यवधान डाल दिया था।

यदि मैं अपने दर्द को छुपाती हूँ, या उसे कम करने प्रयास करती हूँ, या पश्चाताप करती हूँ तो मैं एक क़ैदी और घटना का शिकार होने की भावना से पीड़ित हूँ। पश्चाताप अपने अतीत को बदलने का व्यर्थ प्रयास है। दरअसल, ऐसा तब होता है जब हम यह स्वीकार नहीं कर पाते कि हम शक्तिहीन थे, जो होना था, हो चुका और अब कुछ भी नहीं बदला जा सकता।

* * *

मैं सोचती हूँ कि काश! जब मेरी माँ नौ साल की थी, तब उसे कोई बेहतर सलाहकार मिला होता। माँ ने सुबह उठकर अपनी बग़ल में सो रही नानी को जगाने की कोशिश की तो उसने पाया कि वह तो आख़री साँस ले चुकी थीं। उनका शरीर ठंडा पड़ चुका था। उनका उसी दिन अन्तिम संस्कार कर दिया गया। माँ को शोक मनाने का भी मौक़ा नहीं मिला। इतने सालों तक मेरी माँ अपने अनसुलझे दुःखों से ही लड़ती रही। माँ ने परिवार की पूरी जवाबदारी सँभाल ली। अपने छोटे भाई-बहनों की देखभाल करती रही, उनके लिए खाना पकाती रही। वह पिता को शराब में डूबकर दर्द भुलाने की कोशिश करते हुए देखती रही। उसका विवाह होने और माँ बनने तक तो उसके भीतर का शोक बहुत गहन हो चुका था। छोटी उम्र में ही इतने बड़े नुक़सान के सदमे और दुःख ने उसके जीवन को क़ैद में डाल दिया था। उसने अपनी माँ की तसवीर को सामने की दीवार पर पियानो के ऊपर लटका रखा था और उससे बातें करते हुए अपने सारे काम करती। मेरी बचपन की यादों में शामिल है मेरी बहन क्लारा का वायलिन बजाना और माँ का नानी से ताक़त और हिम्मत की भीख माँगना। लगता था मानो उसके जीवन का शोक उनकी चौथी सन्तान हो।

गुस्सा, शोक, शक्तिहीनता-शोक के सारे पहलुओं का अनुभव होना अच्छी बात है। लेकिन माँ तो वहीं क़ैद हो चुकी थी।

जब हम अपने अनसुलझे दुःखों में जकड़े रहते हैं, तो हम पर अक्सर बहुत गुस्सा हावी रहता है।

लोरना का भाई शराबी था। एक शाम वह घूमने निकला और एक कार ने उसे टक्कर मार दी और उसकी मौत हो गई। इस हादसे के एक साल बाद भी वह विश्वास नहीं कर पा रही है कि उसका भाई इस दुनिया में नहीं है। "मैं हमेशा उसे शराब पीने से मना करती थी।" वह बताती है। "वह मेरी बात क्यों नहीं मानता था? उसे मेरी मदद करनी थी और माँ की देखभाल भी करनी थी। वह इतना स्वार्थी कैसे हो गया?" लोरना यह मानने से कतराती थी कि उसका भाई शराब का आदी था, परिवार वालों के मना करने के बावजूद उसने आदत नहीं छोड़ी, यहाँ तक कि दुर्घटना के समय भी वह नशे में धुत था। वह कुछ भी मानने को तैयार नहीं थी। अपनी शक्तिहीनता को स्वीकारना बहुत कठिन होता है।

जब मेरे नवासे छोटे थे, उन दिनों एक शाम को उनका दोस्त साइकिल चलाते हुए ट्रैफ़िक में फँस गया और बचने का प्रयास करते हुए दुर्घटनाग्रस्त होकर मर गया। उसके मित्रों को सान्त्वना देने और इस दुःख से बाहर निकलने के लिए मानसिक शक्ति देने के लिए मरिआना की मदद ली गई थी। आख़िर वे भी जीवन की क्षण-भंगुरता और अपनी मौत को लेकर परेशान हो सकते थे। मरिआना इस तैयारी से वहाँ पहुँची थी कि बच्चों को इस दुःख और डर से कैसे बाहर निकाला जाएगा। लेकिन जब वह बच्चों से मिलने पहुँची तो उसने देखा कि बच्चे वास्तव में अपने नित्र की मौत से दुःखी नहीं थे, बल्कि वे खुद को दोषी मान रहे थे। एक ने कहा, "हमें उसके साथ अच्छा व्यवहार करना चाहिए था। उसे साइकिल लाने के बजाय मेरे घर पर रहना था।" लेकिन मैंने उससे ऐसा नहीं कहा। बच्चे अपने दोस्त की जान कैसे बचा सकते थे - इस पर कई सुझाव देने लगे। सारे बच्चे खुद को ही दोषी मानते हुए अपनी भावनाओं को नियन्त्रित रहने का प्रयास कर रहे थे। उन्हें लग रहा था ऐसा करने से वे दोस्त की मौत का दुःख कम कर पाएँगे।

हम नियन्त्रण नहीं कर पाते, पर हम चाहते हैं कि ऐसा हो।

दुःख को हल करने का मतलब है कि उन सभी चीज़ों की ज़िम्मेदारी से स्वयं को मुक्त करना जो हमारे ऊपर नहीं थीं, और हमारे द्वारा बनाए गए विकल्पों के साथ शर्तों पर आने के लिए जिन्हें पूर्ववत नहीं किया जा सकता है।

मरिआना ने सभी बच्चों से उन सारे फ़ैसलों की सूची बनाने का आग्रह किया जिन पर उनका नियन्त्रण नहीं था - दोस्त का उस दिन साइकिल चलाने की इच्छा, रास्ते का चयन, रास्ते पर यातायात को देखकर सावधानी या असावधानी बरतना,

कार चालक द्वारा सावधानी या असावधानी से कार चलाना आदि। मरिआना ने बच्चों को वे दिन भी याद करने को कहा जब उन्होंने अपने मित्र को जन्मदिन पर नहीं बुलाया, उस पर ताने कसे, शरारतें कीं और उसका मज़ाक़ भी उड़ाया। इन सबका भी पश्चाताप करने की सलाह दी। यह वह कार्य है जो हमें वर्तमान में करना है : जो हुआ और जो हो नहीं सका उसका दुःख, हमने जो किया, जो नहीं किया उसकी ज़िम्मेदारी लेना और अब इन सब पर अपनी प्रतिक्रिया देना। बच्चों के व्यवहार से उनके दोस्त को किस तरह से हाशिये पर डाल दिया, इस पर विचार करने से उनका खोया हुआ दोस्त वापस नहीं आने वाला था। लेकिन, अब उन्हें और अधिक जागरूक बनने का अवसर मिला था, वे अधिक दया और करुणा भाव से काम कर सकते हैं।

वर्तमान में बने रहना, जो हो चुका उसे स्वीकार कर आगे बढ़ना बहुत कठिन काम होता है। मेरी मरीज स्यू पिछले 25 वर्षों से अपने बेटे की पुण्यतिथि पर मुझसे मिलने आती है। उसके 25 साल के बेटे ने स्यू की टेबल पर रखी पिस्तौल से ख़ुद को गोली मार ली थी। इतने लम्बे अरसे के बाद भी स्यू ख़ुद को सँभाल नहीं पा रही है। वह अपराध बोध से ग्रस्त है और कहती है, *"मैंने पिस्तौल ख़रीदी ही क्यों? मैंने उसे छिपाकर क्यों नहीं रखा? मैंने उसे पिस्तौल खोजने से रोका क्यों नहीं? मैं उसके दुःख और अवसाद से अनजान क्यों रही?"* वह स्वयं को माफ़ नहीं कर पा रही थी।

बेशक, वह बेटे की मौत नहीं देखना चाहती थी। उसकी मृत्यु के पीछे के सभी छोटे-बड़े कारणों को भूलना चाहती थी, लेकिन उसके बेटे ने सिर्फ़ इसलिए ख़ुद को गोली नहीं मारी क्योंकि स्यू के पास पिस्तौल थी। स्यू ने क्या किया या क्या नहीं कर पाई, इसका सम्बन्ध उस घटना से था ही नहीं।

जब तक स्यू में दोषीभाव रहेगा, वह मान ही नहीं पाएगी कि बेटे की मौत हो गई है। जब तक वह स्वयं को दोष देती रहेगी, यह तब तक यह समझ नहीं पाएगी बेटे ने ऐसा क्यों किया। यदि बेटा अपनी माँ की तकलीफ़ को आज देख पाता तो शायद वह यही कहता, "मैं तो ख़ुद को मारने ही वाला था। मैं तुम्हें अपने साथ मरने नहीं देना चाहता।"

अपनों के जाने का दुःख, उस ख़ालीपन का दर्द, स्वयं को शोक में डुबाए रखना और यह सब हमेशा साथ ही रहेगा, ऐसा मानना तार्किक भी हो सकता है। मुझे पीड़ित और दुःखी माता-पिता के एक सम्मेलन में वक्तव्य देने के लिए आमन्त्रित किया गया था। मैंने देखा सभी लोग एक दूसरे को तसवीरें दिखाकर अपनी स्मृतियाँ बाँट रहे थे। मुझे यह दृश्य अच्छा लगा। वे लोग अपने दुःख को एकदूसरे के साथ मिलकर अलग तरीक़े से जी रहे थे।

मैंने उन्हें दुःख के साथ आज़ादी से जीने के कुछ सुझाव दिए। उदाहरण के लिए उन्हें गोलाकार में खड़े होकर एकदूसरे का परिचय देने-लेने के साथ अपने दिवंगत

बच्चों का भी उल्लेख करने को कहा। एक ने बताया, "मेरी बेटी की आत्महत्या के कारण मैंने उसे खोया।" दूसरे ने कहा, "मैंने अपने बेटे को दो वर्ष की आयु में ही खो दिया।" प्रत्येक व्यक्ति ने अपने दुःख को ज़ाहिर करने के लिए "खोया" शब्द का इस्तेमाल किया।

"लेकिन जीवन का अर्थ खोया-पाया नहीं है," मैंने उन्हें समझाया।

हमारे जीवन में आत्माएँ कभी छोटी अवधि या कभी दशकों लिए साथ रहने के लिए आती हैं और चली जाती हैं। हमें इसे एक उत्सव की तरह मनाना चाहिए। इस अवधि में सुख और दुःख के अनुभव को स्फूर्ति से स्वीकारना ही सही मायने में जीवन है।

माता-पिता अक्सर यह कहते हैं, "हम अपने बच्चों के लिए मर भी सकते हैं।" कुछ तो बच्चों के जीवन के लिए अपने प्राणों का सौदा भी करने को तैयार रहते हैं, ताकि हम मर कर उन्हें ज़िन्दा रहने का उपहार दे सकें। युद्ध के बाद मैं भी ऐसा ही सोचती थी। अपने माता-पिता और दादा-दादी को वापस लाने के लिए मैं हँसते-हँसते प्राण देने को तैयार थी।

अब समझ में आया कि मृत व्यक्तियों के लिए मरने की जगह, उनके लिए *जीना* ज़्यादा ज़रूरी है।

अपने बच्चों, उनके बच्चे और उनके बच्चों के लिए जीना है। उनके लिए जो मेरे आसपास हैं, जीवित हैं।

अगर हम अपने अपराध-बोध से बाहर नहीं निकलते हैं और अपने दुःखों के साथ ही जीते रहते हैं तो यह हमारे प्रियजनों के लिए हानिकारक है, और दिवंगत लोगों के लिए यह कोई अच्छी बात नहीं है। जो गुज़र चुके हैं, हमें उन्हें शान्ति से रहने देना होगा, उन्हें बार-बार अपनी दुनिया में खींचने के बजाय हमें उन्हें मुक्त कर देना चाहिए और हमें अपना वर्तमान जीवन अच्छे से गुज़ारना चाहिए, ताकि वे शान्ति से रह सकें।

सोफ़िया का दुःख चरम पर है।

उसकी माँ एक होशियार शिक्षिका और प्रसिद्ध मनोचिकित्सक थीं, जिन्होंने मेरी तरह पचास वर्ष की आयु में मास्टर की उपाधि हासिल की थी और मेरी ही तरह वह भी विक्टर फ्रैंकल की लोगोथेरिपी की प्रमाणित चिकित्सक थीं। इस पद्धति में मरीजों को जीवन में नए उद्देश्यों को तलाशने में मदद की जाती है। सोफ़िया की माँ ने सत्तर वर्ष की आयु में भी काम करते हुए एक पुस्तक प्रकाशित की थी। इसी दौरान उन्हें पीठ के दर्द की शिकायत हुई। वे बहुत स्वस्थ महिला थीं। सोफ़िया ने

उन्हें कभी निष्क्रिय देखा ही नहीं, लेकिन अब उन्होंने बाक़ी लोगों से मिलना-जुलना कम कर दिया था। चिकित्सक द्वारा जाँच में सब कुछ सामान्य पाया गया। कई चिकित्सकों की जाँच के बाद उनके पेन्क्रियाज़ में चौथे स्टेज का कैन्सर पाया गया। एक माह बाद उनका निधन हो गया।

माँ के निधन के बाद सोफ़िया एक साल तक लगातार रो-रो कर शोक मनाती रही। गुज़रते समय के साथ शोक और दुःख का आवेग कुछ कम तो हुआ, लेकिन वह अब भी अनिश्चितता के दोराहे पर खड़ी है, जहाँ उपचार या यथास्थिति में चुनाव नहीं कर पा रही है। सँभलने का मतलब यह है कि हमारा दुःख तो समाप्त नहीं हुआ है, लेकिन अब हम अपने नुक़सान के बावजूद अपने जीवन में ख़ुशी और सन्तुष्टि पाने में सक्षम हैं।

"वह अचानक चली गई।" सोफ़िया बोली, "कुछ करने का समय ही नहीं मिला। बहुत पछतावा हो रहा है।"

"क्या तुम स्वयं को दोषी मानती हो? क्या तुम्हें ऐसा लगता है कि तुम वह सब नहीं कर पाई जो तुम कर सकती थीं?"

"हाँ," वह बोली। "मेरी माँ बहुत तंदुरुस्त थी। मैंने सोचा भी नहीं था कि वह ऐसे गुज़र जाएगी। खाना नहीं खाने पर मैं उसे फटकारती थी। मैं उसकी मदद करना चाहती थी, लेकिन यदि मुझे पता होता कि उसका अन्त नज़दीक है तो मैं कुछ और भी कर पाती।"

सोफ़िया दो शब्दों में क़ैद थी, "काश, अगर..." - *क्या होता यदि मुझे पता होता कि वह मरने वाली है? क्या होता यदि मैं जानती कि मैं उसे हमेशा के लिए खोने वाली हूँ?*... ये किन्तु-परन्तु हमें कमज़ोर करते हैं।

मैंने सोफ़िया से कहा, "आज तुम कह सकती हो, 'यदि मुझे तब वह पता होता, जो आज मालूम हुआ है तो मैं कुछ अलग कर पाती।' इसी तरह से अपने अपराध-बोध को समाप्त करना होगा। क्योंकि इसकी ज़िम्मेदारी माँ पर डाल दी गई है। अब तो सिर्फ़ यह कहो, 'मैं तब वैसी थी। आज से मैं जीवन की यादों का नए सिरे से आनन्द लूँगी। वे यादें जिन्हें मुझसे कोई नहीं छीन सकता।' तुम्हारी माँ चौंतीस साल तक तुम्हारे साथ रहीं। उनके जैसा दूसरा कोई नहीं हो सकता। उनके जैसा दूसरा चिकित्सक नहीं हो सकता, इसलिए उनके अद्‌भुत व्यक्तित्व का और उनके साथ बिताए हुए समय को अपने दिल में सहेज लो। जो समय तुमने उनके साथ बिताया, उसके लिए धन्यवाद दो। अब अपराध की भावना से मुक्त हो जाओ।"

अपराध-बोध हमें स्मृतियों का आनन्द लेने से रोकता है। वर्तमान को जीने में व्यवधान पैदा करता है।

"जब आप अपने आपको दोषी महसूस करते हैं, तो आप अन्तरंगता का आनन्द नहीं ले पाते।" सोफ़िया से मैंने कहा। "तुम जीवन की सुन्दरता को नष्ट कर रही हो। अपनी माँ की अस्पताल में देखभाल करना, अपने अन्तिम दिनों में उनकी ख़ूबसूरत दिखने की इच्छा पूरी करने के लिए उनके बालों को सँवार देने की यादें क्या कम सुखदायी हैं? बीमारी की तकलीफ़ को बरसों तक झेलने के बजाय जल्दी विदा ले लेना, अपने शिक्षा संस्थान को ठीक से चला नहीं पाने जैसे कष्ट मुक्त हो जाना किसी उपहार जैसा ही तो है।"

अक्सर अपनों के जाने के बाद हँसने-खिलखिलाने को हम उनका अपमान मानते हैं। हम सोचते हैं कि अगर हम ख़ुश रहे तो दिवंगत आत्मा बुरा मान जाएगी - जबकि ऐसा नहीं है।

मैंने कहा, "अपने पति के साथ नृत्य करना तुम्हारा अधिकार है, ना कि घर पर बैठकर माँ के लिए विलाप करना। *काश! यह कर पाती, वह कर सकती थी, वैसा क्यों नहीं कर पाई* - जैसी अपने भीतर की सज़ा देने वाली आवाज़ों से छुटकारा पाओ, आज़ाद हो जाओ। जब तक अपराध-बोध से ग्रस्त रहोगी, आज़ाद नहीं हो पाओगी। ज़रा सोचो, अगर तुम्हारी माँ अभी तुम्हारे पास बैठी होती, तो तुमसे क्या उम्मीद करती?"

"मुझे और मेरी बहनों को ख़ुश देखना चाहती। आनन्दित जीवन का आशीर्वाद देती।"

"और तुम यह उपहार अपनी माँ को दे सकती हो। सम्पूर्ण जीवन जियो। ख़ुशियाँ मनाओ। आगे पूरा जीवन तुम्हारी राह देख रहा है। मैं तुम्हारी माँ को पलकें झपकाकर इशारा करते हुए देख रही हूँ। वह तुम्हारा उत्साह बढ़ा रही हैं। आगे बढ़कर अपनी बहनों और पति को प्यार करो। जब बयानवे वर्ष की हो जाओ, तब मुझे याद करना कि कैसे माँ के छोड़ कर चले जाने के बाद तुमने नई शुरुआत करने का निर्णय लिया, विकट परिस्थितियों का शिकार नहीं बनीं। अपनी माँ को तोहफ़ा देने बारी अब तुम्हारी है। सब भूल जाओ, भूल जाओ।"

* * *

दुःख की कई परतें और रंग होते हैं - शोक, डर, आराम, अपराध-बोध, अस्तित्व का प्रश्न, असुरक्षा, आन्तरिक टूटन आदि। जीवन मतलब बाधाएँ और पुनर्निर्माण है। कहावत है, "वक़्त हर ज़ख़्म को भर देता है।" मैं इसे नहीं मानती। वक़्त कुछ नहीं करता, सच तो यह है कि उस वक़्त पर हमारा बर्ताव कैसा होता है, इसका महत्त्व होता है।

कुछ लोग दुःख से उपजी उथल-पुथल की भरपाई करने के लिए अपने काम, दिनचर्या और सम्बन्धों को विराम देकर करना चाहते हैं। दरअसल, आपको जब अचानक कोई बड़ा नुक़सान होता है, तो सब कुछ पहले जैसा नहीं रह जाता। हमारा दुःख हमें प्राथमिकताएँ तय करने का इशारा दे सकता है। ऐसा इशारा ताकि हम जीवन का उद्देश्य और आनन्द प्राप्ति की दिशा में दोबारा आगे बढ़ने के लिए इस समय जो कुछ बेहतर कर सकते हैं, करें।

दुःख हमें प्राथमिकताएँ तय करने का इशारा दे सकता है।

डेनियल के जीवन में दुःख ने जब दस्तक दी - जैसा कि मेरे, आपके और हर किसी के साथ होता है - तब वह मशीन की तरह स्वचलित जीवन नहीं जीना चाहता था। उसने अपनी भावनाओं पर नियंत्रण करके बदलाव के साथ नई दिशा में शुरुआत करने का निर्णय लिया।

जैसा कि डेनियल कहता है, “बहुत बुरा और दुःखदायी समय किसी पर भी आ सकता है, व्यक्ति को चुनना होगा कि वह पहले जैसा जीवन बिताते रहे या फिर बेहतरी के लिए बदलाव को स्वीकार करे।”

डेनियल के जीवन में घाटे की शुरुआत एक प्रेम कहानी से होती है। जब वह अठारह साल का था, उसकी मुलाक़ात ट्रेसी से हुई। दोनों कैनेडियन थे, विश्वविद्यालय में एक ही कक्षा और एकसमान विषय लेकर पढ़ रहे थे। और, बहुत जल्दी ही वे अच्छे मित्र बन गए। एकदूसरे के साथ घण्टों रहने लगे।

लेकिन डेनियल अब सोचता है, “ऐसे कई विषय थे जिन पर हमें पहले बात कर लेनी थी, पर हमने नहीं की।”

डेनियल की उम्र पच्चीस वर्ष थी जब उन्होंने विवाह किया। तीस साल की उम्र में बेटे जोसेफ़ का जन्म हो गया। वे ट्रेसी के गृह-प्रदेश में रहने चले गए थे। यह वह समय था जब परिस्थितियाँ बदलने लगीं। ट्रेसी शैक्षणिक और व्यावसायिक तौर से सम्पन्न थी। वह डॉक्टरेट की तैयारी कर रही थी और पर्यावरण विशेषज्ञ के रूप में उसकी पहचान थी। लोग उससे सलाह लेते थे। लेकिन घर पर वह कुछ और थी। समाज और आसपास के वातावरण में शराबख़ोरी, नशाख़ोरी, हिंसा और मौतें देख चुकी थी। डेनियल इन सबके बारे में नहीं जानता था। दुर्भाग्यवश, ट्रेसी इस बार फिर पुराने माहौल की तरफ़ लौट रही थी। वह शराब पीकर हंगामा करने की आदी हो गई। और फिर डेनियल और ट्रेसी अलग हो गए। तब उनका बेटा जोसेफ़ केवल दो साल का था।

दोनों ज़िम्मेदार माता-पिता की तरह जोसेफ़ की देखभाल मिल-जुलकर कर रहे थे। उनका प्रयास रहता कि जोसेफ़ के सामने किसी तरह का वाद-विवाद नहीं

करें। इधर, ट्रेसी के जीवन में उतार-चढ़ाव बढ़ते जा रहे थे। शराब पी कर गाड़ी चलाने के अपराध में उसका ड्राइविंग लाइसेंस रद्द हो चुका था। ट्रेसी के पास जोसेफ़ छोड़ते समय डेनियल को बहुत बुरा लगता था। उसे लगता था कि ट्रेसी, जोसेफ़ के साथ कहीं कुछ बुरा नहीं कर बैठे। इस बात की शिकायत वह ट्रेसी से कर चुका था। ट्रेसी का जवाब रहता कि वह अपनी व्यक्तिगत परेशानियों का हल निकाल रही है और स्थिति नियन्त्रण में है।

एक बार डेनियल को ट्रेसी की चिन्ता हुई तो वह जोसेफ़ को आया के भरोसे घर पर छोड़ कर, उसे देखने निकला। ट्रेसी अपने घर पर नहीं, एक रिश्तेदार के घर पर नशे में धुत मिली। जब उसे होश आया तो बहुत हैरान-परेशान लग रही थी। डेनियल उसके पास बैठ गया। ट्रेसी सुबकते हुए बोली कि जब वह बारह साल की थी, तब परिवार के सदस्य द्वारा उसका यौन शोषण हुआ था। अठारह की होते-होते इस बारे में माता-पिता को बताया तो माँ ने चुप्पी साध ली और पिता ने उसे ही दोषी मान लिया। डेनियल अवाक् रह गया। डेनियल यह तो जानता था कि ट्रेसी और उसकी बहनों की बचपन में पिटाई होती थी, लेकिन यौन शोषण की बात सुनकर तो वह हैरान रह गया। डेनियल अपनी पत्नी के दर्द को अब समझ पा रहा था और उसे उसकी चिन्ता भी हो रही थी। वह बोला, “जोसेफ़ उन लोगों के आसपास कतई नहीं रहेगा जो लोग बच्चों के साथ दुर्व्यवहार करते हैं। अब यह नया नियम है। इस विषय में जब तक तुम्हारे माता-पिता से बात नहीं हो जाती, तब तक उनसे कोई सम्पर्क नहीं रखा जाएगा।” वह सहमत हो गई। लेकिन एक माह बाद ही उसने जोसेफ़ को अपने पिता के संरक्षण में छोड़ कर डेनियल को तलाक़ की अर्ज़ी भेज दी। डेनियल को जब यह पता चला तो उसने कोर्ट से जोसेफ़ की पूरी तरह से कस्टडी ले ली।

इसे ट्रेसी की शुभकामनाएँ ही कहना होगा कि अब डेनियल अपने परिवार के क़रीब आ गया था। उसका परिवार चाहता था कि ट्रेसी भी उनके साथ ही आकर रहे, ताकि जोसेफ़ अपनी माँ के पास रहे और ट्रेसी अपने माता-पिता के घर की प्रताड़ना और नशे के माहौल से दूर हो जाए। इस बीच डेनियल, जोसेफ़ को उसकी माँ से मिलने लेकर जाता था और वह उसके घर पर आती-जाती रहती थी। ट्रेसी की आँखों के नीचे गहरे काले निशान बन गए थे और वह सुस्त और विचलित रहने लगी थी। उसकी सेहत को लेकर जब डेनियल चिन्ता ज़ाहिर करता तो वह रुखाई से उसकी बात को ख़ारिज कर देती थी। और फिर वह अचानक ग़ायब हो गई।

कब लापता हुई, कोई नहीं जानता। कुछ लोग कहते थे कि वो नशे के व्यापारियों की संगत में है। जोसेफ़ ने अपनी माँ को आख़िरी बार तब देखा, जब वह पाँच साल का था।

"यह काफ़ी चौंकाने वाली बात थी।" डेनियल बोला। "ट्रेसी का इस तरह ग़ायब हो जाना मन को झकझोर देने वाली घटना थी। ट्रेसी एक परिपक्व महिला थी। लोग उससे पर्यावरण सम्बन्धी सलाह लेते थे। मैं उसे एक अच्छे इंसान की तरह देखता था। अब जब पीछे मुड़कर देखता हूँ तो लगता है उसकी तमाम ख़ूबियाँ दफ़न हो चुकी हैं, उनका उपयोग ही नहीं हो पाया।"

एक अच्छे दोस्त के रूप में वह अपने जीवन-साथी के खो जाने का शोक मना रहा था। विवाह टूटने का दुःख तो था ही। जोसेफ़ माँ को खो चुका था। अब दुःख गहन और अनिष्टकारी था। ट्रेसी अचानक हमेशा के लिए चली गई थी। कारण कोई नहीं जान सका। अमेरिका और कैनेडा की अनगिनत लापता और मृत लोगों की सूची में उसका नाम भी शामिल हो गया था। यहाँ घरेलू महिलाओं की हत्या की दर बहुत ऊँची है।

डेनियल को आज अतीत याद आ रहा था, जब उसने कई बार अपनी पत्नी को भला-बुरा कहा था। यह समझने में भूल की कि वह कितनी अकेली थी और बाक़ी दुनिया से कट चुकी थी। उसे यह भी पता चल रहा था कि ट्रेसी के लापता होने के बहाने उसके अपने पुराने दुःख ताज़ा हो रहे थे - उसका बचपन जैसा था - उसी रूप में स्वीकार नहीं किया जाना, स्कूल में नस्लभेद की यातना, अपने आप से नफ़रत और आत्महत्या का प्रयास करना, अपनी इच्छाओं को व्यक्त नहीं कर पाने का दर्द भी। डेनियल को याद आ रहा था कि उसे सख़्त बनना सिखाया गया था। चुप रहो और भावनाओं को क़ाबू करो। वही हालात दोबारा बन गए थे। शुभचिन्तकों ने उसे समझाया कि अब स्वयं को सँभालो। ट्रेसी अब एक बेहतर दुनिया में है। ईश्वर की यही योजना थी।

उसका कहना है, "ये बातें सच हो सकती हैं। लेकिन ऐसा कहने से आपका दर्द और भीतर चल रही उथल-पुथल शान्त नहीं हो सकती।"

तीन साल तक अपने दुःख से लड़ते-लड़ते डेनियल अन्ततः थक-हार गया।

"मैं सब कुछ सामान्य तरीक़े से कर सकता था, हँस-बोल सकता था, लेकिन भावनाएँ मेरे नियन्त्रण में नहीं थी, उन्हें वक़्त चला रहा था।" दर्द की हल्की-सी आहट भी उसे लम्बे समय तक परेशान रखती थी। सबसे अधिक दुःख की बात थी कि वह जानता था कि उसकी इन भावनाओं से जोसेफ़ के दर्द का इलाज सम्भव नहीं है।

कोई राह नहीं दिख रही थी। डेनियल ने मान लिया था कि अब उसे सारा जीवन अवसाद और नाख़ुश रहकर बिताना है।

लेकिन जो बात वह अपने लिए मान बैठा था, अपने बेटे के लिए स्वीकार नहीं कर पा रहा था। बेटे के प्रति अगाध प्रेम ने ही डेनियल को उम्मीद की किरण दिखाई, परिवर्तन के लिए प्रेरित किया।

जोसेफ़ का बेहतर मार्गदर्शन करने के लिए डेनियल ने दर्द सम्बन्धित पुस्तकें पढ़ना शुरू किया। पढ़ने के कारण बातचीत शुरू हुई और इस तरह उसने इलाज का एक तरीक़ा तलाश लिया। और अपना इलाज करते-करते उसे एक नई व्यावसायिक सम्भावना नज़र आई। उसने ग्रीफ़-थेरेपी का सर्टिफ़िकेट कोर्स किया और जिस तरह का जीवन वह जीना चाहता था, उसे बार-बार दृढ़तापूर्वक दोहराने लगा और विश्वास करने लगा कि ऐसा ही होगा, भले ही वह नहीं जानता था कि होगा कैसे।

डेनियल अब बच्चों और परिवारों की सहायता का काम करता है। साथ ही स्कूलों में लड़कों को दर्द से बाहर निकलने का प्रशिक्षण देता है। वह बच्चों और किशोरवयीन लड़कों की काउंसिलिंग करता है। स्कूल में कई बच्चे तो दो या तीन वर्ष की आयु से दाख़िल कर दिए गए थे। वह बताता है कि बच्चों की चुप्पी में ही बहुत सारा दर्द छिपा होता है - वे दर्द को दबाए बैठे रहते हैं। अक्सर वह लड़कों को लेकर टहलने निकल जाता है, या कभी बाहर आग जलाकर बच्चों के साथ बैठता है, या कभी-कभी मैकडॉनल्ड्स की ख़ामोशी में बच्चों को लेकर बैठ जाता है।

वह बताता है, "मेरा करियर मुझसे लगातार अभ्यास करवाता है, मैं जिस दर्द से गुज़रा हूँ, दूसरों को उसी तरह के दर्द से छुटकारा पाने में मदद करते हुए ट्रेसी का भी धन्यवाद करता हूँ। इस बात को याद रखता हूँ कि मैं कहाँ हूँ और कहाँ जाना है।"

मेरा अनुभव बताता है कि दुःख हमें एकदूसरे के नज़दीक लाता है - या दूर भी कर देता है। दोनों ही परिस्थितियों में - हममें परिवर्तन आता है, पूर्ववत नहीं रहते हैं। डेनियल इस बात का प्रत्यक्ष उदाहरण है कि किस तरह दर्द और शोक हमें नया जीवन दे सकते हैं।

यह कहानी हमें यह भी सिखाती है कि दुःख को हम केवल एक बार नहीं भोगते हैं। यह उनके जीवन और रिश्तों का हिस्सा रहेगा। जोसेफ़ जैसे-जैसे बड़ा हो रहा है, डेनियल को उसकी माँ के बारे में बताने के लिए सावधानी बरतनी होगी। कई ऐसे प्रश्न होंगे जिनका उत्तर नहीं होगा।

* * *

कुछ बातें समझना असम्भव है, इसलिए उन्हें समझने का प्रयास भी नहीं करें।

हमारे सामने कई "क्यों" हैं - यह या वह क्यों हुआ या क्यों नहीं हुआ, हम जहाँ हैं वहाँ क्यों हैं, वो क्यों कर रहे हैं जो कर रहे हैं। दुःख हमें सारे प्रश्नों का उत्तर दे देता है - मेरा क्या काम है, तुम्हारा काम क्या है और ईश्वर का क्या काम है।

ऑश्वित्ज़ में जब केपो ने श्मशान से उठते धुएँ की तरफ़ इशारा करते हुए कहा, "अब तुम अपनी माँ के बारे में भूतकाल में बात करना शुरू कर दो। अब वह नहीं रहीं।" तो, मेरी बहन मागदा ने मुझसे कहा, "आत्मा कभी नहीं मरती।" मागदा सही है। मैं स्कूलों में भाषण देने इसलिए जाती हूँ कि अपने माता-पिता को याद कर सकूँ। उनकी यादें ताज़ा कर सकूँ। भूतकाल से सीखना चाहती हूँ ताकि ग़लतियाँ नहीं दोहराई जाएँ।

मैं अपने माता-पिता से बातें करती हूँ। हाँ, लेकिन उस अन्दाज़ में नहीं, जिसमें मेरी माँ अपनी माँ से करती थी। मैं मदद माँगने के लिए नहीं तो मेरे दिल में उनकी जगह बनाने के लिए याद करती हूँ, जहाँ उनकी आत्माएँ बसती हैं। मैं उनसे प्रार्थना करती हूँ कि वे आएँ और देखें कि मेरा जीवन कितना समृद्ध और ख़ुशहाल है। इस बात का धन्यवाद देती हूँ कि उन्होंने मुझे आगे बढ़ते रहने का मौक़ा दिया।

मुझे अच्छे कपड़े पहनने और फ़ैशन करने का शौक़ पिताजी से विरासत में मिला है। मैं जब भी अच्छे कपड़े पहनती हूँ, मैं कहती हूँ "पिताजी देखिए! आप हमेशा कहते थे ना कि मैं शहर की बेस्ट-ड्रेस्ड लड़की बनूँगी।" मैं जब भी सज-सँवर कर ख़ुश होती हूँ, तो यह मेरे लिए पिताजी की याद में उत्सव मनाने जैसा होता है।

मैं माँ के लिए हमेशा उनकी बुद्धिमत्ता के लिए धन्यवाद भेजती रहती हूँ, जिन्होंने मुझे मेरी आन्तरिक शक्ति को जगाने की प्रेरणा दी। मैं उन्हें इस बात लिए भी धन्यवाद देती हूँ कि उन्होंने मुझसे बार-बार कहा था, "मैं ख़ुश हूँ कि तुम्हारे पास बुद्धि है, ख़ूबसूरती नहीं!" तुम्हारे पास जितना कुछ था, उसमें से हमें बहुत कुछ देने के लिए माँ तुम्हारा धन्यवाद। तुम्हारे उस साहस के लिए भी धन्यवाद जो अपने नशे में डूबे पिता को सँभालने में और हम बच्चों समेत पूरे परिवार का पालन-पोषण करने में दिखाया। मैं तुम्हें कभी नहीं भुला पाऊँगी। मेरी शक्तियों को जगाने की प्रेरणा बनने के लिए धन्यवाद।

शोक मनाना कठिन तो है, लेकिन एक मायने में यह अच्छा भी है। इसके सहारे हम अतीत में जा सकते हैं। आप इसका आलिंगन भी कर सकते हैं। पर आप वहाँ ठहरे हुए नहीं है। आप वर्तमान में जीते हैं और बहुत शक्तिशाली हैं।

आपके पास यह तय करने की क्षमता होती है कि क्या था और क्या नहीं था। आपने क्या खो दिया, उस पर केन्द्रित नहीं होकर, क्या करना है - इसकी योजना बना सकते हैं। हर पल को एक उपहार के रूप में, जो मिला है उसे सहेज कर रखने का विकल्प हमारे पास है।

अनसुलझे दु:ख से छुटकारा पाने के सूत्र :

- ***मृत को मृत ही रहने दें।*** *शोक की तीव्रता बदलती रहती है, यह समाप्त नहीं होता। इसको नज़रअंदाज़ करने का कोई अर्थ नहीं है। मृतकों के साथ नहीं, जीवित लोगों के साथ ज़्यादा समय व्यतीत करें। यदि आपने किसी प्रियजन को खोया है तो उसकी याद में हर दिन तीस मिनट बिताएँ, ताकि उस व्यक्ति के चले जाने से आपको जो नुक़सान हुआ है, उसको सम्मान दे सकें। एक काल्पनिक चाबी बनाएँ, उससे अपने दिल का ताला खोलें, दर्द को उसमें से बाहर निकालें। रोएँ, चीख़ें, ऐसा मधुर संगीत सुने जो आपको अपने बिछड़े प्रियजन की याद दिलाता हो, पुराने पत्र पढ़ें, उनकी तसवीरें देखें। तीस मिनट के बाद उनकी यादों को दिल में समेट कर रख दें और अपने काम पर वापस लौट आएँ।*

- ***आत्मा कभी नहीं मरती।*** *यह सम्भव है कि दर्द आपको एक नई, सकारात्मक नई दिशा की ओर ले जाए, ताकि आप ख़ुशहाल और अर्थपूर्ण जीवन जी सकें। अपने मृत प्रियजन से बातें करें। उन्हें बताएँ कि आप किस बात के लिए उनके आभारी है : वे यादें जो आपको ख़ुश करती हैं, कोई हुनर जो उन्होंने आपको सिखाया हो, उनके सान्निध्य से आपके जीवन को जो उपहार मिले हैं। और फिर उनसे पूछें, "वे आपसे क्या अपेक्षा रखते हैं?"*

7

साबित करने को कुछ भी नहीं

शक्त रबैये की क़ैद

जब कोई जोड़ा मुझसे यह कहता है कि हम कभी नहीं झगड़ते, तो मैं कहती हूँ, "तब आप एक दूसरे से प्रेम भी नहीं करते हैं।"

मतभेद स्वाभाविक है। जब हम संघर्ष को टालते हैं, तब हम शान्ति की बजाय उत्पीड़न की ओर बढ़ते हैं। मतभेद अपने आपमें कोई क़ैद नहीं है। आपसी संघर्ष को टालने के लिए हम जो दृढ़ सोच बना लेते हैं, वह हमें बन्दी बना देती है।

अड़ियल सोच की बेड़ियों को पहचानने में अक्सर धोखा हो जाता है, क्योंकि उन पर अच्छी नीयत का मुलम्मा चढ़ा होता है। कई लोग मेरे पास अपने रिश्तों में सुधार, अपने साथी और बच्चों से बेहतर वार्तालाप कर पाने के इलाज की तलाश में आते हैं ताकि वे ख़ुशी और शान्ति पा सकें। लेकिन उनके साथ बातचीत के दौरान यह पाती हूँ कि वे इलाज मतभेद ख़त्म करने के लिए नहीं करना चाहते, बल्कि वे मेरी मदद इसलिए चाहते हैं कि मैं परिवार वालों को उनकी बात मानने के लिए राज़ी कर लूँ। यदि आप किसी विशेष विचार या धारणा को लेकर चल रहे हैं और चाहते हैं कि दूसरों की सोच बदल दी जाए, आप आज़ाद कतई नहीं हो सकते। जब आप अपनी प्रतिक्रिया व्यक्त करने की शक्ति को स्वीकारते हैं, तो आपकी आज़ादी तय हो जाती है।

मेरे मरीज कहते रहते हैं, "मैं चाहता हूँ कि वह..." या "मेरी इच्छा है कि वह..." लेकिन आप दूसरों के लिए इच्छा नहीं कर सकते। आप केवल *अपने लिए* श्रेष्ठ तलाश सकते हैं।

दूसरों की सच्चाई को नकारना बन्द करना आपसी झगड़े को समाप्त करने का सबसे अच्छा अस्त्र है। मैं सैंडविच खाना पसन्द करती हूँ लेकिन मेरी सहेली कहती है, "तुम उसे कैसे खा लेती हो। मुझे तो सोचकर ही बुख़ार आ जाता है।" दोनों में

कौन सही है? मैं या वो? आपको सहमत होने की ज़रूरत नहीं है। अपनी सच्चाई पर टिके रहें। आज़ादी के अहसास के लिए अपने आप को सही सिद्ध करने का प्रयास नहीं करें।

युद्ध ख़त्म हो जाने के दशकों बाद जब मुझे ऐसा लगा कि अपनी वास्तविक आज़ादी के लिए ऑश्वित्ज़ जाकर अपने अतीत का सामना करना होगा, तो मैंने अपनी बहन मागदा को साथ चलने को कहा। जब हम क़ैद थीं तो हमने एक दूसरे के लिए अपने आपको ज़िन्दा रखा था। हम उस जगह पर जाना चाहती थीं जहाँ माता-पिता की हत्या हुई थी, वह स्थान जहाँ मौत और आतंक का साया था। मैं कहना चाहती थी, 'हम जीत गए!' लेकिन मेरी बहन मुझे समझा रही थी कि जान-बूझकर उस नर्क में जाना मूर्खता है। भला ऐसा भी कोई करता है? इस दुनिया में एक मेरी बहन ही थी जो मेरे साथ हर बात साझा करती थी, जिसके कारण मैं जीवित हूँ। पर यद्यपि हम दोनों एक जैसे ही अनुभवों से गुज़री हैं, पर आज उन अनुभवों के बारे में हमारे अलग-अलग विचार हैं। हम दोनों में कोई भी सही या ग़लत, अच्छा या बुरा नहीं है। मैं एडी के लिए सही हूँ, मागदा, मागदा के लिए सही है। हम दोनों सही हैं। फिर, मैं अकेली ही ऑश्वित्ज़ गई।

ऐसी ही बात ईसा मसीह ने कही थी, '...अपना दूसरा गाल सामने कर दो।' जब आप दूसरा गाल सामने करते हैं तो उसी परिस्थिति को दूसरे दृष्टिकोण से देखने लगते हैं। आप परिस्थिति को नहीं बदल सकते, दूसरों को नहीं बदल सकते, पर सच्चाई को एक अलग दृष्टि से देखने लगते हैं। यह लचीलापन ही हमारी शक्ति है।

यह हमें मुखर बनाता है - ना आक्रामक, ना निष्क्रिय। जब हम आक्रामक होते हैं, हम दूसरों के लिए निर्णय लेते हैं और जब निष्क्रिय होते हैं, दूसरे हमारे लिए निर्णय लेते हैं और जब हम निष्क्रिय-आक्रामक होते हैं, हम दूसरों को उनके लिए निर्णय लेने से रोकते हैं। जब आप निष्क्रिय होते हैं तब आप केवल बयान दे रहे होते हैं। जब मैं स्कूल में दोबारा जाना चाहती थी, बेला की राय से डरी हुई थी, क्योंकि उसे लगता कि मैं परिवार को समय नहीं दे पाऊँगी। साथ ही वह हमारा परिचय डॉक्टर और मिस्टर ईगर के तौर पर देना पसन्द नहीं करेगा। लेकिन जब आप वयस्क और एक व्यक्ति हैं तब आपको किसी से आदेश लेने की आवश्यकता नहीं होती। इसलिए अपना जीवन किसी और के हाथों में मत सौंपिए। केवल एक निर्णय सुनाइए, "मैं डॉक्टरेट की उपाधि लेने के लिए पढ़ाई करने जा रहा/रही हूँ।" दूसरे व्यक्ति को केवल सूचना दीजिए और उन्हें अपनी राय बनाने का फ़ैसला लेने के लिए आज़ाद कर दीजिए।

मानसिक संघर्ष के समय आज़ाद बने रहने की कुंजी है अधिकार और नियन्त्रण की अपेक्षा को त्यागते हुए अपनी सच्चाई पर टिके रहना।

इससे हमें जो जैसा है, उसे वैसा ही स्वीकार करने में मदद मिलती है। मेरा एक मरीज है जिसके अपनी किशोरवयीन बेटी से लगातार मतभेद होते रहते हैं। इलाज के एक सत्र के दौरान वह उद्विग्न था, क्योंकि उसकी अपनी बेटी से कार के उपयोग को लेकर बहस हो गई। बेटी ने गुस्से में आकर पिता को काफ़ी अपशब्द कहे। मरीज चाहता था कि मैं उसका पक्ष लूँ और बेटी को दोषी सिद्ध करूँ। शिकायत करने से ना तो स्वयं को और ना ही दूसरों को मज़बूत बनाते हैं। किसी की शिकायत करने से आपकी उन्नति नहीं हो सकती, इसलिए इससे बचें। कभी-भी, किसी की भी शिकायत नहीं करें।

किसी की शिकायत करने से आपकी उन्नति नहीं हो सकती।

यह हम दूसरों के लिए तो करते ही हैं, लेकिन सबसे पहले अपने फ़ायदे के लिए करते हैं ताकि हम अवास्तविक अपेक्षाओं और नाराज़गी से बच सकें। अपेक्षाएँ पूरी नहीं हों तो परेशान करती रहती हैं। मैं किसी पर भी नाराज़ होने के पहले बहुत सोच-विचार करती हूँ, क्योंकि मेरे नाराज़ होने का सबसे अधिक नुक़सान तो मुझे ही होना है।

अनचाहा द्वन्द्व हमें मानसिक रूप से क़ैद कर लेता है। एक बार गर्मियों में बेला और मैं यूरोप की यात्रा पर थे और हमें पता चला कि उसी दौरान पेरिस में बोलशोय बैले का कार्यक्रम होने वाला है। इस कार्यक्रम को देखना मेरा सपना था। बेला ने मेरे लिए एक टिकट ख़रीदी और मुझे थियेटर तक छोड़ दिया। वह भीतर नहीं आया। मुझे लगा वह एक और टिकट पर पैसे ख़र्च नहीं करना चाहता है। मध्यान्तर में मैं बाहर आई और कार्यक्रम से खुश होकर बेला से कहा कि वह कम से कम दूसरा भाग ही देख ले। “भीतर सीटें ख़ाली हैं। एक टिकट ख़रीद कर मेरे साथ कार्यक्रम का आनन्द लो।” वह तैयार नहीं हुआ। “मैं रूसी लोगों को पैसा नहीं देता।” वह बोला, “विशेषकर चेकोस्लोवाकिया में कम्युनिस्टों ने मेरे साथ जो कुछ भी किया उसके बाद तो बिलकुल नहीं।” उसने यह मान लिया था कि ऐसा करने से वह उस पर हुई क्रूरता और क़ैद की प्रताड़ना का बदला ले सकता है। मैंने उसे दोबारा विचार करने को कहा। उसे समझाया कि तुम्हारे साथ जो कुछ भी हुआ, उसका इन कलाकारों से कोई लेना-देना नहीं है। पर मैं उसका विचार बदल नहीं सकी। मैं थियेटर में भीतर गई और बैले का मज़ा लिया। एक तरफ़ यह तो कदापि सही नहीं था कि बेला ने अपनी सोच और नाराज़गी छोड़ कर मेरे साथ थियेटर में उत्कृष्ट नृत्य प्रदर्शन का आनन्द नहीं लिया। वहीं दूसरी ओर, मैं यह नहीं कह सकती कि मेरा मानना ही सही है। बेला अपने स्तर पर सही था, मैं मेरे स्तर पर।

हम में से कई लोग केवल कुछ सिद्ध करने के लिए ही जीते हैं। हम अन्तिम निर्णय सुनाने के आदी हो सकते हैं। लेकिन यदि हम यह सिद्ध करने का प्रयास करते हैं कि मैं ही सही हूँ, मैं ही अच्छा हूँ, तो हम ऐसा कुछ साबित करने की कोशिश कर रहे होते हैं जिसका अस्तित्व ही नहीं है। हर इंसान में दोष होते हैं। ग़लतियाँ सबसे होती हैं। आप ना तो मजबूर हैं - और ना ही सन्त हैं। आपको अपनी योग्यता सिद्ध करने की आवश्यकता नहीं है। आप इस बात पर ख़ुश हो सकते हैं कि आप दोषपूर्ण होकर भी सम्पूर्ण हैं। ख़ुश हों कि आप जैसा दूसरा कोई नहीं है। इस पर भी आप कुछ सिद्ध करने का प्रयास करते हैं तो आप क़ैदी हैं।

किसी की निष्ठुरता और अत्याचार के मामले में भी यही सच है।

मेरी मित्र की छोटी बेटी किन्डरगार्टन से दुःखी होकर घर लौटी, क्योंकि उसके दोस्तों ने उसे "पूपी-फ़ेस (भद्दी)" लड़की कहा। मेरी दोस्त ने मुझसे पूछा कि बेटी को किस तरह समझाया जाए। यह ज़रूरी है कि हम अपने बचाव के प्रयास का विचार त्याग दें। हम सभी को ऐसे बदमाशों का सामना करना पड़ता ही है। यदि आपको कोई भद्दे चेहरे वाला कहता है तो "मैं ऐसा नहीं हूँ!" मत कहिए। ऐसे किसी अपराध का बचाव मत करिए, जो आपने किया ही नहीं। यह व्यर्थ का संघर्ष है। यह कुछ ऐसा ही है कि कोई आपकी तरफ़ रस्सी फेंकता है और आप उसका दूसरा सिरा पकड़कर खींचातानी करने में व्यस्त हो जाते हो। बहस में दो लोग शामिल होते हैं, लेकिन केवल एक की बुद्धिमानी से मामला शान्त हो जाता है। रस्सी के दूसरे सिरे को नहीं थामने में ही अक़्लमंदी है। अपने आप से कहें, "वह जितना ज़्यादा बोलेगा, मैं उतना ही शान्त बना रहूँगा।" किसी बात को व्यक्तिगत नहीं लें। जब कोई आपको "भद्दे चेहरे वाला" कह रहा होता है, तो वह ख़ुद को उस नज़र से देख रहा होता है।

यदि आप कुछ सिद्ध करने का प्रयास करते हैं तो निश्चित ही आप क़ैद में हैं।

मैंने एक बार जोहान्सबर्ग, सत्याग्रह हाउस में भाषण दिया था, यहाँ पर कभी मोहनदास करमचंद गाँधी रहे थे। अब यह एक संग्रहालय और प्रार्थना घर है। गाँधी जी ने अँग्रेज़ों को बिना रक्तपात, घुटने टेकने को मजबूर कर दिया था, नफ़रत की भाषा बोले बिना।

यह उन उपायों में से एक है, जिनकी मदद से मैं ऑश्वित्ज़ से जीवित लौट पाई। मुझे लगातार अमानवीय भाषा का सामना करना पड़ता था - तुम बेकार हो, गन्दी हो, केवल लाश की शक़्ल में ही यहाँ से वापस जा सकती हो - लेकिन उन शब्दों को मैंने कभी अपनी आत्मा तक पहुँचने नहीं दिया। भीतर ही भीतर मैं अपने

आपको धन्य मानती थी कि मुझसे बड़ी क़ैद में तो नाज़ी थे। भले ही मेरा शरीर उस मौत के शिविर में क़ैद था, लेकिन मेरी आत्मा आज़ाद थी। यह बात मुझे उस रात समझ आई जब मैं मेंगले के सामने नृत्य कर रही थी। मेंगले और अन्य लोगों को अपनी भूल का अहसास तो होना ही था। मैं भूख और सदमे से ठंडी पड़ चुकी थी। मेरी हत्या किए जाने के डर से भयभीत थी, लेकिन भीतर से भयमुक्त भी थी। नाज़ियों ने अपनी ताक़त अमानवीयता और तबाही मचा कर हासिल की थी, लेकिन मेरी शक्ति मेरे भीतर थी।

आनन्दित रहना ही किसी अड़ियल विचारधारा से मुक्ति पाने का सूत्र है। वह कई वर्षों तक अत्याचारी व्यक्ति के साथ पत्नी बनकर रही। तिरस्कार और अपमान झेला, आर्थिक परेशानियाँ भी सहन कीं, हमेशा अपनी कनपटी पर बन्दूक तनी देखी। उसकी पत्रिकाओं को संग्रह की आदत, उसमें दिए गए अनुभव, विचारों पर विश्वास और अमल करने के कारण वह जीवित रह पाई।

जब मैं किसी ऐसे मरीज का इलाज करती हूँ जो जिसका अपने साथी के साथ सम्मानजनक सम्बन्ध नहीं है, तो मैं उससे केवल इतना कहती हूँ : जब कभी तुम्हारा साथी अत्याचार करे, अगले क्षण किसी आध्यात्मिक केन्द्र में चले जाओ या रिश्तेदारों, मित्रों के पास जाओ। उनसे मदद माँगो।

अगर तुम पहली ही बार में बाहर नहीं निकले, तो तुम्हारा साथी तुम्हें गम्भीरता से नहीं लेगा और अत्याचार की प्रत्येक घटना के बाद तुम्हारा बाहर निकलना मुश्क़िल होता जाएगा। तुम पर होने वाली हिंसा बद से बदतर होती चली जाएगी। और दुर्व्यवहार के मनोवैज्ञानिक असर समाप्त करने में दिक़्क़तें पैदा होने लगेंगी। तुम्हारा अत्याचारी साथी तुम्हें यह विश्वास दिलाने में सफल हो जाएगा कि उसके बिना तुम्हारा कोई अस्तित्व नहीं है, यह भी तुम पर हिंसा की वजह तुम्हारी ग़लती है। हर मिनट तुम्हारे नुक़सान को बढ़ाता जाएगा। याद रखो, तुम बहुत क़ीमती हो!

जब कोई आप पर हमला करता है, तो इसे चेतावनी समझें। जान लीजिए कि यह सचेत होने का समय है। आप जानते हैं कि आप किन परिस्थितियों में रह रहे हैं। भागना आसान तो नहीं होता, पर यदि आपने साथी के अत्याचार की सीमा और प्रवृत्ति का अन्दाज़ लगा लिया, तो समझिए आधी जंग तो आपने जीत ही ली। जब प्रताड़ना अप्रकट और मनोवैज्ञानिक रूप से होती है, तो आप सन्देह कर सकते हैं। आप अपने आप से पूछ सकते हैं, "क्या यह *वाक़ई* मेरे साथ हो रहा है?" लेकिन, शारीरिक अत्याचार को तो आप महसूस कर सकते हैं, हाँ, यह मेरे साथ हो रहा है। हाँ, मुझे अब बाहर निकल जाना चाहिए।

चूँकि जॉय के शरीर पर चोट के निशान नहीं थे, इसलिए उसे अपने साथी के साथ सम्बन्ध तोड़ने में दिक़्क़त हो रही थी। (अपमानजनक स्थिति में फँसे लोगों का एक और सामान्य अनुभव है - भय, और अक्सर यह वास्तविकता भी कि लोग इस पर विश्वास नहीं करेंगे।) आख़िरकार, जॉय ने पति को तलाक़ दे दिया और उसके पति ने धीरे-धीरे अपनी मौत को ख़ुद ही बुला लिया।

पति की मौत के बाद जॉय क्रोधी स्वभाव की हो गई। उसे लगता था कि एक दिन उसका पति अपने दुर्व्यवहार के लिए माफ़ी माँगेगा, अपनी ग़लती स्वीकार करेगा, यह मानेगा कि जॉय ने उसे छोड़कर अच्छा किया। लेकिन जब पति मर गया, तो जॉय को स्वीकार कर लेना चाहिए था कि अब उससे कोई माफ़ी नहीं माँगने वाला। वह इस लड़ाई को कभी नहीं जीत पाएगी। अतीत को भूलने का प्रयास करने के लिए उसने, किसी समय में इकट्ठा की हुई पत्रिकाओं को पढ़ना शुरू किया। उसने जो कुछ पढ़ा उससे वह अचम्भित रह गई - उसका पति उतना क्रूर नहीं था, जितना वह अपने पति के प्रति थी।

"मैंने अपने पति को धमकाया," जॉय बता रही थी, "मैं सोच रही थी कि वह मुझ पर अत्याचार कर रहा है लेकिन मैं भी तो उसके साथ वही कर रही थी। बच्चों को उससे दूर रखकर, उसका प्यार पाने के लिए उनका इस्तेमाल कर रही थी, क्योंकि मैं उसे चोट पहुँचाना चाहती थी। मैं बहुत तड़प रही थी। मुझे लगा दूसरा कोई रास्ता ही नहीं है। मुझे कुछ सूझ नहीं रहा था। हमारे विवाह में समस्या केवल उसके कारण नहीं थी, मैं भी बराबर ज़िम्मेदार थी।"

रिश्ते कई बार उलझे हुए होते हैं। एक ओर जहाँ घरेलू हिंसा के लिए क्षमा नहीं है, वहीं दूसरी ओर, इंसान अच्छा या बुरा नहीं होता, पति या पत्नी अच्छे-बुरे नहीं होते। सम्बन्धों को विषाक्त करने में दोनों का योगदान होता है।

एलिसन से जब मैं मिली तो उसके तलाक़ को बारह साल हो चुके थे। उसके पूर्व पति सीन ने एलिसन के जीवन में तब प्रवेश किया, जब एक हवाई यात्रा के दौरान अभद्र व्यवहार के कारण एलिसन अपने पति के साथ रिश्ता समाप्त कर लिया था। उस व्यक्ति से अलग होने पर एलिसन के साथ शारीरिक अत्याचार किए और उस समय सीन एलिसन लिए एक संरक्षक बनकर आया। उसे सुरक्षित महसूस कराता था और उसका उत्साहवर्धन करता था। सीन से एलिसन को गायन के क्षेत्र में करियर बनाने में सहायता की। उसके गायन व्यवसाय को स्थापित किया, उसकी यात्राओं, गानों की रिकॉर्डिंग और अनुबन्धों का ध्यान रखता था। साथ ही प्रतिष्ठित संगीतकारों के साथ कार्यक्रमों का आयोजन भी करवाता था।

सीन उदार और समझदार तो था, लेकिन अंकुश लगाने वाला था। एलिसन उस पर विश्वास तो करती थी, पर अपने जीवन पर किसी और के नियन्त्रण से

नाराज़ भी थी। उसने अपने जीवन में टोका-टोकी का विरोध भूखे रह कर करना शुरू कर दिया। ईटिंग डिसऑर्डर की बीमारी के कारण उसे तीन बार अस्पताल में भर्ती भी करना पड़ा, लेकिन उसकी अपने आपको क्षति पहुँचाने की प्रवृत्ति कम नहीं हुई। और जब एलिसन ने अपने हाथ और पैर जला लिए, तो सीन ने उम्मीद छोड़ दी। उसका एक के बाद दूसरा प्रेम प्रसंग चालू हो गया और अन्ततः, एलिसन के साथ उसका अठारह साल पुराना विवाह सम्बन्ध ख़त्म हो गया।

एक दशक से अधिक समय बीत गया है, लेकिन एलिसन का आज भी सीन के साथ उनके द्वारा मिल कर लिखे गए गीतों के बौद्धिक सम्पदा अधिकार को लेकर झगड़ा चल रहा है। दोनों के विवाह को टूटे लम्बा अरसा गुज़र गया है, लेकिन वर्चस्व की लड़ाई अब भी जारी है। दोनों हानिकारक विकल्प चुन रहे हैं।

मैंने एलिसन को बताया कि यदि वह विवाद को समाप्त करना चाहती है, तो उसे संघर्ष के कारणों पर नहीं, बल्कि विवाद को बनाए रखने वाले मुद्दों पर ध्यान देना होगा।

"अपनी माँग पर अड़ी रह कर क्या तुम किसी नतीजे पर पहुँच पा रही हो?" मैंने पूछा।

एलिसन ने मन में यह ठान लिया था कि सीन ही क़सूरवार है और वह बेक़सूर। उसने मन ही मन सीन पर मुक़दमा चला रखा था। उसके भीतर एक अदालत चलती रहती थी। लेकिन यह एक ऐसी लड़ाई थी, जिसे जीता नहीं जा सकता था।

"मेरी प्यारी मित्र, तुम पूरी तरह सही हो सकती हो, लेकिन अब तुम्हें यह तय करना है कि तुम अपने आपको सही साबित करना चाहती हो, या ख़ुश रहना चाहती हो?"

किसी पर नियन्त्रण पाने की इच्छा को त्यागने का अर्थ है आप *शक्तिशाली* हैं। शक्ति का मतलब शारीरिक बल या किसी को प्रभावित करने से नहीं है। इसका मतलब है कि आपके पास किसी भी परिस्थिति में प्रतिकार करने के बजाय प्रतिक्रिया देने की, अपने जीवन को क़ाबू करने की, और अपनी पसन्द-नापसन्द का चयन करने की क्षमता है। आप शक्तिशाली हैं, क्योंकि आपकी ख़ुशियों का नियन्त्रण आपके ही पास है।

यदि आप सामर्थ्यवान हैं, *फिर भी* स्वयं को सही सिद्ध करना चाहते हैं, तो उदार बनें क्योंकि उदारता हमेशा सही राह दिखाती है।

अपने विचारों को बदलने से ना केवल आपसी सम्बन्ध बदलते हैं, बल्कि चीज़ों को देखने का हमारा नज़रिए भी बदलता है।

एलिसन ने जैसे ही अपनी अड़ियल विचारधारा के दायरे से बाहर आना शुरू किया, अपने पूर्व पति के विषय में भी उसकी भावनाएँ बदलने लगीं। उसने अब एक नई एजेंसी स्थापित कर ली, और वह एक अन्तर्राष्ट्रीय संगीत कार्यक्रम की योजना बना रही थी। तभी दो शारीरिक परेशानियों ने एलिसन की बड़ी कठिनाई से हासिल की हुई शान्ति को भंग कर दिया। गले की भयंकर तकलीफ़ ने उसके गायन के करियर के लिए बड़ी समस्या खड़ी कर दी। साथ ही पीठ में भी चोट लग गई। इन तकलीफ़ों से वह अपने रोज़मर्रा के कामों को भी नहीं कर पा रही थी, यहाँ तक कि, बागवानी और योग अभ्यास भी नहीं कर पा रही थी। उसका चेहरा काफ़ी बदल गया था। उसका दर्द उसके बोलने के तरीक़े से महसूस किया जा सकता था।

"अब तक तो सब कुछ ठीक चल रहा था, लेकिन लगता है अब टूर रद्द करना पड़ेगा।" वह बोली।

जीवन में कभी-कभी हमारे साथ न्याय नहीं होता है। जब हम तकलीफ़ में होते हैं, तो हमारा गुस्सा, चिन्ता, निराशा सब तर्कसंगत होता है। लेकिन किसी भी परिस्थिति का, चाहे वह कितनी भी दुःखदायी या अप्रिय क्यों नहीं हो, सख़्ती या प्रेम से सामना कर सकते हैं।

मैंने उससे कहा, "जब तुम्हारा शरीर तकलीफ़ झेल रहा हो तो, उसे और सज़ा मत दो, नाराज़गी मत दिखाओ, उससे अपेक्षाएँ मत करो। बल्कि कहो कि मैं सुन रही हूँ।"

एलिसन सख़्ती के बजाय लचीलेपन का अभ्यास करना सीख गई थी। वह अब समस्या पर बात करती थी। उसने अपनी निराशा और दर्द को कम करके आँकना या झुठलाना बन्द कर दिया था।

"मैं इसे पसन्द नहीं करती।" वह बोली। "इससे दुःख होता है। परेशानी होती है।"

उसने अपने शरीर को कष्ट देना और नाराज़ होना कम कर दिया। अब वह अपने शरीर की बात सुनने लगी थी। वह जिज्ञासु बन गई थी।

उसने मुझसे पूछा, "आप मुझसे क्या कहना चाहती हैं? मेरी भलाई किसमें है? मैं ताक़तवर कैसे बन सकती हूँ?"

कुछ देर के लिए उसके शरीर ने भी उससे वही बात कही : शान्त हो जाओ, आराम करो। उसने अपने शरीर का कहा माना और आख़िरकार, उसकी पीठ का दर्द कम होने लगा। वह फिर से योगाभ्यास करने लगी थी। उसने देखा कि अब वो ध्यानपूर्वक धीरे-धीरे आगे बढ़ सकती है, क्योंकि अब वह अपने शरीर के साथ

ज़बर्दस्ती नहीं करती। सही होने की उसकी परिभाषा अब बदल गई थी। स्वयं को तंदुरुस्त साबित करने के प्रयास में वह शरीर के अंगों को ज़बर्दस्ती घुमाती थी, बाँहों के कठिन अभ्यास करती थी जिसके कारण पीठ का दर्द झेल चुकी थी। अब वह अपेक्षाओं के बन्धन से आज़ाद है।

हम परेशानियों और तकलीफ़देह घटनाओं को पसन्द करें, यह ज़रूरी नहीं है, लेकिन जब हम उनसे लड़ना और विरोध करना बन्द कर देते हैं, तो हम अधिक ऊर्जा और कल्पनाशक्ति से आगे बढ़ सकते हैं।

जॉय ने भी ऐसा ही अनुभव किया था। एलिसन की ही तरह अपने तलाक़ के कई वर्षों बाद भी एलिसन दुराग्रह का शिकार थी। वह ढुलमुल मानसिकता में क़ैद थी - सही/ग़लत, प्रताड़ित/उत्पीड़क - क्योंकि उसे हमेशा अनापेक्षित और सख़्त अनुभव मिले थे - या तो कुछ नहीं या बहुत अधिक, जीवन या मौत - इसके बीच कुछ नहीं। यही वजह थी कि छोटे-मोटे विवाद भी उसे बेचैन कर देते थे। वह किसी भी कठिन परिस्थिति का समाधान समझदारी से करने का विचार ही नहीं करती थी। किसी की असहमति वह बर्दाश्त नहीं कर पाती थी।

उसने कहा, "लोग मेरी तरफ़ इशारा करते होंगे और मुझे मोटी, बदसूरत, नालायक भी कहते होंगे।"

जब जॉय को इस सच्चाई का यह अहसास हुआ कि उनके विवाह के टूटने के लिए वह भी बराबर की दोषी है, वह हमेशा ही सही नहीं थी, तो कुछ असामान्य सा घटित हुआ। उसका नज़रिया बदल गया। वह जीवन के नए रंग देख पा रही थी। अतीत को व्यक्त करने और उसका अनुभव करने का दृष्टिकोण बदल गया था। वह दुनिया को नई आशा और उमंग से देखने लगी थी। बच्चों को पीले, लाल, बैंगनी और नीले फूल दिखा रही थी। और पागलों की तरह ख़ुश होकर कह रही थी, "देखो, देखो, इन्हें देखो।"

स्वभाव में लचीलापन हो तो हमें ताक़त मिलती है। मुझे इसका पता तब चला जब मैं जिमनास्ट का प्रशिक्षण ले रही थी। इसी वजह से मैं अक्सर स्विंग डांस की क्लास में भी जाती रहती थी।

यह बात हमारे मन और शरीर दोनों के लिए लागू होती है। यदि आप कोमल और लचीले हैं, तो आप ताक़तवर हैं, इसलिए सुबह उठते ही शरीर को कुछ हरकत में लाइए। अपनी अच्छी-सकारात्मक सोच का दायरा बढ़ाइए।

अड़ियल मानसिकता से मुक्त होने के सूत्र :

- ***सहजता से स्वीकारें :*** *वर्तमान में आपके समक्ष जीवन की जो चुनौतियाँ हैं, उनका ध्यान करें - कोई शारीरिक चोट या बीमारी, तनाव या मतभेद या कोई ऐसी परिस्थिति जिसने आपकी सोच को कुंद कर दिया है। अपने बारे में जो सच है, उसे ईमानदारी के साथ स्वीकारें। आपको अपने बारे में क्या पसन्द नहीं है? इसे जानकर आप कैसा महसूस कर रहे हैं? अपनी जिज्ञासा बढ़ाइए और ख़ुद से पूछिए, "यह परिस्थिति मुझे क्या समझाना चाह रही है? मेरे लिए क्या उपयुक्त है? मैं किस तरह चुनौतियों का सामना कर सकता हूँ?"*

- ***जो जैसा है, उसे वैसा ही स्वीकार करें :*** *उस व्यक्ति का नाम लिखें जिसके साथ आपका मतभेद है। इसके बाद आपको उस व्यक्ति से जो-जो शिकायतें हैं, उन्हें लिख डालें। सारी शिकायतों को लिखें। जैसे, मेरी बेटी अशिष्ट और अहसान-फ़रामोश है। वह मुझे भला-बुरा कहती है और भद्दी भाषा का प्रयोग करती है। मेरा सम्मान नहीं करती। वह मेरे आदेशों का पालन नहीं करती। अब, जो लिखा है उसे दोबारा लिखें। इस बार आपने जो अनुभव किया है, उसे लिखें। संपादन, विवेचना, अनुमान या धारणा बनाए बिना, सच्चाई से लिखें। सभी नकारात्मक शब्द जैसे "हमेशा," "कभी नहीं" हटाकर लिखें। बस, सीधे-सीखे तथ्यों को लिख दें -* मेरी बेटी कभी-कभी अभद्र भाषा का प्रयोग करती है, सप्ताह में एक या दो बार रात 11 बजे के बाद घर लौटती है।

- ***सहयोग करे, अधिकार नहीं जताएँ :*** *अपनी सूची से उस एक विषय को चुन लें, जिसकी चर्चा आप उस व्यक्ति से करना चाहेंगे, जिससे आपको शिकायत है। शान्त जगह और ऐसा समय चुनें जब आपकी मनःस्थिति विचलित नहीं हो। सबसे पहले वह बताएँ जो आपने देखा, "मैंने देखा है कि पिछले सप्ताह एक दो बार तुम रात को देर घर लौटी हो।" अब, सामने वाला क्या कहना चाहता है, वह सुनें। बिना किसी शिकायत या उसे लज्जित करते हुए आप जो चाहती हैं, वह कहें, "मेरे लिए यह महत्त्वपूर्ण है कि पूरे सप्ताह तुम अच्छी नींद का आनन्द लो और रात को बिस्तर पर जाने से पहले मैं चाहूँगी कि तुम घर पर सुरक्षित तरीक़े से पहुँच जाओ। इस समस्या के समाधान का तुम्हारे पास क्या रास्ता है जो हम दोनों के*

लिए ही ठीक हो?" पहले प्रयास में मतभेद समाप्त हो, आवश्यक नहीं है, लेकिन सहयोग और एक दूसरे की भावनाओं का सम्मान करने से समस्या का निवारण अवश्य होता है।

- **दूसरों के साथ वैसा ही व्यवहार करें जैसा वे बनने में सक्षम हैं :** *जिस व्यक्ति के साथ आपके मतभेद हैं, उसका अक़्स अपने मन में बनाएँ। उसके सर्वोत्तम स्वरूप को देखें। अपने दिल पर हाथ रखें और कहें, "मैं तुम्हें देख पा रहा/रही हूँ।"*

8

क्या आप अपने आप से शादी करना पसन्द करेंगे?

नाराज़गी की क़ैद

अन्तरंगता में सबसे बड़ी बाधा होता है हमारा निम्नस्तरीय व्यवहार, पुराना गुस्सा और चिड़चिड़ापन।

बेला के प्रति मेरी नाराज़गी का कारण था उसकी अधीरता और उसका अतीत में खोए रहने वाला स्वभाव, हमारे बेटे के प्रति उसके चेहरे पर दिखाई देने वाला निराशा का भाव था, जो किसी घाव की तरह सालों-साल मुझे परेशान करता रहा और इससे छुटकारा पाने का एकमात्र उपाय मुझे तलाक़ ही समझ आता था। हमारे अलग होने और बच्चों का, और हमारा भी, भविष्य पूरी तरह बर्बाद करने के बाद मैंने स्वीकार किया कि बेला के प्रति मेरी निराशा और नाराज़गी के कोई मायने नहीं थे। समस्या तो मेरी भावनात्मक असन्तुष्टि और अनसुलझे दर्द के परिणामस्वरूप खड़ी हुई थी।

हमारे विवाह में जो घुटन थी, उसमें बेला का कोई दोष नहीं था। यह, पिछले कई सालों से, अपनी भावनाओं की उपेक्षा किए जाने का परिणाम था - अपनी माँ का दुःख, जिसने बुडापेस्ट के दूतावास की नौकरी छोड़ दी थी, जिसकी वजह से वह आत्मनिर्भर थी और एक उम्दा जीवन जी रही थी, उसने अपने प्रेमी से केवल इसलिए विवाह नहीं किया क्योंकि वह यहूदी नहीं था, उसने वह किया, जो दूसरों को अच्छा लगता था। मुझे अपने माता-पिता के विवाह में उपजे अकेलेपन के दोहराए जाने का डर था। मेरे पहले प्यार एरिक का दुःख था, जिसकी ऑश्वित्ज़ में मौत हो गई थी। मेरे माता-पिता का शोक भी था। मेरा विवाह हो गया और इसके पहले कि दुःखों और नुक़सान से मेरा सामना होता, मैं माँ भी बन गई। मैं चालीस वर्ष की हो चुकी थी। यह वह उम्र थी जिसमें मेरी माँ का निधन हो गया था। हर गुज़रते पल

के साथ मुझे ऐसा लग रहा था कि समय मेरे हाथ से फिसला जा रहा है, मैं अपनी मर्ज़ी का मुक्त जीवन जी ही नहीं पा रही हूँ। आज़ादी पाने के लिए अपने जीवन का उद्देश्य और दिशा खोजने की जगह मैंने बेला की चीख़-चिल्लाहट, चिड़चिड़ाहट और निराशा से दूर चले जाने का रास्ता चुना, क्योंकि मैं इसे ही रुकावट मान रही थी।

हम एक दूसरे से तब नाराज़ होते थे, जब हमारी अपेक्षाओं और वास्तविकता में अन्तर होता था। हम सोचते थे कि सामने वाला व्यक्ति बहस को हवा दे रहा है, जबकि हमारा अहम् ही सारे फसाद की जड़ था। वही हमें नाराज़गी की क़ैद में रखता है। हम अक्सर रोमियो और जूलियट की तरह विवाह करते हैं, बिना एक दूसरे को अच्छी तरह जाने-पहचाने। हम प्यार से प्यार करने लगते हैं या फिर एक ऐसे व्यक्ति की कल्पना करते हैं जो हमारी आवश्यकताओं के अनुकूल हो। या ऐसे व्यक्ति को तलाशते हैं जो उन संस्कारों को मानने वाला हो, जो हमें हमारे परिवार से विरासत में मिले हैं। या फिर एक सुरक्षित प्रेम सम्बन्ध को पाने के लिए हम अपना वह रूप दिखाते हैं जो असली नहीं है। प्यार की कल्पना सुख देती है, लेकिन यह क्षणिक भावना होती है। जब भावनाओं का ज्वार उतरता है, तो हमें अपने सपनों के बिखरने का दुःख होता है। यह निराशा ऐसे कई सम्बन्धों को नष्ट कर देती है, जिन्हें बचाया जा सकता था।

लेकिन प्रेम वह नहीं है जो आप महसूस करते हैं, बल्कि वह जो आप करते हैं।

प्रेम के शुरुआती दिनों में आप पीछे मुड़ कर देखते ही नहीं, तब तक नहीं, जब तक कि आप में नाराज़गी या निराशा का भाव उत्पन्न नहीं हो जाता और आप एक दूसरे से अलग नहीं हो जाते। यहाँ एक विकल्प मौजूद रहता है - रेनेसाँ यानी पुर्नजागरण। एक नई शुरुआत।

* * *

नृत्यांगना और अभिनेत्री मरीना भी अपने विवाह को एक नया जीवन देने के बारे में विचार कर रही थी। वह सोच रही थी कि क्या वह और उसका पति एक ख़ुशहाल भविष्य की तरफ़ बढ़ सकते हैं या फिर सुखी जीवन जीने के लिए उनके पास एक दूसरे को अलविदा कहना ही अन्तिम विकल्प है।

"हम अठारह साल से हर दिन लड़ते-झगड़ते रहे हैं।" अपने बालों की लटों से खेलते हुए मरीना बोली। बहस कई बार हिंसक हो जाती। उसके पति ने कभी हाथ तो नहीं उठाया पर कुर्सी उठाकर धमकाया ज़रूर, अपने फ़ोन को दीवार पर दे मारा, जिस बिस्तर पर मरीना बैठी रहती थी, उसे उलट देता था।

वह बता रही थी, "मैं घर पर रहने से बचती हूँ, क्योंकि हमारे बीच की हर बातचीत मेरे पति को मुझे दोषी सिद्ध करने का अवसर दे देती है।" उसका सामना करने का डर और जब वह परेशान कर रहा हो, तो घर छोड़कर जाने का भी डर उसमें समाया रहता था। इस सबके बीच उसने अपनी गरिमा बचाए रखने के लिए शान्त बने रहने का उपाय अपनाया था। लेकिन अब वह आत्मसम्मान खोती जा रही थी और कमज़ोर महसूस कर रही थी। वह उन दोनों के बीच के झगड़ों का प्रभाव अपनी बड़ी हो रही बेटी पर भी देख पा रही थी। वह इस समस्या का हल ढूँढ़ना चाहती थी, लेकिन उसे कोई उपाय नहीं सूझ रहा था।

हर विकल्प की एक क़ीमत चुकानी पड़ती है। कुछ पाने के लिए कुछ खोना भी पड़ता है। कुछ नहीं करना भी एक विकल्प होता है। अनिर्णय भी एक तरह का निर्णय ही होता है। जैसा चल रहा है, चलने दें। या दूसरी ओर, अन्तिम उपाय के तौर पर मरीना इस रिश्ते को ख़त्म करने के लिए तलाक़ के काग़ज़ात दाख़िल कर सकती थी।

"तुम्हें इस तरह फँसकर नहीं रहना चाहिए।" मैंने उसे समझाया। "तुम्हें ऐसी बुरी स्थिति में नहीं रहना चाहिए।" बहरहाल, मैंने उसे सावधान भी किया कि तलाक़ ले लेने का मतलब है रिश्ते को बचाने का कोई उपाय नहीं किया गया। "तलाक़ से क्या हासिल होगा? तुम्हें काग़ज़ का एक टुकड़ा मिल जाएगा, जिस पर लिखा होगा कि अब तुम दूसरा विवाह कर सकती हो।"

तलाक़ से सम्बन्धों की भावनात्मक समस्याओं का निराकरण नहीं होता। यह केवल अपनी पुरानी सोच को दूसरे व्यक्ति के साथ दोहराने की क़ानूनी तौर पर अनुमति दे देता है। यह आपको आज़ाद नहीं करता। मरीना चाहे अपने पति के साथ रहे, या उसे छोड़ दे, उसका काम तो वैसा ही रहेगा : विवाह की अपेक्षाओं और आकांक्षाओं को पूरा करना, और उन घावों का इलाज करना, जो उसे विवाह के बन्धन में रहते हुए मिले थे। यदि वह अपने इन घावों को ठीक नहीं करती है, तो वे उसके साथ आजीवन बने रह सकते हैं।

हर विकल्प की एक क़ीमत चुकानी पड़ती है। कुछ पाने के लिए कुछ खोना भी पड़ता है।

हमने सबसे पहले उसकी अपेक्षाओं की पड़ताल की। "विवाह करते समय क्या तुम्हें अपने पति के गुस्सैल स्वभाव के बारे में पता था?" मैंने उससे जानना चाहा।

उसने नकार दिया। उसने कहा, "उसे दिल जीतना आता है।" वह एक क़ाबिल कलाकार है और दर्शकों का प्यार पाने की कला में वह माहिर है। शादी से पहले उसने केवल उसका - दिलक़श, दार्शनिक और रोमांटिक पक्ष ही देखा। असलियत तो बाद में सामने आई।

"तो अब तक उसके साथ बने रहने की क्या वजह है?" मैंने पूछा। जैसा कि मैंने पहले भी कहा है, हर व्यवहार किसी न किसी ज़रूरत की पूर्ति करता है। "तुम आर्थिक सुरक्षा चाहती हो या इसी तरह लड़ते रहना पसन्द है?"

"मैं अकेले रहने से डरती हूँ।"

हम सभी को बचपन से ही अकेलेपन का डर सताता है। लेकिन उसने पश्चिमी यूरोप में बिताए हुए अपने बचपन के बारे में जो कुछ बताया था उससे स्पष्ट था कि वह उपेक्षा और छोड़ दिए जाने से डर रही थी। जब वह चौदह वर्ष की थी, पिता ने उसकी माँ के साथ नहीं रहने का फ़ैसला कर लिया था। फिर वह अपने बच्चों को दोबारा कभी देखने नहीं आए, ना ही कोई खोज-ख़बर ली। मरीना की माँ परिवार की देखभाल करते-करते परेशान हो गई थी। मरीना अपनी माँ की व्याकुलता देख कर उसकी ज़िम्मेदारी बाँटने लग गई। छोटे बच्चों को सुलाना, उनकी देखभाल और खाना बनाने जैसे काम सँभालने लगी।

एक साल बाद, जब बर्लिन की दीवार गिरा दी गई, माँ ने झकझोर देने वाली घोषणा कर दी। अख़बार के माध्यम से उसकी दोस्ती पूर्व जर्मनी के एक व्यक्ति से हो गई। छोटे बच्चों को लेकर माँ उसके साथ पूर्व जर्मनी जाना चाहती थी। मरीना को अकेले रहना था। माँ किराए के घर का क़रारनामा सौंप कर, अगले दिन चली गई। फिर एक साल तक उसने मरीना की ख़बर भी नहीं ली।

आगे मरीना के जीवन का संघर्ष एक लम्बी कहानी है। वह अपने लचीलेपन और अंदरूनी ताक़त की वजह से ही जीवित रह पाई। वह किराए के उस मकान में कुछ महीनों तक ही रह पाई, तब तक, जब तक कि नए किराएदार नहीं आ गए। इन किराएदारों में एक पिता भी था, जिसने एक रात शराब पीकर उसके साथ बदतमीज़ी की। इसके बाद मरीना ने वह घर छोड़ दिया। शहर-शहर भटकती रही। कई तरह के काम किए। लोगों के घरों में, अस्तबल में, पुर्नवास शिविर में, धर्मस्थानों में। उसे ईटिंग डिसऑर्डर जैसी भयानक बीमारी ने घेर लिया। दरअसल, वह यह मान बैठी थी कि यदि उसे माता-पिता ने छोड़ दिया है तो इसका मतलब है कि वह एक बुरी इंसान है। वह सोचती थी कि वह किसी तरह ग़ायब हो जाए, और आख़िरकार उसके माता-पिता उसकी सुध लें। मरीना जब सोलह साल की थी तो उसे शराब की लत लग चुकी थी और एक दिन पुर्नवास केंद्र के मालिक ने उसे वहाँ से बाहर निकाल दिया था। अपने हाथों में सूटकेस पकड़े वह सड़क पर खड़ी थी। हताश-निराश होकर उसने अपनी माँ से मदद की भीख माँगी। उसकी माँ खुद संघर्ष कर रही थी। उसने मना कर दिया।

"उस दिन मुझे पता चल गया कि दुनिया में मैं निपट अकेली हूँ।" मरीना बोली।

बीस साल की उम्र में मरीना काम की तलाश में बर्लिन चली गई जहाँ कलाकारों के समूह में रह कर काम सीखने लगी। वह अपने स्कूल के पीछे पुराने, पड़े हुए ट्रेलर में रहती थी। यह आसान ज़िन्दगी नहीं थी। बर्लिन में कड़ाके की ठंड में सख़्त प्रशिक्षण लेना था। ट्रेलर में गर्माहट की व्यवस्था नहीं थी। लेकिन फिर भी, यह जीवन उसे पसन्द आ रहा था। नाचते हुए वह आज़ाद महसूस करती थी। अब भूखी नहीं रहती थी। वह नृत्य का आनन्द उठा रही थी - शारीरिक गतिशीलता और भावाभिव्यक्ति की ताक़त को महसूस कर रही थी।

इस दौरान उसे अपने ही जैसे एक कलाकार से प्रेम हो गया। वह पूर्व जर्मनी के शीत युद्ध के दौरान वहाँ पला-बढ़ा था। उसे अपनी भावनाओं को व्यक्त करने, प्यार जताने में मुश्क़िल होती थी।

"शायद मेरे माता-पिता की तरह," मरीना अफ़सोस के साथ बोली।

दो वर्ष के बाद उनका सम्बन्ध टूट गया और युवक ने आत्महत्या कर ली। वह जानती थी युवक की आत्महत्या का कारण वह नहीं थी, यदि वे साथ रहते तब भी उसे बचा नहीं पाती, लेकिन इस नुक़सान से उसे बड़ा धक्का लगा।

"उसकी मौत के एक या दो सप्ताह बाद वह मिल पाया था। वह नितान्त अकेला था।"

हम अपने सभी सम्बन्धों में बचपन में पड़े संस्कारों की झलक अवश्य दिखलाते हैं - जैसे मेरी माँ कहा करती थी, "पति नहीं होने से तो बुरा पति होना अच्छा है।" कई बार कुछ बातें हम अन्य लोगों के कार्यों या घर के वातावरण से बटोर लाते हैं।

मैंने मरीना को समझाया, "मरीना, मुझे लगता है एक बात तुम्हारे दिल में घर कर गई है कि जो भी तुमसे कोई प्रेम करेगा, वह तुम्हें छोड़कर चला जाएगा।"

उसकी आँखों में आँसू छलक आए। उसने अपनी बाँहें बाँध लीं मानो कमरे में ठंडक बढ़ गई हो।

हम जब क़ैदी थे यही एक ख़तरनाक सन्देश हमें घेरे हुए था।

"लेकिन एक और बात तुम्हारी कहानी में दिखाई देती है," मैंने कहा, "तुम एक मज़बूत महिला हो। एक समय ऐसा था जब तुम डरी-सहमी सी सड़क किनारे सूटकेस लिए खड़ी थी। कई मौक़े आए जब तुम अपनी जान दे सकती थी, पर तुमने ऐसा नहीं किया। अब अपनी तरफ़ देखो। तुम कुछ माँगती नहीं हो, कुछ कर दिखाती हो। *तुम* बहुत अच्छी हो।"

मूलतः मरीना यह मान बैठी थी कि वह प्रेम पाने की अधिकारी नहीं है। उसने ऐसा साथी और व्यवहार का तरीक़ा खोजा जो उसकी इस मान्यता को पुख़्ता करने वाला था। मैं ऐसा व्यवहार सैनिकों के वैवाहिक जीवन में पाती हूँ। जब आप पिछला सब कुछ छोड़कर नए तरीक़े से जीने की योजना बनाते हैं, तो इस बात पर विश्वास

करना कठिन हो जाता है कि कोई लम्बे समय तक और आपके मुश्क़िल दौर में आपका साथ देगा। किसी के बिछुड़ जाने के डर का सामना, किसी के छोड़ जाने का डर या किसी से विश्वासघात मिलने के डर का सामना करने का एक अच्छा तरीक़ा यह है कि अति-निकटता से बचें। मरीना ने एक ऐसे शख़्स से शादी की थी, जिससे वह अपने आप को सुरक्षित महसूस करना चाहता था और प्यार पाने के लिए उसका इस्तेमाल करना चाहता था। केवल अपने रिश्ते को पन्चिंग बैग के रूप में इस्तेमाल करने के लिए। मरीना का पति उनके रिश्ते में अपना दर्द घोल रहा था, क्योंकि वह अनसुलझे भावनात्मक दुःखों का हल, नाराज़गी से और दोष मढ़कर खोज रहा था। अन्ततः, यह सब मरीना के भीतर ही भीतर पल रहे उस विचार को साबित कर रहा था कि प्रेम करने का अर्थ है आहत होना और त्याग दिया जाना।

मैंने उससे कहा, "शायद तुम दोनों अन्तरंगता से लड़ने के लिए लड़ाई कर रहे थे। आओ, ज़रा तुम्हारे तौर-तरीक़ों पर ग़ौर करते हैं।"

अधिकतर पति-पत्नी अपने जीवन में तीन चरणों के चक्र को दोहराते रहते हैं। इसे थ्री-स्टेप डांस भी कहा जाता सकता है। पहली मुद्रा - निराशा होती है। जब घाव गहरा हाने लगता है तब वे दूसरी मुद्रा यानी लड़ने-झगड़ने की ओर बढ़ते हैं। वे तब तक चीख़ते और नाराज़गी दिखाते हैं, जब तक थक नहीं जाएँ। और तीसरी मुद्रा होती है - शान्ति। (लड़ाई के बाद सेक्स नहीं करें। यह लड़ाई को और बढ़ाता है!) लगने को तो ऐसा लगता है कि युद्ध-विराम हो चुका है, लेकिन वास्तव में यह पहले चरण को दोहराने की तैयारी होती है। आप अपने आपको एक नई लड़ाई के लिए तैयार कर रहे होते हैं।

मैं मरीना को ऐसा उपाय सुझाना चाहती थी ताकि वह पहले चरण में ही थम जाए। निराशा के वो कौन से संकेत थे, जो उन्हें इस मुद्रा में नृत्य करने के लिए प्रेरित करते थे?

"आप या तो सम्बन्धों को बेहतर बनाने में भागीदार होते हैं या उसे दूषित कर रहे होते हैं।" मैंने उससे पूछा, "तुम दोनों ने अपने विवाह को ख़तरे में कैसे डाला?"

"जब भी मैं उसके साथ विचार-विमर्श करना चाहती हूँ, किसी विषय पर अपना विचार रखना चाहती हूँ, उसे अपने अपराधी या दोषी होने का डर सताने लगता है।" अपना बचाव करने का उसके पास एकमात्र अस्त्र होता था हमला करना, अपमान करना - मरीना पर आरोप लगाना या उसकी बुराइयाँ गिनाना।

"इसमें तुम्हारी भागीदारी कितनी है?"

"मैं अपनी बात समझाने का प्रयास करती हूँ या रुकने को कहती हूँ, तो वह भड़क जाता है और चीज़ों को फेंकना और फैलाना शुरू कर देता है।"

मैंने उसे एक उपाय सुझाया। उसे अपनी प्रतिक्रिया को प्रदर्शित करने का अलग ढंग सिखाया। अगली बार जब वह तुमसे कहे कि तुम ग़लत हो, तुम्हारा जवाब होना चाहिए, 'तुम सही कह रहे हो।' अब वो इस बात पर तो झगड़ा नहीं कर सकता। वैसे भी तुम झूठ तो बोल नहीं रही हो। हर इंसान ग़लती करता है और सुधार की गुंजाइश हमेशा रहती है। तुम तो केवल इतना कहो, "हाँ, तुम सही हो।"

यदि हम आरोप को अस्वीकार करते हैं, तब हम उसे स्वीकार भी कर रहे होते हैं। जो ग़लती हमने की नहीं है, उसकी ज़िम्मेदारी लेने लगते हैं।

"अगली बार जब वह नाराज़ हो तो स्वयं से पूछो 'यह किसकी समस्या है?' यदि समस्या का कारण तुम नहीं हो तो जवाबदार भी तुम नहीं हो। भले ही वह तुम्हें दोषी साबित करने का लाख प्रयास करे। इस समय उससे यही बात कहो, 'इस समय शायद तुम अच्छी मनःस्थिति में नहीं हो, इसी वजह से नाराज़ हो।' जो भावनाएँ वह तुम पर व्यक्त करने की कोशिश कर रहा हो, उसे वापस लौटा दो। इसे वह स्वयं ही नकार देगा। दरअसल, जब तुम प्रतिक्रिया देने लगती हो, तो वह अपनी तरफ़ नहीं देखकर तुम्हारी ओर देख रहा होत है। उसका बचाव करने का प्रयास मत करो।"

जब हम आरोप का खंडन करते हैं, तब हम आरोप स्वीकार भी कर रहे होते हैं।

कुछ सप्ताह बाद जब मरीना से मेरी बातचीत हुई तो उसने बताया कि मेरे सुझाए उपायों से उसे लाभ हो रहा था। उनके विवाद अपेक्षाकृत घट गए थे।

वह बोली, "लेकिन मुझे अभी भी उससे नाराज़गी है।" इस बार मरीना अपने साथी के गुस्से की नहीं, अपनी बात कर रही थी। "अपने मन में मैं उसे ही हर बात के लिए ज़िम्मेदार ठहराती हूँ।"

मैंने कहा, "इसका विपरीत करो। उसे धन्यवाद दो।"

मरीना मुझे आश्चर्य भरी नज़रों से देख रही थी।

"तुमने अपना नज़रिया चुन लिया है, इसलिए उसे धन्यवाद दो। अपने माता-पिता को भी शुक्रिया कहो जिनके कारण तुम आज ख़ुशी से जी रही हो।"

"जो हो गया उसे भूल जाओ। उन्होंने तुम्हारे साथ क्या किया, उसे भी पीछे छोड़ दो।"

"शान्ति से रहो।"

हम में से कई लोगों को अच्छी देखभाल करने वाले या हमारी इच्छानुसार माता-पिता नहीं मिलते। हो सकता है वे पहले ही बहुत व्यस्त हों, नाराज़, चिन्तित या

दुःखी हों। हमारा जन्म उस समय हुआ हो, जब उन्हें आर्थिक, मानसिक परेशानियों या नुक़सान का सामना करना पड़ रहा हो। हमारे अभिभावक उस समय अपनी ही सुरक्षा की लड़ाई लड़ रहे हों। हमारे प्रति प्रेम और हमारी अपेक्षाओं के प्रति वे अपनी ज़िम्मेदारी का अनुभव नहीं कर रहे हों। हो सकता है उन्होंने आपको अपनी गोद में बिठाकर कभी यह नहीं कहा हो, "हमें तुम्हारे जैसे बच्चे की ही चाह थी।"

"तुम अपनी पसन्द के माता-पिता नहीं मिलने के लिए दुःखी हो, साथ ही मनपसन्द पति नहीं पाने का अफ़सोस भी कर सकती हो।" मैंने कहा।

दुःख हमें, जो हुआ और जो हो नहीं सका, उसका सामना करने और उससे छुटकारा पाने में भी सहायक होता है। और यह देखने की जगह बनाता है कि हम कहाँ है और यहाँ से हम कहाँ जा सकते हैं।

मैंने पूछा, "क्या तुम ख़ुद से विवाह करना पसन्द करोगी?"

उसने मुझे उलझन भरी नज़रों से देखा।

"तुम अपने आप में क्या अच्छा देख पाती हो?"

वह चुप रही। उसकी भौंहें सिकुड़ गई थीं मानो शब्द तलाश रही हों।

फिर उसकी आँखें चमक उठीं। गाल गुलाबी हो गए। हिचकिचाते हुए बोली, "मुझे लोगों का ध्यान रखना अच्छा लगता है, मेरे भीतर का जुनून मुझे भाता है, ऊँचाइयाँ छूने का शौक़ है। मैं जल्दी हार नहीं मानती।"

"इसे लिख डालो और अपने पर्स में रख लो।"

अपने गुणों को ईमानदारी से परख़ कर उनकी सूची बनाना बहुत आवश्यक है। अपने और लोगों के बारे में आलोचना करना बहुत आसान है, शिकायतें करना भी कठिन नहीं है, लेकिन हम सब बहुत अच्छे हैं। हमें किस पर ध्यान देना है, यह विकल्प हमारे पास होता है।

"तुम्हें अपने पति की कौन-सी बातें अच्छी लगती हैं?"

वह सोच में पड़ गई। उसकी नज़रें ज़रा टेढ़ी हुईं, मानो दूर कुछ देखना चाहती हों। फिर बोली, "वह चाहे जैसा भी हो, मेरा ध्यान रखता है, मेहनती है। जब मुझे कन्धे में चोट लगी थी उसने मेरी मदद की। कई मौक़ों पर उसने मुझे सहारा दिया।"

"तुम उसके साथ मज़बूत रहती हो या उसके बिना?"

यह केवल आप ही तय करते हैं कि कोई भी रिश्ता आपको मज़बूती देता है या कमज़ोर बनाता है। इस प्रश्न का उत्तर तुरन्त नहीं देना चाहिए। आप रिश्ते की सच्चाई तब तक नहीं समझ नहीं पाते, जब तक अपने घावों को भरना नहीं सीख जाते, अपने अतीत को भूलकर, उस पर पश्चाताप करना बन्द नहीं करते।

बेला से अलग होने का मेरा निर्णय अनावश्यक और डाह-भरा था, फिर भी एक तरह से उपयोगी भी था - मैं शान्ति से रहने लगी और अपने अतीत और दुःखों से सामना करते हुए नया जीवन शुरू कर सकी। इससे मेरा मानसिक आघात, दुःख, अतीत, अकेलापन, डर दूर नहीं हो पाए। सारे प्रयास मैंने किए। केवल मैं ही ऐसा कर सकती थी।

"जब आप बेचैन हों तो इस बात का ध्यान रखें कि आप क्या कर रहे हैं।" मागदा ने मुझे आगाह किया था। "आप ग़लत बातें सोचना शुरू कर सकते हैं। वह ऐसा भी है, वैसा भी है। मैंने बहुत पीड़ा झेली है। आप उन्हीं चीज़ों को याद करने लगते हैं जो आपको परेशान करती थीं।"

और मुझे बेला की कमी महसूस होती थी। उसके नाचने का तरीक़ा, ख़ुशियाँ मनाने, हँसने-हँसाने का अन्दाज़ मुझे मोहित कर देता था और तो और जोखिम उठाने की उसकी हिम्मत भी ग़ज़ब की थी।

तलाक़ के दो वर्ष के बाद हमने दोबारा शादी की, लेकिन हमने वो नही पाया जो पहले विवाह से मिला था। हम पुरानी परिस्थितियों को स्वीकार करने की स्थिति में नहीं थे। हमने एक दूसरे को नए रूप में अपनाया था, नाराज़गी या अधूरी रह गई अपेक्षाओं को भूलकर।

"तुम अपने पति पर नाराज़ हो, लेकिन वह शायद वह इंसान नहीं है जिससे तुम्हें वास्तव में नाराज़गी है।"

हमने जो कहानी सुनाने का फ़ैसला किया है उसे गढ़ने के लिए लोगों को अपने मनमुताबिक़ भूमिकाएँ सौंपते हैं। जब हम एक नई कहानी सुनाते हैं - जब हम अपनी पूर्णता के लिए घर लौटते हैं - तो शायद हमारे रिश्तों में सुधार हो सकता है। या फिर हमें यह भी महसूस हो सकता है कि अब हमें इनकी आवश्यकता नहीं है और यह भी कि हमारी आज़ादी की कहानी में इनकी कोई भूमिका नहीं है।

हमें नतीजों पर पहुँचने में जल्दबाज़ी नहीं करनी चाहिए। वास्तव में, अनुमान लगा-लगा कर किसी बात को समझने का प्रयास भी नहीं करना चाहिए। कुछ सवाल ऐसे होते हैं, जिनके जवाब समय के साथ अपने जीवन को यथाशक्ति पूरी तरह से जीने और जो आप वास्तव में हैं - एक मज़बूत इंसान - वही बने रह कर ही मिलते हैं।

नाराज़गी से अपने आपको आज़ाद करने का सूत्र :

- ***नृत्य की मुद्राएँ बदलिए :*** *ज़्यादातर जोड़ों का तीन-चरण नृत्य होता है, संघर्ष के एक चक्र को वे दोहराते रहते हैं। यह हताशा के साथ शुरू होता है, लड़ाई-झगड़े तक पहुँच जाता है, और जब सुलह हो जाती है तो सद्भाव बहाल हो जाता है। जब तक हताशा-निराशा का पूरी तरह समाधान नहीं हो जाता, शान्ति लम्बे समय तक क़ायम नहीं रह पाएगी। निराशा के कौन से वे लक्षण हैं जो आपके रिश्तों में बाधा डालते हैं? पुराने चक्र में घिरने से पहले ही आप अपने नृत्य की पहली मुद्रा को कैसे बदल सकते हैं? निराशा के संकेत मिलते ही कुछ अलग करने का विचार करें फिर उसका अभ्यास करें। बदलाव को महसूस करें और ख़ुशी मनाएँ।*

- ***अपनी भावनाओं का ध्यान रखें :*** *प्यार के बारे में ऐसे किसी संदेश का ध्यान करें जो आपने बचपन में सीखा था और उसका उपयोग आपके रिश्तों में हो सकता है। जैसे कि, मरिआना ने अनुभव किया था कि आप जिससे भी प्यार करते हैं, वह आपको छोड़कर चला जाता है। आपके बचपन ने आपको प्यार के बारे में क्या सीख दी? वाक्य को पूरा करें : यदि आप किसी से प्यार करते हैं, तो...*

- ***क्या आप अपने आप से शादी करना पसन्द करेंगे?*** *वे कौन से गुण हैं जो किसी रिश्ते को सुखद और सम्पूर्ण बनाते हैं? क्या आप अपने ही जैसे किसी व्यक्ति से शादी करना पसन्द करेंगे? आप में कौन से गुण और शक्तियाँ हैं? एक सूची बनाएँ। ऐसी कौन-सी आदतें हैं जिनके साथ जीना एक चुनौती है? सूची बनाएँ। क्या आप अपना सर्वश्रेष्ठ प्रदर्शित कर रहे हैं?*

9

आप आगे बढ़ रहे हैं या एक ही जगह पर परिक्रमा कर रहे हैं?

कमज़ोर करने वाले डर की क़ैद

मैं कुछ वर्षों से एल पासो के एक हाईस्कूल में मनोविज्ञान विषय पढ़ा रही थी और 'टीचर ऑफ़ द ईयर' का पुरस्कार भी प्राप्त कर चुकी थी। स्कूल में पढ़ाने का फ़ैसला मैंने शैक्षणिक मनोविज्ञान (एजुकेशनल साइकोलॉजी) में मास्टर की उपाधि हासिल करने के मक़सद से लिया था। एक दिन मेरे क्लिनिकल सुपरवाइज़र ने मुझसे कहा, "एडी, तुम्हें डॉक्टरेट की उपाधि लेनी चाहिए।"

मैं हँस पड़ी। "जब तक डिग्री मिलेगी मैं पचास साल की हो जाऊँगी," मैंने उन्हें जबाव दिया।

"पचास साल की तो तुम वैसे भी होने वाली हो।"

यही वे चंद बेहतरीन शब्द थे, जो किसी ने मुझसे कहे थे।

एडी, तुम तीस, पचास, साठ, नब्बे साल की तो यूँ भी हो ही जाओगी, एक 'रिस्क' लेने में भला क्या हर्ज़ है? कुछ ऐसा करो जो पहले कभी नहीं किया। परिवर्तन में ही प्रगति है। प्रगति करने के लिए एक ही जगह पर चक्कर मारते रहने के बजाय अपना विकास करना पड़ता है।

अमेरिका में मनोवैज्ञानिकों के लिए श्रिंक (shrink) शब्द का प्रयोग किए जाता है, लेकिन मैं स्वयं को स्ट्रेच (strech) कहलाना पसन्द करती हूँ! तरह-तरह के पीड़ितों से मिलकर अपने आपको संकुचित विचारधारा से बाहर निकालते हुए अपनी क्षमताओं-शक्तियों को खोजने का प्रयास करना मेरा शौक़ था।

बचपन में मैंने लैटिन भाषा सीखी थी। और मुझे उसका यह वाक्यांश बहुत पसन्द है - *Tempura mutantur, et nos mutamur in illis.* इसके मायने हैं - समय

बदल रहा है और हम भी समय के साथ बदल रहे हैं। हम अतीत में अटके हुए नहीं हैं। अतीत के अपने व्यवहार, आदतों और सोच को भूलते जा रहे हैं। हमारा वर्तमान में जो है, वह अतीत से अलग है। अब यह हम पर है कि क्या याद रखें, क्या भूलकर अपने भविष्य की ओर निहारें।

ग्लोरिया के मन पर अभी-भी भारी बोझ है। उसका परिवार गृहयुद्ध के दौरान अल सेल्वाडोर से जान बचाकर भागा था। वह उस समय चार साल की थी। वह हिंसक घरेलू वातावरण में पली-बढ़ी। उसके पिता, माँ से हमेशा मारपीट करते थे। और, जब वह तेरह साल की थी तो एक पादरी अंकल ने, जिन्होंने उसका नामकरण किया था, उसका बलात्कार किया। क्रिसमस की शाम की इस घटना ने उसके विश्वास और सुरक्षा को तार-तार कर दिया था। ग्लोरिया ने जब इस घिनौनी हरकत की चर्चा परिवार के लोगों से की तो किसी ने उसका विश्वास नहीं किया और वह पादरी आज भी चर्च में अपनी सेवाएँ दे रहे हैं।

उसने बताया, "मैं अपने भीतर भयानक दर्द और पीड़ा दबाए बैठी हूँ। सब कुछ डर के दायरे में है। मैं अपने अतीत के कारण अपने पति और बच्चों को खोना नहीं चाहती। मैं सब कुछ बदलना चाहती हूँ, लेकिन समझ नहीं पा रही हूँ, कहाँ से और कैसे शुरुआत करूँ।"

उसने यह सोचकर समाज सेवा में डिग्री हासिल करने का विचार किया कि इससे उसे जीवन का उद्देश्य मिल जाएगा और पिछला सब कुछ भूलने में मदद मिलेगी, लेकिन जब वह पीड़ित-प्रताड़ित लोगों से मिलती और उनका दुःख-दर्द साझा करती तो उसे अपना बचपन याद आ जाता था। प्रताड़ना और शोषण की यादों से उसके भीतर निराशा और असहाय होने का भाव गहराने लगा। और फिर उसने डिग्री लेने का विचार त्याग दिया। ग्लोरिया को अपनी हार के अहसास से नफ़रत थी, वह यह भी नहीं पसन्द करती थी कि उसके बच्चे उसे संघर्ष करता हुए देखें। अब, अतीत के अतिक्रमण और मानसिक हलचल के बीच वह हर दिन इस डर के साथ बिताती है कि जिस तरह उसका नुक़सान हुआ है, कहीं उसके बच्चों को भी उन्हीं हालात से गुज़रना नहीं पड़े।

"मैं अपने बच्चों की सुरक्षा का पूरा ख़याल रखती हूँ, लेकिन जीवन भर उनके साथ नहीं रह सकती।" वह कहती है, "मैं उन्हें डर में जीते हुए देख नहीं सकती। अपना डर उन पर थोपना नहीं चाहती।"

लेकिन, बेटी को कैम्प में छोड़ने जाना ग्लोरिया की दिनचर्या में शामिल है और इसी वजह से भयभीत भी रहती है। "मैं रात-भर यह सोच कर सो नहीं पाती हूँ कि बेटी का क्या होगा? क्या अभी उसके साथ कुछ बुरा तो नहीं हो रहा?"

हमें अपनी और अपने प्रियजन, मित्र, पड़ोसी और अन्य साथियों की सुरक्षा और न्याय के विषय में विचार करते ही रहना चाहिए। लेकिन इस बात का ध्यान अवश्य रखना चाहिए कि किसी भी प्रकार का डर हम पर हावी नहीं हो जाए।

हम भयभीत हों तो हमें, *"क्या होगा यदि..., क्या होगा अगर..."* जैसे दुराग्रही और निर्मम और उकसाने वाले शब्द सूझते हैं। भय मानो एक डरावने तूफ़ान की तरह आता है। आपका शरीर काँपने लगता है, दिल ज़ोर-ज़ोर से धड़कने लगता है। आपको लगता है कि जिस मानसिक आघात से बच कर आए हैं, वही फिर से निगलने आ रहा है। ऐसे में अपने अनमोल हाथ को पकड़ कर कहिए, "धन्यवाद मेरी रक्षा करने के लिए।" ऐसा बार-बार कहें। फिर कहें, "वह अतीत था, अब सब कुछ अलग है।" अपनी बाँहों से अपने आपको आलिंगन में लें, सहलाएँ और कहें, "शानदार लड़की! लव यू।"

अगले क्षण क्या होने वाला है यह आपको पता नहीं होता। कौन हानि पहुँचाएगा, अपमानित करेगा, वादा तोड़ देगा, विश्वासघात करेगा या हमला करेगा इसका कतई अनुमान लगाना असम्भव है। काश! मैं आपसे कह पाती कि कल से संसार में सब लोग सुरक्षित रहेंगे, हिंसा, क्रूरता और पक्षपात का ख़ात्मा हो जाएगा, नरसंहार और बलात्कार जैसी घटनाएँ नहीं होंगी। अफ़सोस है कि वह दिन कभी नहीं आएगा, वैसी दुनिया कभी नहीं होगी। हमें ख़तरों और भय के वातावरण में ही जीना है। हमारी सुरक्षा सुनिश्चित *नहीं* है।

प्रेम और भय एक साथ नहीं रह सकते।

पर यह भी सच है कि प्रेम और भय एक साथ नहीं रह सकते। भय आपके जीवन पर शासन नहीं कर सकता।

डर का सामना करने की पहल आपको ही करनी होती है।

* * *

जब हमारे साथ विश्वासघात होता है, या हमें दुःख पहुँचाया जाता है, तो इस भय से मुक्त होना आसान नहीं होता कि हमारे साथ दोबारा ऐसा नहीं होगा।

हम भयभीत हों तो अक्सर सुनते हैं, *"मैंने तो तुमसे कहा ही था।" मैंने तुमसे* कहा था कि पछताना पड़ेगा। *मैंने तुमको आगाह किया था* कि इसमें जोख़िम है। *तुमको समझाया था* कि इसके परिणाम अच्छे नहीं होंगे।

और, हम अपने अनुमानों को ग़लत साबित नहीं करना चाहते।

हम डर को यह सोच कर थामे रहते हैं कि हमारी मुस्तैदी हमारी रक्षा करेगी, लेकिन डर एक दुष्चक्र बन जाता है, स्वयं सिद्ध होने वाली भविष्यवाणी। त्रासदी से मुक्त होने का बेहतर उपाय, अपने आप से प्रेम करना और खुद को क्षमा करना ही है। पिछली ग़लतियों के लिए अपने आप को सज़ा नहीं दें, क्योंकि जीवन में कुछ घटनाएँ अपरिहार्य हैं।

यह कहानी कैथलीन के उस संघर्ष की थी, जो पति के नाजायज़ रिश्तों के परिणामस्वरूप उसके हिस्से आया था।

वह अपने ख़ूबसूरत, होशियार डॉक्टर पति के साथ वैवाहिक जीवन का आनन्द उठा रही थी। उनके विवाह को बारह साल बीत चुके थे। अपने बेटों की परवरिश करने के लिए उसने अपने करियर को विराम दे दिया था। एक दिन अचानक उसे एक सुरक्षा सेवा देने वाले व्यक्ति का फ़ोन आया। वह कैथलीन के पति का किसी महिला रक्षक के साथ रिश्ता होने की बात कर रहा था और इसे उजागर नहीं करने के लिए फिरौती की माँग कर रहा था। ऐसा नहीं करने पर डॉक्टर का करियर बर्बाद कर देने की धमकी भी दे रहा था। कैथलीन को यह बहुत विचित्र लगा, किसी सोप ऑपेरा या दुःस्वप्न की कहानी के समान। लेकिन जब कैथलीन पति से इसकी तस्दीक़ की तो उसने बात स्वीकार कर ली। यह भी बताया कि जिस व्यक्ति का फ़ोन आया था, वह महिला मित्र उपलब्ध कराने का काम करता है, एक दलाल है।

कैथलीन को ज़बर्दस्त झटका लगा। वह भीतर तक हिल गई। उसकी भूख-प्यास और नींद उड़ गई। सब कुछ उलट-पलट हो गया। इस भयानक सच्चाई से वह अब तक कैसे बेख़बर थी? कैथलीन यह जानने की लगातार कोशिश कर रही थी कि पति ने उसे धोखा क्यों दिया? वह उन वजहों को भी खोज रही थी जिनसे उसका पति दोबारा भटक सकता है।

लेकिन, बीतते हुए समय और विवाह सलाहकार की मदद के बाद - इस बेवफ़ाई ने उन दोनों को विवाह के नए मायने ढूँढ़ने और अन्तरंगता का आनन्द उठाने का अवसर दिया। रिश्ते सुधरने के साथ ही उसका पति अब और भी सचेत और रोमांटिक हो गया था। उनका विवाह और अधिक आनन्दपूर्ण हो गया था। उन्होंने क्रिसमस पर भव्य पार्टी का आयोजन किया था। घर रोशनी से जगमगा रहा था। वैलेन्टाइन डे पर पति ने कैथलीन को सुबह-सुबह ही जगा दिया। सीढ़ियों से होते हुए एक अँधेरे हॉल में लेकर गया। पूरे रास्ते गुलाब की पंखुड़ियाँ बिछी हुई थीं। दोनों पास बैठकर भावुक हो गए। उनके रिश्तों में मधुरता और विश्वास लौट आया था।

कुछ ही दिनों में कैथलीन की ज़िंदगी में एक और तूफ़ान आने वाला था, जिसकी आहट वह सुन नहीं पा रही थी - पति का अपनी जवान सहयोगी के साथ एक नया प्रेम-प्रसंग आरंभ हो गया। पति ने अपनी प्रेमिका को एक प्रेम पत्र लिखा था - कैथलीन को मानो चलते-चलते ठोकर लगी।

अपने पति से दोबारा धोखा खाने के दो साल बाद कैथलीन से मेरी मुलाक़ात हुई। उसने पति के साथ रिश्ता क़ायम रखने का निर्णय लिया था और एक बार फिर उन दोनों ने विवाह-सलाहकारों से परामर्श लेकर अपने रिश्ते को नए सिरे से निभाने का वादा किया। कैथलीन ने बताया कि अब उनका रिश्ता कई मामलों में पहले ज्यादा मज़बूत है। उसका पति अब अधिक प्यार करता है, गले लगाता है, उसकी सुविधाओं का ध्यान रखता है, कामकाज से समय निकालकर वीडियो फ़ोन से बात करता है ताकि वह जान सके कि वह वहीं है, जहाँ वह बता रहा है। दोबारा धोखा देने के बारे में खुलकर बातें करता है - दिल से पछतावा भी करता है।

लेकिन कैथलीन अब भी अपने डर की क़ैद में है।

वह कहती है, “मैं जैसा पति चाहती थी, मुझे वैसा ही मिला, प्यार करने वाला, मेरा ध्यान रखने वाला। लेकिन मैं स्वीकार नहीं कर पा रही हूँ, विश्वास नहीं कर पा रही हूँ। पुरानी बातें किसी फ़िल्म की तरह दिमाग़ में घूमती रहती हैं, मानो मुझे एक और हादसे का इंतज़ार हो, मुझे एक बार और धोखा मिलेगा। मैं जानती हूँ कि ऐसा करके मैं खुद ही अपने जीवन को नर्क बना रही हूँ। मुझे अपने पति पर दोबारा विश्वास करना सीखना चाहिए। मैं वर्तमान में जीना चाहती हूँ, लेकिन डर से पीछा नहीं छूट रहा। मैं उसकी गतिविधियों पर नज़र रखना छोड़ नहीं पा रही हूँ।”

जब हम कई तरह की सन्देहों से घिरे होते हैं, तो हम किसी एक संकेत को खोज रहे होते हैं जो हमें सान्त्वना दे सकें। सच तो यह है कि जिसे हम बाहर खोज रहे हैं, वह हमारे भीतर ही है।

मैंने उससे कहा, “हो सकता है जिस पर तुम सन्देह कर रही हो, वो तुम्हारा पति नहीं हो। शायद तुम ही हो। मैंने तुम्हें चार बार ‘मैं नहीं कर सकती’ कहते हुए सुना है।”

कैथलीन की आँखें भर आईं।

“तुम स्वयं को ज़्यादा श्रेय नहीं दे रही हो। चलो, तुम्हारी शंका का समाधान ढूँढ़ते हैं।”

डर की क़ैद में जीना प्रगति और ताक़तवर बनने में सहायक भी हो सकता है। नया परिवर्तन पाने के लिए हमारी भाषा ही प्रभावशाली अस्त्र बन सकती है।

मैंने उससे कहा, “‘मुझसे नहीं होगा’ से शुरू करते हैं। सबसे पहले तो यह एक झूठ है। ‘मैं नहीं’ का मतलब मैं असहाय हूँ। यदि तुम एक नन्हा बच्चा नहीं हो तो यह सही नहीं है।”

जब हम कहते हैं कि ‘मैं नहीं कर सकती’, तो वास्तव में हम कह रहे होते हैं, ‘मैं नहीं करूँगी।’ मैं *स्वीकार* नहीं करूँगी, *विश्वास* नहीं करूँगी, *डर से पीछा* नहीं छुड़ाऊँगी, *मैं पति पर नज़र रखना नहीं छोड़ूँगी।* डर की भाषा विरोध की भाषा

होती है। जब हम विरोध करते हैं तो यह पूरी तरह सुनिश्चित करते हैं कि आगे नहीं बढ़ें। प्रगति और जिज्ञासा को झुठलाते हैं। हम परिक्रमा कर रहे होते हैं, आगे नहीं बढ़ते। परिवर्तन की सम्भावनाओं के सारे द्वार बन्द कर देते हैं।

मैंने कैथलीन से कहा कि वह अपनी शब्दावली से 'मैं नहीं...' शब्दों को निकाल दे।

यदि आप किसी चीज़ को त्याग कर रहे हैं, तो आप तभी सफल हो सकते हैं जब उस ख़ाली स्थान में नई शब्दावली को भरें। यदि आप शराब से परहेज़ करते हैं तो दूसरे पेय का आनन्द लें। यदि अपने प्रियजन से छिपना-छिपाना नहीं चाहते हैं तो कमरे से बाहर जाने की आदत छोड़कर मुस्कराते हुए उसके पास बैठें। आँखों से प्यार जताएँ, जैसा कि रॉबिन ने किया।

मैंने कैथलीन को समझाया, "जब भी 'मैं नहीं कर सकती' बोलना शुरू करो तो तुरन्त कहो, 'मैं *कर सकती* हूँ।' मैं अपना अतीत भुला *सकती* हूँ। मैं वर्तमान में जी *सकती* हूँ। स्वयं से प्रेम और विश्वास कर *सकती* हूँ।"

मैंने उसे दो और वाक्यों को सुधारने की सलाह दी जिनसे डर का भाव गहरा होता है। वे हैं - *मैं कोशिश कर रही हूँ, मुझे करना चाहिए।*

मैंने उससे कहा, "तुमने कहा मैं वर्तमान में जीने की कोशिश कर रही हूँ। कोशिश करना यानी झूठ बोलना है। तुम या तो करोगी, या नहीं करोगी। अगर कह रही हो कि मैं कोशिश करूँगी, तो तुम्हारे लिए करना ज़रूरी नहीं है। तुम स्वतन्त्र हो। पर, अब कोशिश नहीं, वास्तव में करना है।"

जब आप कार्य करने को उद्यत होते हैं तो, हममें से अधिकतर लोग कहते हैं, "मुझे करना होगा।" इससे प्रतीत होता है कि हम अभी अपने लक्ष्य और प्राथमिकताएँ तय कर रहे हैं। कैथलीन अपने दाम्पत्य जीवन में व्याप्त डर और पति की जाँच-पड़ताल करने स्वभाव बदलना चाहती है, और कह रही है, "मुझे मालूम है कि उस पर दोबारा विश्वास करने की *आवश्यकता* है।"

"लेकिन यह एक और झूठ है," मैंने उससे कहा, "आवश्यकताएँ वे होती हैं जिनके बिना हम ज़िन्दा नहीं रह सकते - साँस लेना, सोना, खाना वगैरह।"

अपने अस्तित्व के लिए जो बातें आवश्यक नहीं हैं, उन्हें टाल कर हम खुद पर बोझ लादना और दबाव डालना रोक सकते हैं। और अपने विकल्पों को बाध्यता के रूप में देखना बन्द कर सकते हैं।

"तुम्हें अपने पति पर विश्वास करने की *ज़रूरत* नहीं है।" मैंने उससे कहा, "तुम ऐसा करना चाहती हो और अगर *चाहती* हो, तो यह तुम्हें पसन्द होना चाहिए।"

जब हम किसी दबाव, बाध्यता या असमर्थता के भाव में होते हैं, हमारी सोच और व्यवहार में उसका प्रभाव दिखाई देता है। डर में बन्धक बन जाते हैं - मुझे यह करना ज़रूरी है, *या नहीं।* मैं वैसा करना चाहती हूँ पर *कर नहीं सकती।* अपने आपको क़ैद से आज़ाद करने के लिए अपनी भाषा पर ध्यान दें। अपना कहा हुआ सुनें, मैं कर नहीं *सकती/सकता,* मैं कोशिश कर *रही/रहा* हूँ, मुझे *करना होगा* और फिर इन वाक्यांशों की जगह मैं कर सकता/सकती हूँ, *मैं चाहता/चाहती हूँ, मैं पसन्द करता/करती हूँ* का उपयोग करें। यह वह भाषा है जो हमें ताक़तवर बनाती है।

अपना कहा हुआ सुनें, *मैं कर नहीं सकती/सकता, मैं कोशिश कर रही/रहा हूँ, मुझे करना होगा* और फिर इन वाक्यांशों की जगह *मैं कर सकता/सकती हूँ, मैं चाहता/चाहती हूँ, मैं पसन्द करता/करती हूँ* का उपयोग करें।

कैथलीन इस बात से आश्वस्त नहीं है कि उसका पति फिर से धोखा नहीं देगा। यदि वह अपने इस विवाह-बंधन को तोड़ भी देती है तो आगे कोई दूसरा व्यक्ति उसका विश्वासघात नहीं करेगा इसकी क्या गारंटी! लेकिन उसके पास अपने आपको कमज़ोर होने से रोकने और आज़ाद होने का उपाय है।

यदि आपकी अपेक्षाओं और व्यवहार में एकरूपता नहीं है तो इसमें किसका दोष है? एक मरीज ने मुझसे कहा कि यदि उसकी नींद की आदत में सुधार हो जाए तो वह एक दिन बड़ी ऊँचाइयों पर होगा और उसके परिवारिक रिश्ते भी बेहतर हो जाएँगे - लेकिन अब भी पाँच कप कॉफ़ी पी जाता है। एक दूसरी महिला मरीज बोली कि वह लम्बे समय तक, पूरे समर्पण के साथ एक रिश्ता निभाना चाहती है, लेकिन वह हर किसी नए व्यक्ति के साथ हम-बिस्तर होती है। इन दोनों उदाहरणों में इन व्यक्तियों की कथनी और करनी या कहें कि लक्ष्य और उनको पूरा करने के लिए किए जाने वाले उपायों में सामंजस्य नहीं था। मैं बहुत शिद्दत से सकारात्मक सोचती हूँ, पर कहीं पहुँच नहीं पा रही हूँ, क्योंकि उस दिशा में मेरे कार्य सकारात्मक नहीं हैं।

और फिर, हम लक्ष्य तक पहुँचने के लिए कठिन परिश्रम करना बन्द कर देते हैं।

अपने आप से कठोर व्यवहार करके भी हम प्रगति को रोकते हैं। एक मरीज ने कहा कि वह वज़न कम करना चाहती है, लेकिन जब मुझसे मिलने आई, आधा समय तो अपनी ही बुराई करने में बिता दिया, "मैं बहुत अधिक चॉकलेट केक खाती हूँ।" जब आप खुद की निन्दा करने लगते हैं, आप कभी बदल नहीं सकते। लेकिन यदि आप कहते हैं, "आज मैं कॉफ़ी में शक्कर नहीं डालूँगी," तब आप सही दिशा में बढ़

रहे होते हैं। इसी तरह हमारा उपचार, विकास और सीखने की प्रक्रिया शुरू होती है।

कई बार नगण्य से लगने वाले परिवर्तन भी बड़ा अनपेक्षित बड़ा प्रभाव छोड़ जाते हैं।

मिशेल, जो कई वर्षों से भूख नहीं लगने की बीमारी से त्रस्त थी, और डोनट खाने से परहेज़ करती थी। पूरा जीवन उसे इस बात का डर बना रहा कि अगर वो एक बिस्कुट खाएगी तो पूरा डिब्बा ही ख़त्म कर देगी। इस बात का भी डर था कि अगर एक टुकड़ा भी खा लिया तो उसी क्षण मोटी हो जाएगी। अपने वज़न पर नियन्त्रण खो देगी। उसका डर इतना विचित्र था कि यदि वह स्वाद का आनन्द उठाने की आज़ादी लेती है, तो वो सबसे अलग-थलग पड़ जाएगी।

मिशेल को पता था कि जब तक भ्रम में रहेगी, एक तरह की क़ैद में बनी रहेगी। एक सुबह हिम्मत जुटाकर बेकरी तक पहुँची। पैर रखते ही वहाँ की ख़ुशबू से उसे पसीना आने लगा था। वहाँ से दो डोनट ख़रीदकर उपचार केन्द्र तक पहुँची। थैरेपिस्ट के पास उन डोनट्स को रखकर वह, उनके साथ अपना अनुभव बाँटना चाहती थी। भीतर तक समाया हुआ अपना डर और नियन्त्रण खोते हुए दिखाना चाहती थी। दोनों ने एक-एक टुकड़े का स्वाद लिया। जीभ पर डोनट रखते ही क्रीम और शक्कर की मिठास मानो मिशेल के पूरे शरीर में घुल गई। उसकी व्यग्रता अब उत्साह में बदल गई!

डर हमारा पैदाइशी गुण नहीं होता। बढ़ती उम्र के साथ हम इसे सीख लेते हैं।

वह दिन मैं कभी भूल सकती जब मेरी बेटी, ऑड्री दस साल की थी। वह अपनी सहेली के साथ कमरे में खेल रही थी। मैंने जैसे ही कमरे का दरवाज़ा खोलकर धुलने वाले कपड़ों की टोकरी के साथ भीतर प्रवेश किया, एक एम्बुलेंस सड़क से गुज़री। उसके सायरन की तेज़ आवाज़ से मैं डर गई। ऑड्री को भी डर के मारे पलंग के नीचे छुपता हुआ देखकर मैं चौंक गई। उसकी सहेली भी हैरान थी। सायरन की आवाज़ से *मुझे* चौंक कर उछलता देख कर शायद मेरी बेटी भी डर गई थी। मेरे डर को उसने भी अपने भीतर समा लिया था।

अक्सर हमारी भावनात्मक अभिव्यक्तियाँ, जो भीतर समाई हुई होती हैं, वह वास्तव में हमारी अपनी नहीं होतीं। हम इन्हें दूसरों को देखकर सीखते हैं। आप खुद से पूछ सकते हैं, "क्या यह मेरा डर है? या किसी और का?" यदि डर माता-पिता, दादा-दादी या किसी अन्य से

डर हमारा पैदाइशी गुण नहीं होता। बढ़ती उम्र के साथ हम इसे सीख लेते हैं।

पाया है, तो आपको इसे ढोते रहने की आवश्यकता नहीं है। इसे पीछे छोड़ कर हिम्मत से आगे बढ़ें।

इसके बाद आपके भीतर जो-जो डर समाए हुए हैं, उनकी सूची बनाएँ।

इस तरह आप अपने डर से लड़ने की बजाय, उनका सामना करना सीखते हैं। डर का यही इलाज है।

मैंने अपनी मरीज, व्यावसायिक गायिका एलिसन के साथ भी यही प्रयोग किया था। तलाक़ और कुछ शारीरिक दिक्कतों - गले में तकलीफ़, पीठ में दर्द - के कारण वह प्रदर्शन नहीं कर पा रही थी। उसके डर की सूची लम्बी थी :

अकेलापन,
आमदनी बन्द होना,
ग़रीबी, बेघर होना,
बीमारी में किसी का साथ नहीं होना,
दूसरों द्वारा स्वीकार नहीं किया जाना,

मैंने उसे इस सूची को ध्यान से देखने और अपने प्रत्येक डर की वास्तविकता को जाँचने के लिए कहा। यदि कोई डर वास्तविक है, तो उसके सामने कारण का उल्लेख करते हुए 'आर' (रियलिस्टिक) लिखने को कहा। अन्य को सूची से हटाने की सलाह दी। अब, उसने देखा कि दो डर तो अवास्तविक ही थे। रॉयल्टी और रिटायरमेंट के लिए की गई बचत से उसका भविष्य तो सुरक्षित था। यदि उसकी आमदनी का जरिया बन्द हो जाए तब भी उसका बेघर होने का डर अस्वाभाविक था। उसने *ग़रीबी, बेघर होना, दूसरों द्वारा स्वीकार नहीं किया जाना* को सूची से हटा दिया। एलिसन ने अपने जीवन की घटनाओं से नई सच्चाइयों का अनुभव किया। वह जान पाई कि वह एक प्रशंसित कलाकार और एक पसन्द की जाने वाली दोस्त थी। यह भी समझ गई कि दूसरों के द्वारा स्वीकार किया जाना या नहीं किया जाना - उसकी समस्या नहीं है। वह अपने आप से प्रेम करना सीख रही थी। दूसरे क्या सोचेंगे अब उससे कोई वास्ता नहीं था।

अब उसके बाक़ी तीन डर 'आर' (वास्तविक) थे : *अकेलापन, आमदनी खोने का डर, बीमारी और किसी का साथ नहीं होने का डर।*

अब मैंने उसे उन कामों की सूची बनाने को कहा जिन्हें वह आज अपने सुरक्षित और आशा के अनुरूप जीवन के लिए कर सकती है। यदि उसे अकेले पड़ जाने का डर है और वह एक नया साथी खोजना चाहती है तो डेटिंग एप का सहारा लेना चाहिए। अजनबियों से मिले और उनसे आमने-सामने बातें करे। (क्या पता

कोई मिल ही जाए!) बेनाम रहकर कुछ संस्थाओं में जाए जहाँ नए वातावरण में, नए दोस्तों परिचय हो सके और अपने पूर्व पति से बेहतर कोई साथी मिल सके। अपनी बीमारी में देखभाल करने के लिए आसपास की समाज सेवी संस्थाओं की भी मदद ली जा सकती है। पता करें कि वे कितना शुल्क लेती हैं? क्या उनमें बीमा किया जाता है - जैसी जानकारियाँ जुटाई जा सकती हैं। ऐसा नहीं है कि डर ख़त्म हो जाते हैं, बस हम प्रयासपूर्वक उन्हें अपने ऊपर हावी नहीं होने देते। हम अपनी ज़िम्मेदारी खुद उठाते हैं और दूसरों से मदद भी लेते हैं।

क्या करना चाहिए, अक्सर हमारी दुविधा यह नहीं होती। बल्कि इस बात से भयभीत रहते हैं कि हम इस स्थिति से बेहतर ढंग से निपट नहीं पाएँगे। हम आत्मालोचक हो जाते हैं। अपने लिए ऊँचे मानक तय कर लेते हैं। हम दूसरों की सहमति चाहते हैं, और सोचते हैं कि सुपरवुमन या सुपरमैन बनकर इन लक्ष्यों को हासिल कर लेंगे। लेकिन यदि आप पूर्णतावादी यानी परफ़ेक्शनिस्ट हैं तो मान लीजिए कि आप टालमटोल करने लगेंगे, क्योंकि परफ़ेक्ट का मतलब होता है कभी नहीं।

इसे दूसरे तरीक़े से भी समझा जा सकता है। यदि आप पूर्णतावादी हैं तो आप ईश्वर से प्रतियोगिता कर रहे होते हैं। लेकिन आप तो इंसान हैं और आपसे ग़लतियाँ होना स्वाभाविक है। ईश्वर को हराने का प्रयत्न मत कीजिए, क्योंकि ईश्वर ही हमेशा जीतता है।

परफ़ेक्शन प्राप्त की कोशिश के लिए हिम्मत की ज़रूरत नहीं होती। साहस तो साधारण बनने के लिए लगता है। यह कहने के लिए - "मैं अपने आप से खुश हूँ। जैसा है, बहुत अच्छा है।"

कई बार हमारे डर में दर्दनाक सच्चाई होती है। उनका सामना करने के लिए हमारी क्षमता सीमित होती है।

यह दो छोटे बच्चों की माँ, लॉरेन की कहानी है, जिसे चालीस साल की उम्र में कैन्सर हो गया। उसकी बीमारी अपने आप में किसी क़ैद की तरह थी। भविष्य की चिन्ता - मृत्यु का भय, उसके नहीं रहने पर बच्चों की परवरिश - ये सब चिन्ताएँ भी उसके लिए अतिरिक्त क़ैद बन गई थीं। एक दिन लॉरेन ने अपने उस डर की चर्चा की जो उसे सबसे ज़्यादा भयभीत कर रहा था - वह बिना पूरा जीवन जिए ही मर जाएगी। वह भावनात्मक और शारीरिक तौर पर एक अपमानजनक और कष्टप्रद वैवाहिक जीवन में फँसी हुई थी। वह अपने बच्चों को भी सुरक्षा देना चाहती थी और अपने पति के नियन्त्रण और हिंसा से दूर भी रहना चाहती थी, उसे पर यह

असम्भव लगता था। कैन्सर की वजह से वह आर्थिक और शारीरिक रूप से दुविधा में फँस गई थी। इस स्थिति में पति को छोड़ना उसे बड़ा जोख़िम लग रहा था।

हमने तनाव और विपत्ति के बीच के वास्तविक अन्तर के बारे में चर्चा की। विपत्ति का अर्थ अनिश्चितता और लगातार भय की भावना है जैसा कि ऑश्वित्ज़ में हमने अनुभव किया - नहाते समय हमें पता नहीं होता था कि नल से पानी निकलेगा या गैस। और, विपत्ति विष जैसी होता है। इसका मतलब है कि पता नहीं आपके घर के ऊपर कब बम गिर जाए या आपको पता नहीं होता कि कौन सी रात किस जगह पर गुज़ारनी है। दूसरी तरफ़, तनाव एक अच्छा भाव है। इसमें चुनौती का सामना करना पड़ता है, रचनात्मक हल ढूँढ़ने पड़ते हैं और ख़ुद पर भरोसा भी करना पड़ता है।

तनाव और विपत्ति के बीच अन्तर होता है। विपत्ति लगातार बने रहने वाला भय और अनिश्चितता है। दूसरी ओर तनाव, वास्तव में एक तरह से अच्छी बात है।

अपमानजनक रिश्ते को अलविदा कहना इतना आसान नहीं होता है, चुनौती-भरा ख़तरा होता है, क्योंकि अधिकतर महिलाएँ आज़ादी से रहने से पहले प्रताड़ित करने वाले के पास बार-बार लौट चुकी होती हैं। लॉरेन के लिए भी अपने दुष्ट पति को छोड़ना चुनौतीपूर्ण था। एकल अभिभावक के रूप में सीमित आय में बच्चों की देखभाल, घर-गृहस्थी चलाना, अपना इलाज वगैरह एक गम्भीर समस्या थी। लेकिन अब वह रोज़-रोज़ हिंसा के जोख़िम में नहीं रहना चाहती। अब वह संकट में नहीं रहना चाहती।

फिर भी, पुराने माहौल को छोड़कर बाहर निकलने का मतलब था एक परिचित सच्चाई के बदले अपरिचित सच्चाई का जोख़िम मोल लेना। और, यही कारण है कि हम ख़तरा उठाने से डरते हैं। हम पुरानी परिस्थिति से चिपके रहना पसन्द करते हैं, नए और अनजान परिवेश के दर्द और अनहोनी की बजाय पुरानी पीड़ा सहते रहने का विकल्प चुनते हैं।

जब आप जोख़िम लेते हैं, आप परिणाम से *अनभिज्ञ* होते हैं। यह संभव है कि आपको वह नहीं मिले जिसकी आपने अपेक्षा की थी, स्थिति बदतर भी हो सकती है। तब भी आप पुरानी स्थिति से बेहतर ही होंगे, क्योंकि आप वह दुनिया जैसी है, उसी में रह रहे होंगे, आपके डर द्वारा बनाई गई काल्पनिक वास्तविकता में नहीं।

लॉरेन ने पति को छोड़ने का निर्णय ले ही लिया। उसने बताया, “मुझे पता नहीं मेरे पास कितना समय बचा है। मैं अपना बाक़ी जीवन यह सुनकर नहीं गुज़ार सकती कि तुम निकम्मी हो।”

मैं जब अपने मरीजों को एक ही तरह के व्यवहार दोहराते हुए, वहीं के वहीं चक्कर लगाते और अपना सत्यानाश करते हुए देखती हूँ, तो उनका विरोध करती हूँ।

"आत्म-विनाशकारी जीवन क्यों चुन रहे हैं? क्या जल्दी मरना चाहते हैं?"

वे कहते हैं, "हाँ, कभी-कभी ऐसा ही लगता है।"

यह एक गहन मानवीय प्रश्न है : *होना चाहिए या नहीं होना चाहिए?*

मुझे लगता है कि आपको हमेशा अपने पक्ष में - *होना चाहिए* का विकल्प चुनना चाहिए। मरना तो वैसे भी एक दिन है ही और लम्बे समय तक मृतप्राय बने रहने से क्या लाभ! जिज्ञासु बनने में क्या हर्ज़? आगे बढ़कर देखें कि यह जीवन उपहार में क्या देने जा रहा है?

जिज्ञासा ज़रूरी है। यह जोख़िम लेना सिखाती है। ख़ासकर उस समय जब हम पूरी तरह डरे हुए हों, अतीत में जी रहे हों जो बीत गया है या अनदेखे भविष्य की प्रतीक्षा में - जो अभी आया ही नहीं। जब हम जिज्ञासु होते हैं, वर्तमान में जीते हैं और उत्सुक रहते हैं यह जानने के लिए कि आगे क्या होगा। क़ैद में जीवन बिताने से अच्छा है जोख़िम लेकर आगे चलते रहें, फिर चाहे विफल ही हो जाएँ।

कमज़ोर करने वाले डर से आज़ाद होने के सूत्र :

- ***मैं कर सकता/सकती हूँ, मैं चाहता/चाहती हूँ, मेरी इच्छा है।*** *एक पूरे दिन देखें कि आप कितनी बार यह कहते हैं* - मैं नहीं कर सकता/सकती, मुझे करना चाहिए, मैं करना चाहता/चाहती हूँ, मैं कोशिश कर रहा/रही हूँ। *"मैं नहीं कर सकता/सकती" का मतलब है मैं नहीं करूँगा/करूँगी। "मुझे ज़रूरत है," "मुझे करना चाहिए" का मतलब आज़ाद होने का विचार त्याग रहा/रही हूँ। "मैं कोशिश कर रहा/रही हूँ" का अर्थ है आप झूठ बोल रहे हैं। इन सभी शब्दों को अपने शब्दकोश से हटा दीजिए। डर की भाषा को सकारात्मकता में बदलिए। जैसे* - मैं कर सकता हूँ, मैं चाहता/चाहती हूँ, मेरी इच्छा है आदि।

- ***परिवर्तन में प्रगति है।*** *कल जिस काम को एक तरह से किया था, उसे आज दूसरे तरीक़े से कीजिए। अपने काम पर जिस रास्ते से रोज़ जाते हैं, आज उसे बदल दीजिए - बाइक की जगह बस से जाइए। राशन की दुकान पर आप हमेशा जल्दबाज़ी करते हैं। आज दुकान में कुछ देर आराम से ठहर कर दुकानदार की आँखों में आँखें डालकर बातें कीजिए। पूरे परिवार के साथ बिना मोबाइल में व्यस्त रहते हुए, टेलीविज़न देखे बिना भोजन कीजिए। भले ही इन छोटे-छोटे बदलावों से ज़्यादा फ़र्क़ दिखाई नहीं पड़े, लेकिन आपके दिमाग़ को यह संकेत अवश्य जाएगा कि आप परिवर्तन के इच्छुक हैं और सक्षम हैं। यह भी कि आपके लिए विकल्प और सम्भावनाएँ असीमित हैं। आपको वहीं नहीं बने रहना है, जहाँ पर आप हैं। आगे बढ़िए, आप अटके हुए नहीं हैं।*

- ***अपने डर को पहचानें।*** *अपने डर की सूची बनाएँ। हर एक डर के बारे में अपने आप से पूछें, "क्या यह मेरा डर है? या किसी और का?" यदि यह डर किसी और का है तो उसे सूची से हटा दें। आप नहीं ढोएँ। बाक़ी बचे हर हुए डर को जाँचें कि क्या वह वास्तविक है? यदि इसका वास्तव में आपके जीवन पर असर पड़ रहा हो तो इसे, गोल घेरे में रख दें। प्रत्येक भय के बारे में विचार करें कि यह आपको तनाव दे रहा है, या संकट में डाल रहा है। संकट एक अनिश्चितता है, इसलिए सबसे पहले अपनी सुरक्षा और बचाव के लिए आपके बस में जो, जितना हो - इन्तज़ाम करें। यदि डर तनाव पैदा कर रहा है तो एक तरह से अच्छा है, क्योंकि इसके*

समाधान से प्रगति के द्वार खुलते हैं। अन्त में, हर वास्तविक डर के लिए, उन कामों की सूची बनाएँ जो आप अपने स्तर पर जीवन को ख़ुशहाल और अपने आपको मज़बूत बनाने के लिए आज कर सकते हैं।

10

अपने भीतर का नाज़ी

अनिर्णय की क़ैद

पिछले साल मैं और ऑड्री लुज़ान, स्विट्ज़रलैंड में थे। वहाँ मैंने यूरोप के प्रसिद्ध बिज़नेस स्कूल - इंटरनेशनल इंस्टीट्यूट ऑफ़ मैनेजमेंट डेवलपमेंट में कुछ ग्लोबल एग्ज़ीक्यूटिव्स और लीडरशिप कोच के समूह को सम्बोधित किया था। मेरे सम्बोधन के बाद रात्रि-भोज में मेहमानों द्वारा मेरे भाषण की तारीफ़ के शब्दों को सुनकर मैं भाव-विभोर हो गई। ख़ासतौर पर उस व्यक्ति ने जो ऊँचा-पूरा, घुँघराले काले-सफ़ेद बालों वाला था। उसकी आँखों में उदासी तो थी, पर बौद्धिकता भी झलक रही थी। उसने कहा कि क्षमादान पर कहे गए मेरे शब्द उसके लिए किसी उपहार से कम नहीं थे। फिर वह रोने लगा। उसके चेहरे पर आँसू बह रहे थे। वह बोला, “मेरी भी एक कहानी है, लेकिन उसे सुनाना बहुत मुश्क़िल है।”

ऑड्री ने मेरी ओर देखा। हम दोनों की आँखों ही आँखों में बात हुई। भोजन समाप्त होने के बाद ऑड्री पुरुषों के लिए लगाए गए टेबल तक गई और कुछ देर में वापस आई और मुझसे बोली, “उसका नाम एंड्रिएस है और आपको उसकी कहानी ज़रूर सुननी चाहिए।”

हमारा कार्यक्रम बहुत व्यस्त था, लेकिन ऑड्री ने अगले दिन, वापस लौटने के पहले, एंड्रिएस के साथ हमारा व्यक्तिगत भोज आयोजित किया। एक शान्त वातावरण में उसने अपनी कहानी को, किसी पहेली की तरह, कई भागों में सुनाया।

पहेली के पहले टुकड़े में वह नौ वर्ष का है और फ़्रैंकफ़र्ट के बाहर एक गाँव में लगी प्रदर्शनी में अपने पिता के साथ खड़ा है। “बेटा, इस सूची में शहर के सभी मेयरों के नाम हैं।” पिता एक नाम पर विशेष ज़ोर देते हैं। वह नाम - हरमेन नौएमन था। हरमेन, एंडरिस का मध्य नाम है। उसके पिता उस नाम पर बार-बार अँगुली रखते हैं। उनकी आवाज़ में दुःख, नाराज़गी, बेक़रारी और गर्व का मिश्रण था। उन्होंने कहा, “ये तुम्हारे दादा हैं।”

एंडरिस के दादा का, उसके जन्म के एक दशक पहले ही देहान्त हो चुका था। उसे अपने दादा के बारे में कुछ भी पता नहीं था। उसे गोद में बैठकर कहानी सुनने का आनन्द क्या होता है - इसका ज़रा भी अनुभव नहीं था। किसी ने उसके दादा के बारे में कुछ नहीं बताया था, उलट परिवार के कुलपिता के नाम पर एक विचित्र पीड़ादायक शान्ति छा जाती थी। एंडरिस यह महसूस करता था कि उसके पिता और चाचा की आँखों में छाई उदासी का दादा की अनुपस्थिति से अवश्य ही कोई नाता है। जर्मनी में 1933 से 1945 तक एक फ़ौज में आधिकारिक ओहदा दिए जाने की केवल शर्त थी, जिसे समझ पाने के लिए एंडरिस की उम्र बहुत कम थी।

यह पहेली के अगले टुकड़े का रहस्य सामने आने पहले के और नौ साल की कहानी है। एंडरिस हाल ही में विद्यार्थियों की अदल-बदल में चिली से जर्मनी वापस आया था। उसके चाचा का, जो कई वर्षों तक शराब के आदी थे, कुछ ही समय पहले देहान्त हुआ था। एंडरिस उनके अपार्टमेंट के बेसमेंट स्टोर की साफ़-सफ़ाई करने के लिए गया था। अँधेरे कमरे में हल्की रोशनी के बीच अपनी आँखों को मिचमिचाते हुए यह देखने-समझने की कोशिश कर रहा था कि किताबों और सामान के इतने बड़े ढेर को साफ़ करने में उसे कितना समय लगेगा। अचानक उसने कुछ देखा। एक पुरानी लकड़ी की पेटी, जिस पर अजीब-सी पट्टी चिपकी हुई थी। उसने पास जाकर देखा। यह अरिका, चिली के कस्टम विभाग की 1931 साल की मोहर थी। चमड़े की पट्टी पर दादा का नाम लिखा था। परिवार में उनके चिली जाने की बात उसे किसी ने क्यों नहीं बताई? वे कब गए थे? उन्होंने वहाँ की यात्रा क्यों की थी? वह इस सूटकेस को देखकर इतना बेचैन क्यों हो रहा था?

उसने अपने माता-पिता से इस बारे में पूछा। उसके पिता बात को टाल गए और कमरे के बाहर चले गए। उसकी माँ ने अजीब-सा जवाब दिया। "मुझे लगता है उन्हें किसी काम की ज़िम्मेदारी दी गई थी।" माँ बोली, "और वह कुछ ही महीनों के लिए वहाँ गए थे।" जर्मनी में 1930 के दशक के शुरुआती वर्ष आर्थिक रूप से बेहद तंगी के थे। हो सकता है कि अन्य जर्मनी वालों की तरह दादा को भी कामकाज का कहीं कोई मौक़ा मिल गया हो। एंडरिस ने इसी को सच मानकर अपने आपको संतुष्ट कर लिया। घटना के किसी अन्य पक्ष पर विचार नहीं किया।

कुछ वर्षों बाद, उसने अपने दूसरे चाचा से उनके घर के पीछे के कमरे में रखे पुराने काग़ज़ात और अन्य यादगार वस्तुएँ देखने की इजाज़त माँगी। उसका मन कह रहा था कि इस खोजबीन से दादा जी बारे में और भी कुछ ऐसे भेद खुल सकते हैं, जिनकी वजह से इस परिवार की दो पीढ़ियों के बीच खाई और अशान्ति निर्मित हो गई है। साथ ही पिता और चाचा की शराब पीने की आदत और अन्तर्मुखी स्वभाव के बारे में पता चल सकेगा, जिसके कारण परिवार को शर्मिन्दगी झेलनी पड़ती है।

एंडरिस कई दिनों तक दस्तावेज़ों को पढ़कर छाँटता रहा जिनमें उसे कुछ आश्चर्यजनक जानकारियाँ भी मिलीं। दादा का पुराना पासपोर्ट मिला जिसमें चिली के इमीग्रेशन की मोहर लगी थी, जिसमें 1930 में आगमन और 1931 में प्रस्थान की तारीख़ छपी थी। दादा को 1942 में फ्रैंकफ़र्ट के एक बड़े औद्योगिक दफ़्तर में, जहाँ पर वह क्लर्क का काम करते थे - एक टेलीग्राम संदेश मिला। टेलीग्राम पर दादा के भाई के हस्ताक्षर थे, जिन्होंने उसे पाया और पढ़ा था। वह संदेश था - *क्या तुमने साइकिल और दूसरा सामान फ्रैंकफ़र्ट के घर से हटा दिया है?* यह एक विचित्र संदेश था।

तब, एंडरिस ने भेजने वाले का पता पढ़ा। दादा के भाई ने, गेस्टापो मुख्यालय, मारसैल से यह संदेश भेजा था। आख़िर उन्हें किस तरह नाज़ियों की टेलेक्स मशीन तक पहुँचने की इजाज़त मिल गई? गेस्टापो से दादा को व्यक्तिगत संदेश क्यों मिला? उनके परिवार के नाज़ियों से कितने गहरे सम्पर्क थे?

वह दस्तावेज़ों की छानबीन करता रहा। फिर उसे एक पारिवारिक मित्र का पत्र मिला जिसमें दादा के भाई की मृत्यु का समाचार था। फ्रांस में वापसी मिशन के दौरान बारूदी सुरंग से कार गुज़रने की दुर्घटना में उनकी मौत हो गई थी। धमाके की जगह से व्यक्तिगत पहचान के कुछ सुराग नहीं मिले। दक्षिणी जर्मनी के युद्ध क़ैदियों के कैम्प से, दादा द्वारा दादी को लिखे गए पत्र भी एंडरिस को मिले। किन सच्चे या झूठे आरोपों में दादा को क़ैद किया गया था?

एंडरिस ने सारी जानकारियाँ एकत्रित करने में कई वर्ष बिताए, लेकिन कुछ हासिल नहीं हुआ। दादा को क़ैद होने के बावजूद उन पर मुकदमे की कार्यवाही या आपराधिक जाँच सम्बन्धी कोई प्रमाण नहीं मिले। अपने परिवार की पिछली जानकारी प्राप्त करने के अन्तिम प्रयास के रूप में उसने अपने गृह राज्य के अभिलेखागार से सम्पर्क किया जहाँ युद्ध के बाद उसके दादा-दादी रहते थे। वहाँ उसे केवल एक पतली-सी फ़ाइल मिली जिसमें कुछ काग़ज़ थे। एक काग़ज़ के बमुश्किल आधे हिस्से में कुछ काल-क्रम लिखा हुआ था।

1927 में, एंडरिस जब बीस वर्ष का था, उसके दादा एसए - नाज़ियों के विध्वंसकारी समूह - 'स्टरमाब्टेलिंग' में शामिल हो गए थे। यह नाज़ी पार्टी का एक पहला अर्धसैनिक बल था जो खिड़कियों पर पत्थर मारकर या शहर में आगजनी कर यहूदियों को सताया करता था। डर और हिंसा का माहौल बनाकर हिटलर के शासन का उत्सव मनाया जाता था। दादा एसए समूह को छोड़कर 1930 चिली आ गए, लेकिन कुछ ही महीनों में वापस जर्मनी जाकर समूह में जुड़ गए। इस बार उनकी पदोन्नति हो गई और वे नाज़ी पार्टी के स्क्वाड लीडर बन गए और पार्टी के सदस्य भी। आगे चलकर 1933 में उन्हें इसका लाभ मिला और वे फ्रैंकफ़र्ट में वित्तीय

प्रशासन में कार्य करने लगे। फिर मेयर बन गए। यही वह नाम हरमेन नौएमन था जिसकी ओर एंडरिस के पिता ने इशारा किया था। ये वे अक्षर थे जिनसे उसे अपनी विरासत पर शर्म आ रही थी।

"मेरा नाम उनसे जुड़ा है।" एंडरिस बोला। "मेरी नसों में उनका ख़ून है। बुनियादी तौर पर, जो कुछ हुआ, मैं उसका परिणाम हूँ।"

उसे अपनी पहचान ही मैली मालूम पड़ रही थी।

इतिहास दोहराता दिख रहा था। जिस समय उसे अपने दादा की सच्चाई पता चली, ठीक उसी समय आर्थिक रूप से ध्वस्त पूर्वी जर्मनी में आन्दोलन शुरू हो गए थे।

"केमनित्ज़ में प्रवासी नागरिकों के पीछे भागते लोगों की तसवीरें मैंने देखी थीं।" वह बोला। "और, मैं जानता हूँ मेरे दादा ने भी यही किया था।"

उसने अपना मध्यनाम हेरेमन से बदलकर फ़िलियस रख लिया था। यह नाम जूल्स वर्न की पुस्तक *अराउंड द वर्ल्ड इन एटी डेज़* के पात्र फ़िलियस फ़ॉग से प्रभावित था। एंडरिस बचपन में इस पुस्तक को पढ़ कर पूरी दुनिया को जानने का उत्सुक था। नाम बदलने का मुख्य कारण दादा से और उनके द्वारा किए गए ग़लत कामों से दूरी बनाना ही था। "हाँ, मैं हेरेमन का पोता हूँ और मुझे उनका नाम जोड़ने में कोई दिलचस्पी नहीं है।" यह कहना उसे अच्छा लगता था।

एंडरिस ने कहा वह अब भी अतीत का बोझ उतारने का प्रयास कर रहा है। उसे एक अपराधी का वंशज होने की शर्म थी। अपने दादा की हैवानियत और उनके अन्याय करने के बाद जन्म लेने की शर्म उसे आत्मग्लानि से भर देती है और वह उससे आज़ाद होने के लिए बेक़रार था। दुर्भाग्यवश, यह एक सामूहिक अपराध-बोध है जो अधिकतर जर्मन लोगों के मन में बसा हुआ है। यदि आप जर्मन या हुतु (एक विशेष क्षेत्र के निवासी) हैं या उन लोगों के वंशज हैं जिन्होंने रंग-भेद, नर-संहार या अन्य व्यवस्थित तरीक़े से हिंसा या अन्याय किया था तो मैं आपको बता दूँ कि वे आप नहीं थे। इसका दोष अपराधियों को दीजिए, फिर निर्णय लीजिए।

"और कब तक इस बोझ ढोते रहने का विचार है?" मैंने एंडरिस से पूछा। "आने वाली पीढ़ियों को विरासत में *तुम* क्या देना चाहते हो?"

क्या तुम अपने अतीत से जकड़े रहना चाहते हो या स्वयं और अपने प्रियजन को आज़ाद करना चाहते हो?

मेरी यूरोप यात्रा के पहले तक मुझे भी इस बात अनुमान नहीं था कि मेरी बेटी इस प्रश्न से कितना परेशान थी।

मैंने या ऑड्री ने अपने अतीत पर कभी कोई चर्चा नहीं की। उसे संडे क्लास में इस सर्वनाश की जानकारी अवश्य मिली थी और वह बेला से भी कुछ-कुछ पूछा करती थी। बेला ने उसे बताया कि मैं ऑश्वित्ज़ में थी। ऑड्री समझ गई कि जिस विषय में हम बात नहीं कर रहे हैं, उसमें कुछ न कुछ दर्द छिपा है। चूँकि उसने कुछ पूछा नहीं, या कुछ हद तक पूछना नहीं चाहती थी इसलिए सच छिपा हुआ था।

अब सब कुछ स्पष्ट है। अब, जबकि मैं अपने अतीत के बारे में खुलकर बातें करती हूँ, ऑड्री उन भावनाओं से निपटने में सक्षम नहीं थी, जो मेरे माध्यम से उस तक पहुँचीं। वह सोचती थी कि आख़िर किस तरह मेरा और बेला का भी दर्द उसके डीएनए तक पहुँच गया और अब यही दर्द वह अपने बच्चों को भी देगी। कई वर्षों तक वह उन सारी जगहों से दूर रही, जहाँ उस विध्वंस की बातें होती थीं - जैसे फ़िल्में, किताबें, संग्रहालय वगैरह।

जब विरासत में हमें बुरे अनुभव मिलते हैं, तो हमारी इन दो में से किसी एक तरह की प्रतिक्रिया व्यक्त करते हैं : या तो उनका विरोध करते हैं या उनसे दूर भाग जाते हैं। उस अनुभव से लड़ते हैं या पलायन कर जाते हैं। यहाँ, एक ही तरह की शोकपूर्ण घटना के साक्षी ऑड्री और एंडरिस, एक ही रास्ते पर चल रहे थे - क्रूर सत्य का सामना कर उसको परख़ कर आगे बढ़ना चाहते थे।

* * *

मेरी पीड़ा से अपने बच्चों को बचाए रखने के लिए मैंने मौन साधने के अलावा कुछ नहीं किया। मैंने 1980 के दशक की शुरुआत तक विरासत के व्यापक प्रभाव पर तब तक विचार नहीं किया था। लेकिन जब चौदह साल का एक लड़का भूरे रंग की शर्ट और भूरे रंग के जूते पहनकर न्यायालय द्वारा नियुक्त थेरेपी सेशन में आया था, मेज़ पर अपनी कोहनियाँ झुका कर बैठ गया और यहूदियों, नाइजीरियाइयों और मेक्सिकन लोगों को मारकर अमेरिका को फिर से श्वेत बनाने के तरीक़ों के बारे में डींगें मारने लगा। मेरे भीतर गुस्से की लहर दौड़ गई। इच्छा हुई कि उसको झिंझोड़ कर, फटकार लगाऊँ, "ऐसा कहने की तुम्हारी हिम्मत कैसे हुई? तुमको पता है मैं कौन हूँ? मेरी माँ की मौत गैस के चेम्बर में हुई थी!" इससे पहले कि मैं आगे बढ़कर उसका गला घोंटती, भीतर से एक आवाज़ सुनाई दी, "अपने भीतर के राक्षस को पहचानो।"

कट्टरता का विचार त्यागना एक नई शुरुआत है, आप फैसला नहीं देते सहानुभूति जताते हैं।

असम्भव, मैंने सोचा। मैं कट्टर नहीं हूँ। मैं विध्वंस और त्रासदी से जीवित लौटी हूँ, अप्रवासी हूँ। नफ़रत के कारण माता-पिता को खोया। बाल्टीमोर में एक फ़ैक्टरी में अफ़्रीका और अमेरिका के साथियों के साथ काम करते हुए एक अलग बाथरूम का उपयोग किया। मैं डॉक्टर मार्टिन लूथर किंग (जूनियर) के साथ नागरिक अधिकारों के लिए जुलूस में शामिल हुई। मैं कट्टर नहीं हूँ!

लेकिन, कट्टरता का विचार त्यागना एक नई शुरुआत है, आप फ़ैसला नहीं देते सहानुभूति जताते हैं।

मैंने एक गहरी साँस ली, उसकी तरफ़ यथाशक्य सहानुभूति की नज़र से देखा और कहा, "और कुछ बताओ।"

यह उसकी विचारधारा नहीं, एक व्यक्ति की स्वीकार्यता का एक इशारा था। और अपने बचपन के अकेलेपन, माता-पिता की कमी और अन्य कई उपेक्षाओं के बारे में बताने के लिए मेरा यह इशारा काफ़ी था। उसकी कहानी सुनने के बाद मैं समझ गई कि वह आतंकियों के किसी गिरोह का सदस्य नहीं था। दरअसल, उसका जन्म ही नफ़रत भरे वातावरण में हुआ था। उसे भी वही चाहिए था जो हम सबको चाहिए - स्वीकार्यता, परवाह और प्रेम। यह बहाना नहीं है। लेकिन सज़ा देने का मतलब होता उसके निकम्मेपन को स्वीकारना जिसके बीज उसके भीतर बचपन में ही बो दिए गए थे। मेरे पास दो रास्ते थे - उसे अलग-थलग रखना या आत्मीयता का संरक्षण देना।

मैंने उसे दोबारा नहीं देखा। मुझे पता नहीं कि आगे वह पूर्वाग्रह, अपराध और हिंसा के रास्ते पर बढ़ गया या उसने अपने आपको सुधार कर जीवन की नई दिशा थाम ली। मैं इतना जानती हूँ कि जब उसने कमरे में प्रवेश किया तो मेरे ही जैसे किसी व्यक्ति का मार डालने को उद्यत था, लेकिन जब बाहर निकला तो उसका मन हल्का था।

एक नाज़ी भी ईश्वर का संदेशवाहक हो सकता है। वह लड़का मेरा शिक्षक था जिसने मुझे सिखाया कि हमेशा फ़ैसले सुनाने की बजाय सहानुभूति का सहारा लेना चाहिए, उसने हमारी साझा मानवता को पहचानना और प्रेम बाँटना सिखाया।

पूरे विश्व में फासीवाद का पुनरोत्थान हो रहा था। मेरे परपोते पूर्वाग्रह और नफ़रत के ऐसे माहौल में बड़े हो रहे थे, जहाँ बच्चे खेल के मैदान में नस्लभेद के नाम पर भद्दे विशेषणों का उपयोग करते थे, स्कूलों में बन्दूक लेकर जाते थे, जहाँ देश अपने ही जैसे इंसानों को शरण नहीं देने के लिए दीवारें खड़ी कर देते थे। ऐसे डर भरे और संवेदनशील माहौल में नफ़रत फैलाने वालों से नफ़रत करना स्वाभाविक था, लेकिन मुझे बैर करना सिखाने वालों पर दया आती है।

मैं उनसे तादात्म्य स्थापित करती हूँ। क्या फ़र्क़ पड़ता जो मैं हंगेरियन यहूदी के स्थान में जर्मन की किसी जाति में पैदा होती? क्या होता अगर मैं हिटलर को कहते सुनती, "आज जर्मनी, कल पूरा विश्व?" मैं भी हिटलर को चाहने वाले युवाओं में से एक हो सकती थी। रेवेन्सब्रुक में मैं भी सुरक्षाकर्मी हो सकती थी।

हम सब नाज़ियों के वंशज नहीं हैं, लेकिन हमारे भीतर एक नाज़ी है।

आज़ादी का अर्थ हर क्षण अपने भीतर के गाँधी या नाज़ी को चुनना होता है। हम प्रेम करने के लिए पैदा हुए हैं, लेकिन नफ़रत करना हमें सीखना पड़ता है।

आपके भीतर के नाज़ी के पास फ़ैसला सुनाने और निर्दयता करने की ताक़त होती है, जो आपको आज़ाद होने से रोकती है और जब आपके मनमुताबिक़ काम नहीं होता तो दूसरों को पीड़ा पहुँचाती है।

मैं अभी-भी अपने भीतर के नाज़ी को दूर करना सीख रही हूँ।

एक दोपहर मैं कन्ट्री क्लब में बेहद अमीर-सी दिखने वाली महिलाओं के साथ भोजन कर रही थी। *मैं बार्बी डॉल जैसी दिखने वाली इन महिलाओं के साथ अपना वक़्त क्यों बिता रही हूँ?* मैंने सोचा। इसके बाद मैंने अपने आपको दूसरों के प्रति अपनी राय बनाने में व्यस्त पाया। उसके बाद हम बनाम वे की मानसिकता में उलझ गईं कि इन्हीं जैसों ने मेरे माता-पिता को मारा है। बाद में जब मैंने अपने पूर्वाग्रह को किनारे रख कर तो पाया कि वे महिलाएँ विचारशील हैं, वे कठिनाइयों और दर्द के दौर से गुज़री हैं। मैं तो उन्हें ऐसे ही ख़ारिज करने वाली थी।

एक शाम मैं धर्मस्थल में व्याख्यान दे रही थी जहाँ विध्वंस से बचकर निकला एक साथी भी मौजूद था। भाषण के बाद सवाल-जवाब के सत्र में उस साथी ने पूछा, "ऑश्वित्ज़ में आप विपत्ति में कैसे फँस गईं? आपने विद्रोह क्यों नहीं किया?" उसकी आवाज़ में धीरे-धीरे रोष झलकने लगा। मैंने उसे समझाया कि यदि अपनी सुरक्षा के लिए लड़ती तो उसी क्षण मेरी हत्या कर दी जाती। विद्रोहियों ने मुझे आज़ाद नहीं किया होता। मैंने अपना शेष जीवन खो दिया होता। बाद में मुझे अहसास हुआ कि मैं अतीत में अपने विकल्पों का बचाव करने की कोशिश करके उसकी व्यग्रता पर प्रतिक्रिया दे रही थी। वर्तमान क्षण का क्या? मेरे लिए शायद यही एक मौक़ा था जब उस व्यक्ति से सहानुभूतिपूर्वक बात कर सकती थी। मैंने कहा, "यहाँ आने के लिए धन्यवाद, अपना अनुभव बाँटने के लिए शुक्रिया।"

जब हम फ़ैसले की क़ैद में होते हैं, तो दूसरों को पीड़ा पहुँचाने की जगह ख़ुद को ही तकलीफ़ देते हैं।

एलेक्स से मेरी मुलाक़ात जब हुई उस समय वह आत्म-दया का अभ्यास कर रही थी। उसने अपनी बाँह पर बना टैटू दिखाया - 'क्रोध' के नीचे 'प्रेम' लिखा हुआ था।

"इस तरह से मैं बड़ी हुई।" वह बोली। "मेरे पिता क्रोधी थे, माँ स्नेही।"

एलेक्स के पुलिस अफ़सर पिता ने उसकी और उसके भाई की परवरिश ऐसे वातावरण में की थी, जहाँ का नियम था - *चेहरे पर ख़ुशी मत झलकाओ, दूसरों पर बोझ मत बनो, भावनाएँ व्यक्त मत करो, ऐसा व्यवहार करो जैसे तुम ख़ुश हो, ग़लतियों की कोई जगह नहीं।* पिता काम से जब भी लौटते तो गुस्से से भरे होते थे। एलेक्स क्रोध का शिकार बनने से पहले ही अपने कमरे में चली जाती।

"मैं हमेशा अपने आपको दोषी मानती थी।" उसने बताया। "मैं कभी समझ ही नहीं पाई कि उन्हें किस बात की नाराज़गी थी। किसी ने यह नहीं बताया। 'इसमें तुम्हारा कोई दोष नहीं है। तुमने कुछ ग़लत नहीं किया।' मैं तो यही सोचकर बड़ी हुई कि मुझमें ही कोई ख़ामी है।"

दोष देने और फ़ैसला सुनाने की यह भावना उसके भीतर इस तरह घर कर गई थी कि बड़ी होने बाद भी स्टोर क्लर्क से ऊपर की शेल्फ़ में रखा हुआ सामान माँगने से भी डर लगता था।

"मुझे लगता था वे सोचेंगे, 'कैसी बेवक़ूफ़ लड़की है'।"

शराब से संकोच, चिन्ता और डर से कुछ देर के लिए छुटकारा मिल जाता था। अन्त में उसे पुर्नवास केंद्र में ही जाना पड़ा।

जिस वक़्त एलेक्स से मेरी बात हुई, वह अपना जीवन बड़े सुकून से जी रही थी। तेरह वर्ष हो चुके थे। हाल ही में उसने डिसपैचर की उस थका देने वाले नौकरी को भी अलविदा कह दिया था, जहाँ वह बीस वर्षों से काम कर रही थी। नौकरी छोड़ने का एक कारण यह भी था कि वह उसकी अपाहिज बेटी की ठीक से देखभाल नहीं कर पा रही थी। यह एलेक्स के जीवन का अलग पहलू था : अपने आप से विनम्रता भरा व्यवहार करना।

और, उसे लगता है कि यही एक ऐसा लक्ष्य है जिस तक वह परिवार में रहते हुए हर बार चूक जाती थी। एक तरफ़ एलेक्स की माँ पूरे परिवार में सद्भाव भरा वातावरण बना कर रखती थी। बच्चों और नाती-पोतों का विशेष ध्यान रखते हुए, रात्रि भोज को भी त्यौहार की तरह ख़ुशनुमा बनाने का प्रयत्न करती थी, वहीं उसके पिता आज भी नाराज़ ही बने रहते हैं। वह अपने पिता पर नज़र बनाए रखती है, उनके कड़े व्यवहार से ख़ुद को बचाने का प्रयास करती है।

पिछले दिनों वह माता-पिता के साथ एक कैम्पिंग ट्रिप में गई थी। वहाँ उसने अपने पिता को सभी लोगों पर छींटाकशी करता पाया।

"हमारे पड़ोसी शिविर में जाने के लिए सामान बाँध रहे थे और मेरे पिता बोले, 'बेवक़ूफ़ों को यह सब करते देखना मेरा शौक़ है।' मैं ऐसे ही माहौल में पली-बढ़ी। पिता लोगों को ग़लतियाँ करते हुए देखते और हँसते थे। कोई आश्चर्य की बात नहीं कि लोग भी मेरे बारे में ऊटपटाँग सोचते होंगे! यह भी होता था कि मैं पिता को चिढ़ने या मुँह बिचकाने या गुस्सा होने का मौक़ा ही नहीं देती थी। पूरा जीवन उनके ख़ौफ़ में बिताया।"

"सबसे अप्रिय व्यक्ति आपका सबसे अच्छा शिक्षक होता है," मैंने उसे समझाया। "वह आपको सिखाता है कि देखें कि दूसरों में जो बात आप पसन्द नहीं करते, कहीं वह आपके भीतर भी तो नहीं। आप स्वयं को परख़ते रहने में कितना समय व्यतीत करते हैं? और, अपने आपको डराने में?"

हमने देखा एलेक्स ने *ख़ुद* को कई बातों से दूर रखा। स्पेनिश की क्लास में जाना चाहती थी, नहीं गई, जिम जाने से भी डरती रही।

हम सभी पीड़ितों के पीड़ित हैं। हम कारण खोजने के लिए अतीत में कहाँ तक जाएँगे? बेहतर है, ख़ुद से शुरू करें।

कुछ महीनों बाद एलेक्स ने बताया कि उसने हिम्मत जुटाकर अपनी कमियों-ख़ूबियों को स्वीकार करते हुए स्पेनिश की क्लास में और जिम में भी जाने का निर्णय ले लिया है। "मेरा तहे-दिल से स्वागत किया गया," उसने बताया, "मुझे महिलाओं की पावर लिफ़्टिंग टीम में भी शामिल कर लिया गया है।"

जब हम आने भीतर के नाज़ी को ठुकराने की ठान लेते हैं, हम उन आंतरिक और बाहरी शक्तियों को निरस्त्र करते हैं जो हमें जकड़कर रखना चाहती हैं।

"तुम्हारा आधा व्यक्तित्व तुम्हारे पिता का है," मैंने एलेक्स से कहा। "उस हिस्से को लपेट कर रख दो और भूल जाओ।"

यही बात मैंने ऑश्वित्ज़ में सीखी थी। यदि मैं सुरक्षाकर्मियों से लड़ती तो वे मुझे मार डालते। यदि भागने की कोशिश करती तो नुकीले तारों की बाड़ में फँसकर बिजली के झटके से मर जाती, इसलिए मैंने अपनी नफ़रत को सहानुभूति में बदल दिया। मुझे सुरक्षाकर्मियों पर दया आती। उनका हृदय-परिवर्तन किया गया था। उनकी मासूमियत को छीन लिया गया था। वे ऑश्वित्ज़ में बच्चों को गैस चेम्बर में फेंकने के लिए आए थे और सोच रहे थे कि दुनिया को कैन्सर से मुक्ति दिला रहे हैं। उन्होंने अपनी आज़ादी खो दी थी। पर मेरी तो सुरक्षित थी।

लुज़ान की हमारी यात्रा के बाद ऑड्री दोबारा एंडरिस के साथ इंटरनेशनल इंस्टीट्यूट ऑफ़ मेनेजमेंट डेवलपमेंट में गई, जहाँ उसने अपना वक्तव्य दिया।

"हम रहस्य और भय के दो विपरीत दिशाओं में पले-बढ़े थे।" एंडरिस ने बताया। आज वे व्यवसायिक प्रतिनिधियों को आन्तरिक प्रगति के लिए प्रोत्साहित कर रहे थे - अतीत का सामना कर बेहतर वास्तविक भविष्य की योजनाएँ बनाने के लिए।

उनके विद्यार्थी यूरोप से हैं, मुख्यतः जर्मनी और आसपास के देशों से, जिनकी उम्र तीस, चालीस और पचास साल की है - द्वितीय विश्वयुद्ध से पीड़ित एक या दो पीढ़ियाँ हैं। अधिकतर यह जानने के इच्छुक हैं कि युद्ध के दौरान उनके परिवारों में क्या हलचल हो रही थी। अन्य विद्यार्थी अफ़्रीका और दक्षिण पूर्वी यूरोप से हैं, जो हिंसा के शिकार हुए अपने परिवार को दुःख का सामना करना और उससे आज़ाद करने का रास्ता तलाश रहे हैं। आन्तरिक उपचार की यह कार्यशाला, जिसका नेतृत्व एक नाज़ी का पोता और विध्वंस से जीवित बचकर निकली महिला की बेटी कर रहे थे, ना केवल इस बात का खुशनुमा उदाहरण थे कि उपचार *कैसे* करें, बल्कि इस बात का भी कि उपचार *क्यों* करें - स्वयं के लिए और इस बात के लिए भी कि हमारा उपचार विश्व और आने वाली पीढ़ियों को क्या दे सकता है।

ऑड्री ने बताया, "मैं अतीत को मौन में अनुभव किया करती थी।" मैं दर्द से डरती थी। पर उसने माना कि दर्द को टालना सीखने का मतलब था दर्द को जकड़े रहना। "अब मैं दर्द टालना सीखने को उत्सुक भी हूँ और लोगों की भी मदद करना चाहती हूँ।"

एंडरिस ने भी यही बात स्वीकारी।

उसने कहा, "अब मुझे समझ में आ गया है कि मैंने आख़िर क्यों इतना लम्बा समय अपने अतीत में बिताया। शायद मेरे पूर्वज जहाँ तक सम्भव हो, सुधारात्मक पहल चाहते थे। यह सच्चाई है कि मैं अब उनके साथ शान्ति के साथ जुड़ा हूँ। मैंने अब ये प्रश्न पूछने बन्द कर दिए हैं कि उन्होंने वह क्यों किया, जो उन्होंने किया था। अब मैं शान्ति के प्रयास में अपना योगदान कर सकता हूँ। हम प्रेम करने के लिए पैदा हुए हैं।"

नफ़रत करना तो हम सीखते हैं। क्या चुनना है, यह हमारी पसन्द पर निर्भर है।

नतीजे पर पहुँचने की आदत से आज़ादी पाने के सूत्र :

- ***हमारे श्रेष्ठ शिक्षक।*** *हमारे जीवन में विष-वमन करने वाले और अप्रिय लोग ही हमारे सबसे अच्छे शिक्षक होते हैं। अगली बार जब कोई आपको आहत करे या नाराज़ करे तो शान्त मन से अपने आप को बताएँ, "यह इंसान है, मेरे जैसा ही, ना छोटा ना बड़ा।" उसके बाद पूछें, "तुम मुझे क्या सिखाने आए हो?"*

- ***हमने प्रेम करने के लिए जन्म लिया है, नफ़रत करना तो हम सीखते हैं।*** *उन सारे संदेशों की एक सूची बनाएँ जो हमें लोगों में भेद करना सिखाती है, जैसे हम/वे, अच्छा/बुरा, सही/ग़लत। इनमें से किसी एक संदेश को घेरे में डाल कर यह देखें कि इन संदेशों के आधार पर दुनिया को आप कैसे देख रहे हैं। यह भी जाँच लें कि आप किसी नतीजे पर पहुँचने की जल्दबाज़ी तो नहीं कर रहे हैं। आपके सम्बन्धों पर इसका प्रभाव भी देखें। क्या इससे आपके विकल्प चुनने या जोख़िम लेने की क्षमता तो प्रभावित नहीं हो रही?*

- ***आप विरासत में क्या देना चाहते हैं?*** *हमारे पूर्वज क्या कर सकते थे या उनके साथ क्या होना चाहिए था, इसका चुनाव हम नहीं कर सकते, लेकिन अब हमें आगे क्या करना है यह अवश्य तय कर सकते हैं। एक अच्छा जीवन जीने की योजना बना कर लिखें। इसमें परिवार की, अतीत की अच्छी बातों को शामिल कर अगली पीढ़ी को सफल जीवन का उपहार दें।*

11

यदि आज बच गए, तो कल आज़ाद होंगे

निराशा की क़ैद

आॅश्वित्ज़ में एक विचार लगातार मेरा पीछा करता था, क्या किसी को पता है कि मैं और मागदा यहाँ पर हैं?

कोई भी उत्तर निराश ही करता था। जैसे, यदि किसी को ख़बर लग भी गई और उसने हस्तक्षेप नहीं किया तो मेरे जीवन का क्या लाभ? और, यदि किसी को हमारी जानकारी नहीं मिल पाई तो क्या हम कभी क़ैद से बाहर निकल भी पाएँगे?

जब भी निराशा के भाव हावी होने लगते, मुझे माँ की कही हुई बात याद आती। वे कहती थीं, "हमें पता नहीं हम कहाँ जा रहे हैं। हमें यह भी पता नहीं कि हमारे साथ क्या होने वाला है। केवल इतना याद रखो, कोई भी व्यक्ति तुमसे वह छीन नहीं सकता जो तुम्हारे मन में है।"

क़ैद के भयानक वातावरण में, दिन-रात मैं अच्छे विचारों का मनन करने का प्रयास करती थी। मैं अपने मित्र एरिक के साथ युद्ध के दिनों में बिताए ख़ुशनुमा पलों को याद करती थी। नदी के किनारे पिकनिक मनाते हुए माँ के हाथ के सुस्वादु फ़्राइड चिकन और पोटेटो सलाद जैसे व्यंजनों का आनन्द लेते हुए भविष्य की योजनाएँ बनाना - सब कुछ याद कर ख़ुश होती थी। हम लोगों के बेघर होने से पहले मैं अपने पिता द्वारा तैयार की गई पोशाक पहनकर एरिक के साथ डांस करने के बारे में सोचती थी। मुझे उसके वे आख़िरी शब्द याद आते थे जो उसने ईंट की फ़ैक्ट्री की तरफ़ जाते हुए वाहन में बैठते समय कहे थे, "मैं तुम्हारी आँखें कभी भूल नहीं सकता। मैं तुम्हारे हाथों का स्पर्श भुला नहीं पाऊँगा।" हमारा दोबारा मिलना और आलिंगन में खो जाने का दृश्य भी आँखों के सामने घूमता था। ये सारी यादें मेरे

अंधकार भरे दिनों में किसी दीपक की रोशनी की तरह थीं। हालाँकि यह भी सच है कि उस दिवास्वप्न से मेरा भय मिट नहीं पाया। मेरे माता-पिता वापस नहीं आए, ना ही उनकी मौत का दर्द कम हुआ, लेकिन एरिक के साथ बिताए क्षणों को याद करने से मुझे अपना अतीत याद आ जाता था और अपने साथी के साथ अपने आने वाले कल की सुखद कल्पना कर लेती थी। मैं धरती पर नर्क में जी रही थी। यह अस्थायी था। अगर अस्थायी था तो इससे छुटकारा भी मिलेगा ही।

आशा वास्तव में जीवन और मृत्यु का विषय है। मैं ऑश्वित्ज़ में एक ऐसी महिला को जानती थी जो आश्वस्त थी कि क्रिसमस के पहले पूरा कैम्प आज़ाद हो जाएगा। उसने सुन रखा था कि जर्मन सेना को भारी नुक़सान होने वाला है और उसे पूरा भरोसा था कि अब केवल कुछ ही सप्ताह की बात है और सब छोड़ दिए जाएँगे। क्रिसमस आया और चला भी गया। उन्हें आज़ाद कराने के लिए कोई भी नहीं आया। क्रिसमस के अगले दिन मेरी मित्र की मौत हो गई। आशा ने ही उस महिला को ज़िन्दा रखा था। आशा मरी, और वह भी मर गई।

मुझे इस घटना की याद लगभग सत्ताईस वर्ष बाद आई, जब मैं ला जोला के एक अस्पताल में थी। मेरी पुस्तक, *द चॉइस* को प्रकाशित हुए कुछ ही महीने हुए थे। दशकों से मेरा सपना था कि मेरे इलाज के अनुभवों को काग़ज़ पर उतारूँ ताकि दुनिया-भर के लोगों को उसका लाभ मिल सके और वे भी एक आज़ाद जीवन जी सकें। अनगिनत आश्चर्यजनक घटनाएँ हो रही थीं - हर दिन पाठकों की कई भावुक चिट्ठियाँ प्राप्त हो रही थीं, समारोह में वक्तव्य देने के लिए आमंत्रण मिल रहे थे और अन्तर्राष्ट्रीय मीडिया मेरा साक्षात्कार लेने के लिए उत्सुक था।

एक ख़ुशनुमा सुबह, कार्ल्सबेडे के चोपड़ा सेंटर से दीपक चोपड़ा ने फ़ेसबुक लाइव इवेंट में भाग लेने के लिए मुझे आमंत्रित किया। मैं उत्साहित थी। चूँकि, मैं जिस उम्र में थी उसमें मेकअप वगैरह में समय लगता है, इसलिए मैंने पार्लर जाना तय किया। मनपसंद सूट को प्रेस किया। मैंने पेट दर्द और अन्य शारीरिक परेशानियों की अनदेखी की। अपना मेकअप पूरा करने के बाद मैंने अपने पेट से कहा, "मुझे अकेला छोड़ दो। मैं अभी व्यस्त हूँ!"

मैं सुबह जल्दी उठकर तैयार हो गई। कपड़े पहनकर और अपने जैकेट को सँवारते हुए अपने आपको आईने में निहारने लगी। ऐसा महसूस हुआ मानो पिता मुझे देख रहे हैं, "मुझे अब देखिए!" मुस्कराते हुए मैंने कहा।

लेकिन जब मेरी दोस्त मुझे मुझे चोपड़ा सेंटर लेकर जाने के लिए अपनी कार लेकर आई तो उसने मुझे दर्द से कराहते हुए देखा। उसने कहा, "मैं तुम्हें इवेंट में नहीं, अस्पताल ले जाऊँगी।"

मैंने उसकी बात नहीं मानी। "मुझे तैयार होने में दो दिन लगे हैं!" मैं गुस्से में दाँत भींचते हुए बोली, "मैं चोपड़ा सेंटर ही जाऊँगी।" दोस्त मुझे लेकर बड़ी तेज़ी से कार चलाते हुए सेंटर पहुँची। वहाँ पहुँचते ही दीपक और उसकी पत्नी का अभिवादन किया ही था और घुटनों के बल बाथरूम में गिर गई। उसके बाद केवल इतना याद है कि दीपक मुझे बाँहों का सहारा देते हुए कार की पिछली सीट पर बिठाने में मदद कर रहे थे। और वहाँ से हम सीधे अस्पताल पहुँचे। जाँच के बाद डॉक्टरों ने बताया कि मेरी छोटी आँत का तुरन्त ऑपरेशन करना होगा। "यदि एक घण्टे की भी देर हो गई होती तो आपकी जान चली जाती," सर्जन ने कहा।

ऑपरेशन के कुछ घण्टों बाद जब मुझे होश आया तो मैं सुस्त थी और हल्के नशे जैसी हालत में थी। नर्स कह रहीं थीं कि उन्होंने मुझ जैसी सजीली मरीज पहले नहीं देखी। ज़ाहिर है, मेरा मेकअप उस समय भी परफ़ेक्ट था।

मैं अपने आपको सुरुचिपूर्ण नहीं, नवजात शिशु जैसी समझ रही थी। दवाओं से अचेत, अपने आसपास के वातावरण से अनजान, बिना मदद चलने पाने में असमर्थ। मुझे बाथरूम जाने कि लिए बटन दबाकर किसी को सहायता के लिए बुलाना पड़ता था लेकिन समय पर किसी के नहीं पहुँचने का डर भी बना रहता था। मैं अपने आपको पूरा इंसान नहीं मान रही थी। मुझे लग रहा था कि मैं दैनिक आवश्यकताओं की पूर्ति के लिए ज़िन्दा थी - भूख, प्यास, उत्सर्जन - बस। इन सबके लिए भी आश्रित थी।

सबसे बुरी बात यह थी कि शरीर में नलियाँ लगी हुई थीं और मैं बोल भी नहीं सकती थी। असहाय *और* निःशब्द - अतीत की दर्दनाक स्मृतियाँ आँखों के सामने घूमने लगीं। मैं नली को खींचकर निकालने लगी। नर्स को डर था कि मेरा दम घुटने लगेगा इसलिए उसने मेरे हाथ बाँध दिए। मैं वाक़ई सहमी हुई थी। इस स्थिति में मेरी शारीरिक प्रतिक्रियाओं पर अतीत की छाया थी। पोस्ट ट्रॉमेटिक स्ट्रेस डिसऑर्डर के लक्षण सामने आ रहे थे। मैं बँधकर नहीं रह सकती थी, किसी छोटी-सी जगह में बँध कर रहने से मुझे बेचैनी होती था। मेरा दिल बहुत ज़ोर-ज़ोर से धड़क रहा था। अस्पताल में बँधे हुए हाथों और गूँगे की तरह पड़े रहकर मुझे जीवन किसी पहाड़ पर चढ़ने जितना कठिन लग रहा था।

मेरे तीनों सुंदर बच्चे - मरिआना, ऑड्री और जॉन - सर्जरी के बाद लगातार मेरी सेवा में लगे रहे। समय पर दवाइयों के अलावा मेरी साफ़-सफ़ाई का पूरा ध्यान रखते थे। मेरे नाती-पोते भी आते रहते थे। रैचेल और ऑड्री ने मेरे लिए मुलायम कपड़े लेकर आए थे। सभी ने मेरी सुविधा के लिए जो कुछ बन पड़ा, बहुत प्यार से किया। और मैं मशीनों से बँधी हुई थी। क्या मैं फिर कभी इनके बिना जी पाऊँगी? यदि मैं अपने आप जी नहीं सकती तो मुझे मशीनों के भरोसे भी ज़िन्दा मत रखो।

एक बार जब मेरे हाथ कुछ देर के लिए खुले तो मैंने मरिआना को इशारे से काग़ज़ का एक टुकड़ा और पेन लाने का इशारा किया। *मैं ख़ुशी से मरना चाहती हूँ* - मैंने लिखा।

सबने मुझे आश्वासन दिया कि जल्दी ही मुझे घर जाने की इजाज़त दे दी जाएगी कोई भी यह समझ नहीं पा रहा था कि मैं *इसी वक़्त* जाने को तैयार हूँ। उसी दिन, फेफड़ों के डॉक्टर मेरी तबीयत की जानकारी लेने आए और बोले कि अब मैं बेहतर दिख रही हूँ। उन्होंने मुझे भरोसा दिया कि अगले दिन सारी नलियाँ निकाल दी जाएँगी। मेरे बच्चे खुश हुए और मुझे चूम लिया। बोले, "देखा माँ, तुम अच्छी होने वाली हो।" दोपहर में सारी मशीनें और मॉनिटर मेरे आसपास अपना काम कर रहे थे, मैं अपने आपको को आश्वस्त करती जा रही थी कि यह सब *अस्थायी है, मैं बच जाऊँगी।* मुझे कई बार झपकी आ रही थी, नींद खुल रही थी। मैंने पूरी रात अस्पताल की छोटी चोकौर खिड़की के बाहर सितारों को देखते हुए बिताई। आख़िरकार सुबह हुई। वह समय भी आ गया जब मशीनें और नलियाँ निकाली जानी थीं।

यह अस्थायी है, यही दोहराते हुए डॉक्टर का इन्तज़ार करने लगी। डॉक्टर मकॉल आए और पूरी रिपोर्ट देखने के बाद गहरी साँस लेकर बोले, "मुझे लगता है आपको एक दिन और रुकना पड़ेगा।"

मैं यह बोलने की हिम्मत जुटा नहीं पा रही थी कि मेरे पास एक दिन का भी समय नहीं है। वह नहीं समझ पा रहे थे कि मैं किस तरह से हिम्मत हारती जा रही थी। डॉक्टर ने मुस्कराते हुए मुझे सान्त्वना दी और दूसरे मरीजों को देखने के लिए निकल गए।

मध्य रात्रि को मेरी नींद खुली। पूरा शरीर भीतर से टूट रहा था। मैं सोच रही थी क्या यही दर्द था जिसे मुझे भुला देना चाहिए था। तभी भीतर से आवाज़ आई, "ऑश्वित्ज़ में तुमने यही किया था। अब भी कर सकती हो।" मेरे पास एक उपाय था। मैं उम्मीद छोड़ देती या आशा का साथ पकड़ती। मेरे शरीर में एक नई तरंग दौड़ गई। मेरी तीन पीढ़ियाँ - मेरे बच्चे, उनके बच्चे और उनके भी बच्चे मेरी देखभाल कर रहे थे। मुझे याद है ऑड्री के जन्म के समय मरिआना अस्पताल में ख़ुशी से चिल्ला रही थी, "मुझे मेरी बहन मिल गई, मुझे मेरी बहन मिल गई!" जॉन के बचपन की मुसीबतों ने मुझे सिखाया था कि चाहे जो हो, हिम्मत नहीं हारो। लिंड्सी का वह चमकता चेहरा सामने दिख रहा था जब वह माँ बनी थी। मेरे परपोते हेल की मधुर आवाज़, जो मुझे गी-गी बेबी पुकारता था। डेविड किसी बच्चे की तरह अपनी शर्ट उठाकर नाभि को चूमते हुए कहता, "मुझे करो! मुझे करो!" जॉर्डन का अपने मित्रों के सामने दादागिरी दिखाना और रात को सोते समय गरम दूध और

शहद की ज़िद करना। रैचेल जब आज सुबह मेरे पैरों की मालिश कर रही थी, तो उसकी ख़ूबसूरत आँखें याद आ गईं। उन आँखों को देखने के लिए मुझे जीना था। मेरे लिए यही सारी बातें जीवन का उपहार थीं। मेरा दर्द और कमज़ोरी कम नहीं हुई थी पर मेरी बाँहों में ताक़त और दिल में जोश था। सम्भावनाओं और उद्देश्य के लिए दिल में उमंग थी। अभी मेरे लिए जीवन में बहुत कुछ करना बाक़ी है।

हम सबका अच्छा समय आता है। हम अपनी मौत का समय तय नहीं कर सकते। मुझे अभी और जीना था।

अगले दिन डॉक्टर आए और उन्होंने ट्यूब निकाल दी। मैं ऑड्री की मदद से अपनी सभी मेडिकेशन ड्रिप और मशीनों के साथ हॉल से नीचे उतर रही थी तो चलते वक़्त नर्स और अन्य लोगों ने मेरा अभिवादन किया। वे सभी मुझे अस्पताल के बिस्तर से उठकर अपने पैरों पर चलकर जाते देख कर बहुत ख़ुश थे। एक सप्ताह बाद, मैं घर लौट आई। मैं जब अस्पताल में बँधी पड़ी थी और घर वापस जाने की प्रार्थना कर रही थी, मुझे कल्पना भी नहीं थी कि एक साल के भीतर ओप्रा (विनफ़्रे) का मुझे ई-मेल मिलेगा जिसमें वह कहेगी कि उसने मेरी किताब पढ़ ली है और अपने साप्ताहिक शो *सुपरसोल संडे* में मेरा साक्षात्कार लेगी।

हम नहीं जानते कल क्या होगा। आशा का दामन थाम कर हम अपने दर्द को छुपा नहीं सकते। यह उत्सुकता बनाए रखने का साधन है। एक मान्यता है कि अगर हम अभी हार मान लेते हैं, तो आगे क्या होने वाला है, हम देख नहीं पाएँगे। मैं जब पहले बच्चे की माँ बनने वाली थी, सोचा था मेरी ख़ुशियों के रास्ते में अब कोई बाधा नहीं आएगी। चूँकि मैं शारीरिक रूप से कमज़ोर थी, डॉक्टर ने मुझे दोबारा माँ बनने से सावधान किया था। ख़ुशी के नशे में मैंने डॉक्टर की सलाह अनसुनी कर दी। मैंने ब्रेड और आलू से बने तरह-तरह के व्यंजन भरपेट खाए। देखते-देखते मेरा वज़न पचास पौंड बढ़ गया था।

आशा का चयन हर दिन मुझमें एक नई उमंग पैदा करता है।

मरिआना के जन्म के दशकों बाद, मैंने बहुत कुछ पाया, बहुत कुछ खोया और शायद सब कुछ ही खो दिया। इन सबसे मैंने सीखा कि अपने जीवन के हर बहुमूल्य पल का आनन्द उठाने के लिए किसी की अनुमति या सहमति की आवश्यकता नहीं होती। मुझे यह बात बार-बार याद आती थी : आशा बनाए रखना ही जीवन है।

आशा भविष्य में होने वाली घटनाओं की गारंटी नहीं देती। मेरी रीढ़ की हड्डी में लगातार तकलीफ़ (स्कोलिएसिस) बनी रहती थी। इसका प्रभाव मेरे फेफड़ों पर भी आ गया था, जो धीरे-धीरे हृदय की तरफ़ भी बढ़ने लगा था। मुझे लगता था कि हार्ट अटैक हो जाएगा या जब नींद से जागूँगी तो साँस नहीं ले पाऊँगी।

लेकिन आशा का चयन हर दिन मुझमें एक नई उमंग पैदा करता है। मैं नौजवानों की तरह सोच सकती हूँ। अपने दिन को, अपने शौक़ को पूरा करने के लिए ऊर्जा से भर सकती हूँ, डांस या जिम, पुस्तकों को दोबारा पढ़ना, कुछ भी कर सकती हूँ। फ़िल्में, थियेटर, ऑपेरा देखना, अच्छा खाना और भले लोगों से मिलना भी मेरे शौक़ में शामिल है। सबसे बड़ी बात कि अपनी विपत्ति और दर्द को याद करने का अर्थ जीना छोड़ना नहीं है।

"तुमने दुनिया की सबसे बड़ी बुराई देखी है," लोग कहते हैं। "दुनिया में अच्छाइयाँ मौजूद होने के बाद भी यदि बड़े पैमाने पर नरसंहार हो रहा हो तो आशा की अपेक्षा कैसे की जा सकती है?"

क्रूर सच्चाई के सामने आदर्शवाद की बात एक भ्रम है। आदर्शवाद तो तब होगा जब जीवन में सारी बातें आशा के अनुरूप हों। यह बचने का तरीक़ा है - भ्रम या इनकार की तरह।

मित्र, लहसुन के ऊपर चॉकलेट की परत मत चढ़ाओ। स्वाद बिगड़ जाएगा। इसी तरह, सच्चाई को नकारने से आज़ादी नहीं मिलेगी। आशा का अर्थ, अंधकार से मुँह छिपाना नहीं, सच्चाई का सामना करना है।

इस पुस्तक को लिखना शुरू करने के बाद एक टेलीविज़न साक्षात्कार के दौरान मैं निन्यानवे वर्षीय बेन फेरेन्ज़ से मिली। जो संभवतः नूरमबर्ग़ में नाज़ियों पर चलने वाले ख़ून के मुक़दमे में पेश होने वाले सबसे वयोवृद्ध व्यक्ति थे।

फेरेन्ज़ उस समय केवल सत्ताईस वर्ष के थे। यहूदी रोमानियन आप्रवासी माता-पिता के पुत्र, फेरेन्ज़ ने द्वितीय विश्वयुद्ध के दौरान अमेरिकी सेना में काम किया था। बाद में, शिविरों में क़ैदियों को आज़ाद करते समय बेन को निगरानी करने के लिए भेजा गया। वहाँ के दृश्य देखने के बाद बेन ने जर्मनी वापस नहीं लौटने की क़सम खा ली थी।

वह वापस न्यू यॉर्क आकर क़ानूनी सलाहकार बनने की तैयारी करने लगे तभी उन्हें बर्लिन में नाज़ियों के ऑफ़िस और अभिलेखागार में उन सबूतों की जाँच के लिए नियुक्त किया गया था, जिसका सम्बन्ध नूरमबर्ग़ के युद्ध अपराध से था। कैटेलॉग बनाते समय उन्हें आइन्सैट्ज़ग्रपेन द्वारा लिखे कुछ काग़ज़ात मिले जिनमें एसएस की यूनिट्स को बतौर हत्यारे स्क्वैड नियुक्त करने की जानकारी थी। इस रिपोर्ट में नाज़ी-अधिकृत यूरोप के गाँवों और क़स्बों में पुरुषों, महिलाओं और बच्चों की निर्मम हत्या का उल्लेख था। फेरेन्ज़ ने ऐसे मृतकों की संख्या दस लाख के आसपास बताई जिनकी हत्या घरों में कर दी गई थी और उनको सामूहिक रूप से दफ़ना दिया गया।

"इकहत्तर वर्ष बाद भी मैं मंथन कर रहा हूँ।" फेरेन्ज़ ने कहा।

यहाँ आशा का महत्त्व समझा जा सकता है। यदि वे आदर्शवाद से जकड़े रहते तो उन्होंने क्रूर सत्य को भुला दिया होता या उस सोच को ही दफ़ना दिया होता - यह सोचकर कि अब तो युद्ध समाप्त हो गया है और दुनिया बेहतर स्थिति है। अब ऐसा कुछ नहीं होगा। यदि उन्होंने अपने आपको नैराश्य की भावना में डुबो दिया होता तो कहते, "मानवता एक भद्दी भावना है। कुछ नहीं किया जा सकता है।" लेकिन फेरेन्ज़ आशावादी थे। उन्होंने अपने अधिकार क्षेत्र के अन्तर्गत नई न्याय व्यवस्था स्थापित करने की पहल की जिससे ऐसा नरसंहार दोबारा होने की आशंका नहीं हो। इसी दिशा में उन्हें अमेरिकी सरकार ने आइन्सैट्ज़सग्रपेन मामले चीफ़ प्रोसिक्यूटर नियुक्त किया। इस समय उनकी उम्र केवल सत्ताईस वर्ष थी। यह उनका पहला मुक़दमा था।

आशा का अर्थ उत्सुकता भी होता है।

वह क़रीब सौ साल तक जीवित रहे और शान्ति और सामाजिक न्याय के लिए अपनी आवाज़ बुलन्द करते रहे।

उन्होंने कहा, "हतोत्साहित नहीं होने के लिए बड़ी हिम्मत की ज़रूरत होती है।" वह हमें याद दिलाते रहे कि उम्मीद नहीं छोड़ें। हमारे आसपास लगातार परिवर्तन और प्रगति हो रही है और इसके पहले ऐसा कभी नहीं हुआ।

मुझे उनके कहे ये शब्द सैन डि यागो के रेन्चो सेन्टा फे़ में याद आए - जहाँ मैं भाषण देने गई थी। इस क्षेत्र में यहूदियों को बसने की आज़ादी नहीं थी। अब वह समाज उत्सव मना रहा था।

यदि हम किसी काम को तुच्छ या असम्भव मान लेते हैं, तो वैसा ही घटित होने लगता है। लेकिन यदि हम प्रयास करें तो क्या पता कुछ अच्छा ही हो जाए? आशा का अर्थ उत्सुकता भी होता है। अपने भीतर खोज की इच्छा के प्रकाश से अंधकार को प्रकाशित किया जा सकता है।

आशा कल्पनाशक्ति का सबसे शक्तिशाली हथियार है।

निराशा के बीज प्रचुर होते हैं।

मैं ऑश्वित्ज़ और कम्युनिस्ट यूरोप से बचकर अमेरिका, बाल्टीमोर आई थी। जिस फ़ैक्ट्री में काम करती थी, वहाँ पाया कि बाथरूम और पीने के पानी के फ़व्वारे अलग-अलग थे। मैं पूर्वाग्रह और नफ़रत को पीछे छोड़कर यहाँ आ गई थी - एक बार फिर यही सब कुछ और अधिक बड़े पैमाने पर झेलने के लिए।

इस किताब पर काम करना शुरू करने के कुछ दिनों बाद, पासओवर के दिन, जो कि यहूदियों की मुक्ति का दिन कहलाता है, एक शस्त्रधारी व्यक्ति ने यहूदियों के आराधना स्थल में, जहाँ मैं रहती थी, घुसकर भीड़ में एक व्यक्ति की हत्या कर दी। यह स्थान सैन डि यागो के पास था। वह व्यक्ति कह रहा था, "मैं अपने देश को यहूदियों से मुक्त करना चाहता हूँ। कुछ महीनों बाद, टेक्सास, एल पासो में मेरे पुराने घर के पास वॉलमार्ट में एक अन्य अंग्रेज़ ने बाईस व्यक्तियों की निर्मम हत्या कर दी। यह भी अप्रवासियों के ख़िलाफ़ विद्रोह था। क्या मेरे माता-पिता की हत्या केवल इसलिए हुई कि इतिहास दोहराया जाए?

वर्षों पहले मुझे एक और झटका तब लगा था जब मैंने एल पासो की यूनिवर्सिटी में एक क्लास में अपना वक्तव्य समाप्त किया ही था और एक प्रोफ़ेसर ने पूछा, "आप में से कितने लोग ऑश्वित्ज़ के बारे में जानते हैं?" उस सभागार में करीब दो सौ लोग उपस्थित थे। उनमें से केवल पाँच विद्यार्थियों ने हाथ ऊपर उठाए।

अज्ञान ही आशा का शत्रु है और यह आशा का *उत्प्रेरक* भी है।

मुझे सैन डियागो के आराधनालय में हुए हमले से बचकर निकले एक युवक से मिलने का अवसर प्राप्त हुआ, जो अपने कॉलेज में प्रथम वर्ष का छात्र था। इज़राइल में जन्मा यह युवक नौ वर्ष की उम्र में अपने माता-पिता के साथ अमेरिका आया था। उसके माता-पिता कट्टर धार्मिक तो नहीं थे, लेकिन उसने और उसके पिता ने हाल ही में शनिवार को उपासनागृह में जाना शुरू किया था। उसने बताया, मुझे इस अभ्यास से "सप्ताह भर में की गईं अपनी अच्छाइयों-बुराइयों को परख़ने और अच्छे विचारों पर काम करने की प्रेरणा मिलती थी।" गोलीबारी की सुबह वह कॉलेज के चयन की प्रक्रिया में व्यस्त था। उसके पिता अपनी विशेष जगह पर 'तोरा' धर्मग्रंथ का पाठ सुन रहे थे। युवक खिड़की के बाहर देख रहा था, तभी उसने हथियार से लैस एक व्यक्ति भीतर आते देखा, उसके बाद गोलियों की आवाज़ और एक महिला को फ़र्श पर गिरते देखा। "भागो!" उसने खुद से कहा। वह कूद कर भागने लगा। बन्दूकधारी ने उसे देखा और उसका पीछा करते हुए चिल्लाने लगा, "बेहतर हो कि भाग जाओ!" और भद्दी गालियाँ देने लगा। युवक एक ख़ाली कमरे में बेंच के नीचे छुप गया। बन्दूकधारी के क़दमों की आहट दरवाज़े पर सुनाई दे रही थी। युवक साँस रोके छुपा रहा। हमलावर के लौट जाने के बाद भी युवक वहीं दीवार के सहारे तब तक बैठा रहा जब तक कि उसके पिता उसे ढूँढ़ते हुए वहाँ नहीं आ गए। हमलावर आराधनालय से भाग चुके थे। पिता ने आश्वस्त किया पर वह डर के मारे वहीं बैठा रहा।

अज्ञान ही आशा का शत्रु है और यह आशा का *उत्प्रेरक* भी है।

मैंने उससे कहा, “मैं तुमसे बात करना चाहती हूँ। एक पीड़ित और दूसरे पीड़ित की बात होगी। यह अनुभव जीवन-भर तुम्हारे साथ रहने वाला है।” मैंने उसे बताया कि पुरानी स्मृतियाँ और व्यग्रता सामान्य तौर पर पीछा नहीं छोड़तीं, लेकिन जिसे हम पोस्ट-ट्रॉमेटिक स्ट्रेस डिसऑर्डर कहते हैं, यह कोई बीमारी नहीं है। यह हिंसा, नुक़सान और शोक पर व्यक्त की गई एक सामान्य प्रतिक्रिया है। वह इसे भूल तो नहीं पाएगा, लेकिन सामना करने का साहस ज़रूर जुटा लेगा। दर्द के इन्हीं अनुभवों से उसके जीवन के उद्देश्य और प्रगति के रास्ते खुलेंगे।

यही आशा है, जिसे मैं तुम्हें उपहार में देती हूँ।

इस दौरान तुम्हारी मौत भी हो सकती थी। शायद ऐसे मौक़े भी आए होंगे जब मरने के विचार भी मन में आए होंगे, लेकिन तुमने ऐसा नहीं किया। यह आशा के प्रति तुम्हारी आस्था ही थी जिसके कारण तमाम कठिन परिस्थितियों में से अपने आपको बचा पाए, ताकि तुम रोल मॉडल बन सको। तुम्हें आज़ादी का दूत बनना था। तुम एक ऐसे व्यक्ति हो, जो अपने नुक़सान पर ध्यान नहीं देकर, जो कुछ बचा है उसके साथ आगे बढ़ता रहा। तुमने उन कामों को किया जिसके लिए तुम्हें भेजा गया है।

जीवन में हमेशा कुछ न कुछ करने की गुंजाइश बनी रहती है।

मेरी आंटी मटिल्डा, जो सौ साल तक जीवित रहीं, सुबह उठकर एक ही बात दोहराती थीं, “आज अच्छा भी हो सकता है, बुरा भी।” यह उनका रोज़ का नियम था। मैं बयानवे वर्ष की हूँ और मेरा हर दिन किसी न किसी दर्द के साथ ही शुरू होता है। बढ़ती उम्र की यही सच्चाई है। रीढ़ और फेफड़ों की तकलीफ़ के साथ जीना ही मेरी सच्चाई है। जिस दिन मुझे दर्द का अनुभव नहीं होता, लगता है मैं मर गई हूँ। आशा सच्चाई को छिपाती नहीं, वरन् यह सिखाती है कि जीवन अंधकार और परेशानियों का संगम है - फिर भी आज यदि हम जीवित हैं, तो कल आज़ाद भी होंगे।

नैराश्य से आज़ाद होने के सूत्र :

- ***लहसुन को चॉकलेट में मत लपेटो।*** *आशा की आदर्शवाद से तुलना करना ठीक नहीं हैं। आदर्शवाद एक तरह से अस्वीकरण ही है, सच्चाई का सामना करने से भागने की वृत्ति जैसा। दर्द के दूर हो जाने के भ्रम को पालने से आज़ादी नहीं मिलती। विपरीत और चोट पहुँचाने वाली स्थिति में अपने आप से होने वाले वार्तालाप पर ध्यान दें।* सब ठीक है। इतना बुरा भी नहीं। दूसरे इससे बुरी स्थिति में हैं। मेरे पास शिकायत करने लायक़ कुछ नहीं है। अन्त में सब गुज़र ही जाएगा। दर्द नहीं तो यश भी नहीं! *अगली बार जब आपको हीनता का बोध हो, भ्रम पैदा हो या अस्वीकार्यता जैसा लगे तो अपनी भाषा को बदलें। "यह तकलीफ़देह है। और यह अस्थायी है।" स्वयं को याद दिलाएँ - मैं पहले भी दर्द से बाहर निकला हूँ।*

- ***हतोत्साहित नहीं होना भी हिम्मत का काम है।*** *हमारे आसपास लगातार प्रगति और परिवर्तन हो रहा है। ऐसा परिवर्तन पहले कभी नहीं हुआ था। दस मिनट का समय निकालकर सूची बनाकर देखें कि पिछले पाँच सालों में कौन-सी परिस्थितियाँ बदली हैं। वैश्विक स्तर पर देखें - मानवाधिकार, तकनीकी प्रगति, कला सभी क्षेत्रों में परिवर्तन हुआ है। व्यक्तिगत स्तर पर देखें कि आपके किन क्षेत्रों में बेहतर परिवर्तन आया है और आपने उपलब्धियाँ हासिल की हैं। आशा रखें, निराशा से दूर रहें।*

- ***आशा उत्सुकता बनाए रखती है।*** *आरामदायक जगह पर बैठें या लेट जाएँ। आँखें बन्द करें। शरीर को ढीला छोड़ दें। कुछ गहरी साँसें लें। कल्पना करें कि आप सड़क पर चल रहे हैं। आपके क़दम भविष्य की ओर बढ़ रहे हैं। आप कहाँ चल रहे हैं? शहर की चमकदार सड़कों पर? जंगलों में? आपके आसपास के वातावरण को जीवन्तता से महसूस करें - आसपास के दृश्यों पर ध्यान दें, ख़ुशबू, आवाज़ें, स्वाद और शारीरिक अनुभवों पर ध्यान दें। आप अपने भविष्य के द्वार पर खड़े हैं। आपके भविष्य का घर कहाँ है? क्या यह गगनचुम्बी है? केबिन है? क्या घर के सामने गाड़ी खड़ी करने की जगह है? आपके भविष्य का दरवाज़ा खुलता है। आपका भविष्य आपको सलाम कर रहा है। आप कैसे दिख रहे हैं और अपना स्वागत किन परिधानों में कर रहे हैं? हाथ मिलाकर या आलिंगन कर अपना स्वागत करें। पूछें - "आप मुझसे क्या जानना चाहते हैं?"*

12

क्रोध के बिना माफ़ करना असम्भव

माफ़ी न देने की क़ैद

लोग अक्सर मुझसे यह पूछते हैं कि नाज़ियों को भला कैसे माफ़ किया जा सकता है। मुझमें इतनी ईश्वरीय शक्ति नहीं है कि उन्हें क्षमादान का उपहार दे सकूँ, या दूसरों द्वारा किए गए अपराध की आध्यात्मिक तौर पर शुद्धि कर सकूँ।

मुझमें केवल अपने आपको आज़ाद करने की क्षमता है।

और यह आपमें भी है।

क्षमादान करना यानी हमें आहत करने वाले व्यक्ति को क्षमा करना नहीं होता। इसका सम्बन्ध केवल अपने आपसे किए जाने वाले व्यवहार से है, ताकि हम पीड़ित या क़ैदी होने की भावना से आज़ाद हो सकें, साथ ही दर्द का बोझ जीवन-भर नहीं ढोते रहें।

क्षमादान के विषय में एक प्रचलित भ्रम यह भी है कि हमें आहत करने वाले व्यक्ति के साथ यह कहते हुए समझौता करना होगा, "मैंने उससे नाता तोड़ लिया।"

दरअसल, माफ़ करना किसी को मानसिक रूप से भूलना या अपने मन से आज़ाद करने की प्रक्रिया है।

जब तक आप यह कहते रहते हैं कि आप किसी को माफ़ नहीं कर सकते, तब तक आप अपनी सारी क्षमता का दुरुपयोग अपने विकास को अवरुद्ध करने और मनचाहा जीवन जीने से रोकने के लिए कर रहे होते हैं। किसी को क्षमा करने का अर्थ यह भी नहीं कि आप उसे आपको आहत करने की अनुमति दे रहे हैं।

आपको आहत किया गया, यह सही नहीं है लेकिन वह तो हो चुका। अब आपके घाव का इलाज आपको ही करना है।

माना कि यह इलाज आसान नहीं है। यह रातोंरात होने वाला काम भी नहीं है। एक लम्बी प्रक्रिया है। न्याय की कामना, या बदला, माफ़ी या केवल अभिस्वीकृति।

सालों तक मैं पैराग्वे में जोसेफ़ मेंगले को खोजने की कल्पना में खोई रही, जहाँ वह युद्ध के बाद भाग कर पहुँचा था। उसके प्रति सहानुभूति रखने वाली या पत्रकार बनकर उस तक पहुँचना चाहती थी ताकि उसके घर तक पहुँचकर, उसकी आँखों में आँखें डालकर कह सकूँ, "मैं ही वह लड़की हूँ जिसने ऑश्वित्ज़ में तुम्हारे सामने नृत्य किया था। तुम्हीं ने मेरी माँ को मौत के घाट उतारा था।" मैं उसके चेहरे के भाव देखना चाहती थी, उसकी आँखों में सच्चाई परख़ना चाहती थी। मैं उसे बिना कोई सफ़ाई दिए अपनी ग़लतियों का अहसास करते देख कर ख़ुश होना चाहती थी। चूँकि वह कमज़ोर था इसलिए मैं अपने आपको विजेता साबित करने के लिए लालायित थी। मैं बदला नहीं लेना चाहती थी, क़तई तौर पर नहीं। मैं यह बात समझ गई थी कि किसी को दुःख देकर मेरा दर्द कम नहीं हो सकता, लेकिन इस कल्पना ने मुझे लम्बे समय तक सान्त्वना दी। मेरा दुःख और गुस्सा ख़त्म नहीं हुआ, कुछ समय के लिए मैं उसे भूल अवश्य गई थी।

लोग जब आपका सच देखते हैं, सच्चाई बताते हैं तब आपको आपका अतीत भुलाने में आसानी होती है। जब स्वस्थ न्याय, युद्ध अपराध न्यायाधिकरण, सत्य और मेल-मिलाप समितियाँ मिलकर सामूहिक प्रक्रिया करती हैं – जिसके माध्यम से अपराधियों को उनके गुनाह के लिए जवाबदेह ठहराया जाता है, और सच्चाई दुनिया के सामने लाई जाती है।

लेकिन *आपका* जीवन इस बात पर निर्भर नहीं करता कि आपको दूसरों से क्या मिला या क्या नहीं मिला। आपका जीवन तो आपके हाथ में है।

अब मैं जो मैं कहने जा रही हूँ, उससे आप चौंक जाएँगे।

क्रोध के बिना क्षमा सम्भव नहीं है।

कई वर्षों तक मैं अपने क्रोध के कारण त्रस्त थी। इसे स्वीकार नहीं कर रही थी। मैं समस्या को पहचान ही नहीं पा रही थी। इसने मुझे डरा दिया था। मुझे लग रहा था अपने क्रोध के कारण मैं बरबाद हो जाऊँगी। लगा कि इस समस्या का कोई अन्त नहीं होगा। जैसा मैं पहले भी कह चुकी हूँ,

अव्यक्त क्रोध आत्मघाती है।

अवसाद का उलट है अभिव्यक्ति। हमारी अभिव्यक्ति से हमें समस्या नहीं होती, उसे भीतर दबाए रखने से कष्ट होता है। माफ़ी में आज़ादी है और जब तक मैंने अपने क्रोध को महसूस नहीं किया, उसे व्यक्त नहीं कर दिया और ख़ुद को इसके नुक़सान से बचा नहीं लिया, तब तक मैं आज़ाद नहीं हो पाई। आख़िर मैंने चिकित्सक की सलाह ली, ताकि अपने क्रोध को बाहर निकाल सकूँ। अव्यक्त क्रोध आत्मघाती होता है। यदि आप ध्यानपूर्वक, विशेष प्रयास द्वारा इस इसे बाहर नहीं निकालते हैं तो आपके लिए बोझ घातक होगा।

क्रोध को हवा देना भी उतना ही ख़तरनाक हो सकता है। तब जब आप गुस्से से भरे होते हैं। तात्कालिक तौर पर भले ही आपको राहत महसूस हो, लेकिन इसका भुगतान किसी और को भरना पड़ता है। और फिर क्रोध भी नशे की ही तरह एक लत बन जाता है। वास्तव में आप कुछ भी बाहर नहीं निकाल रहे होते हैं। आप तो बस एक चक्र को अनवरत चला रहे होते हैं।

क्रोध का सामना करने का सबसे अच्छा तरीक़ा है कि उसे बाहर निकलने का रास्ता बनाना और फिर ख़त्म कर देना।

यह सब आसान दिखता है, लेकिन यदि आपको “गुड बॉय” या “गुड गर्ल” बनने की शिक्षा दी गई है और सिखाया गया है कि क्रोध अस्वीकार्य है या डरावनी भावना है, और यदि आप किसी दूसरे के क्रोध से आहत हुए हैं तो अपने आपको क्रोध व्यक्त करने से रोकना आसान काम नहीं है।

लेना के पति ने जब उसे बिना किसी पूर्वसूचना, बिनी किसी आपसी बातचीत या सफ़ाई के तलाक़ देना चाहा तो वह स्तब्ध रह गई। इस घटना के एक साल बाद, अब वह बड़ी कुशलता से अपने तीन बच्चों की देखभाल करते हुए, अपने कामकाज को सँभाल रही है। साथ ही शानदार सज-धज के साथ अपने नए मित्र के साथ समय भी बिता रही है। फिर भी, जीवन ने उसे धोखा दिया है - वह अपने अतीत के दुःख से भी जकड़ी हुई है।

“मैंने वह खोया है, जिसे मैं वास्तव में खोना नहीं चाहती थी,” लेना अपना दुःख व्यक्त करती है। “मुझे कोई विकल्प ही नहीं दिया गया,” उसके भीतर गहरा दुःख, शोक और अपराध-बोध था। लेना ने अपनी सारी क्षमता और ऊर्जा को समेट लिया, क्योंकि उसे बच्चों को सँभालना था और तलाक़ की औपचारिकताएँ भी पूरी करनी थी। इन सबके बावजूद लेना क्रोध से कोसों दूर थी। बरसों पहले लेना ने अपनी आंटी को, अपनी ही तरह तलाक़ के बाद दुनिया से दूर जाते देखा था। आंटी पूरी उम्र साँस रोके अपने पति द्वारा भूल स्वीकारने और लौट उसके पास आने की आस करती रही। पति की राह देखते-देखते कैन्सर से उनकी मौत हो गई। एक दिन, आंटी के दुःख का ध्यान करते हुए लेना घूमने के लिए जंगल की तरफ़ निकल

गई। वह अपने भीतर दबे गुस्से के बाहर निकालना चाहती थी, हालाँकि उसे अपने भीतर के क्रोध अहसास नहीं होता था। जंगल में पेड़ों के बीच वह अकेलेपन में चीख़-चीख़ कर हल्कापन महसूस करना चाहती थी, पर ऐसा कर नहीं सकी। उसका गला अवरुद्ध हो गया था। अपने क्रोध को वह जितना महसूस करने का प्रयत्न करती उतनी ही शिथिल होने लगती थी।

"अपने गुस्से को मैं किस तरह महसूस और अभिव्यक्त कर सकती हूँ?" लेना ने मुझसे पूछा। "मैं उसका अनुभव लेना नहीं चाहती हूँ। मुझे डर लगता है।"

"पहले इसे स्वीकारो," मैंने सलाह दी।

तुम्हें अपने गुस्से को अनुभव करने का अधिकार है। यह मानवीय भावना है। आख़िर तुम एक इंसान हो।

जब हम अपने क्रोध को अभिव्यक्त नहीं करते हैं तो इसका अर्थ है कि हम या तो पीड़ित होने से या फिर इंसान होने से इनकार कर रहे हैं। हम सच्चाई से भाग रहे हैं। भीतर से सुन्न हैं और स्वस्थ दिखने का नाटक कर रहे हैं।

इस तरह आज़ादी नहीं मिलेगी।

खुल कर चीखो। और तकिए पर अपनी मुट्ठियाँ पटको। समुद्र के किनारे या पहाड़ की चोटी पर जाकर अपना क्रोध बाहर निकालो। छड़ी से धरती को पीटो। जब हम कार में बैठ कर अकेले गाना गा सकते हैं तो अकेले में चीख़ क्यों नहीं सकते? कार के शीशे चढ़ाओ, गहरी साँस लो और ऊँची आवाज़ में चीख़ कर अपने दर्द को बाहर निकालो। जब भी कोई मरीज मेरे पास सख़्त बन कर और कोई बात छिपाते हुए आता है, तो मैं कहती हूँ, "आज मुझे चीख़ने की इच्छा हो रही है, क्या तुम मेरा साथ दोगे?" और हम मिलकर चीख़ते हैं। यदि आप अकेले में ऐसा नहीं कर सकते हैं तो किसी मित्र या चिकित्सक की मदद लीजिए। ऐसा करके आपको आनन्द मिलेगा। अपने सबसे कठोर सच का सामना करने का यह ख़ुशनुमा उपाय है। बिना कुछ छिपाए, अपने आपको सुनने-सुनाने का मज़ा कुछ और है। खुले आसमान के नीचे, बाँहें फैलाकर कहें, "मैं पीड़ित-शोषित था/थी, लेकिन अब नहीं। अब मैं, मैं हूँ।"

क्रोध एक दूसरे दर्जे की भावना है, एक रक्षा कवच है, जिसे हम अपनी मुख्य भावना के नीचे दबा कर रखते हैं। क्रोध में हम जलते रहते हैं, ताकि उसके नीचे जो शोक, जो भय दबा हुआ है - उसे पा सकें।

और यहीं से सबसे कठिन प्रयास की शुरुआत होती है।

स्वयं को क्षमादान देना।

अगस्त माह की एक दोपहर को मैं इस पुस्तक के अध्यायों की रूपरेखा बना रही थी, उसी दौरान घर पर एक व्यक्ति को दरवाज़े पर खड़ा पाया। उसने ख़ाकी वर्दी पहन रखी थी। उसके शर्ट पर लगे बैज से स्पष्ट था कि वह कोई अफ़सर था।

"मैं वॉटर कम्पनी से हूँ और आपके घर के पानी की शुद्धता जाँचने आया हूँ।"

मैंने उसे भीतर बुलाया और किचन तक लेकर गई। उसने नल खोलकर कुछ जाँच की और बोला, "मैं अपने सुपरवाइज़र को बुलाना चाहूँगा ताकि हम आगे की जाँच कर सकें, शायद धातु की वजह से कुछ समस्या है।" उसने फ़ोन करके अपने सहयोगी को बुला लिया।

उसी की तरह वेश-भूषा में एक और व्यक्ति आ गया। फिर दोनों ने सारे नलों की जाँच की और बोले कि मुझे अपने धातु के गहनों को शरीर से उतारना होगा। मैंने अपनी घड़ी, बेल्ट, ब्रेसलेट, नेकलेस आदि उतार दिए। जोड़ों के दर्द की तकलीफ़ की वजह से अँगूठियाँ नहीं निकाल पा रही थी। मैंने उनसे मदद माँगी।

दोनों ने एक बार फिर से नलों की जाँच कुछ अलग पद्धति से की। फिर उन्होंने मुझे बाथरूम में जाकर सिंक के नल से निकलने वाले पानी को देखने के लिए कहा। उन्होंने कहा कि पानी रंग नीला होने तक बहने दें। मैं बहुत देर तक पानी को बहता देखती रही। फिर मुझे शंका हुई तो किचन की तरफ़ भागी, लेकिन तब तक तो वे दोनों तो मेरे सारे गहने लेकर भाग चुके थे।

पुलिस ने मुझे बताया कि मैं बुज़ुर्ग लोगों को शिकार बनाने वाले कुख्यात समूह का नया शिकार थी। जब भी मुझे अपनी मूर्खता की याद आती, मैं शर्मिन्दा हो जाती। इस हादसे को याद करते ही मैं स्वयं को कोसती रहती। मैंने उन पर विश्वास किया, घर के भीतर आने दिया और उनके कहने पर पूरे गहने उतार कर रख दिए। मैंने तो शायद उन्हें चेक साइन करके भी दे दिया होता!

पुलिस और मेरे बच्चे इस घटना को अलग दृष्टि से देखते हैं। वे ईश्वर को धन्यवाद देते हैं कि मैंने उनका आदेश माना। वे गहने लेकर भाग गए, लेकिन मैं सुरक्षित हूँ। उन्होंने मुझ पर हमला नहीं किया। यदि मैंने विरोध किया होता मुझे रस्सियों जकड़ कर बंधक बना दिया जाता। शुक्र है उन्होंने मुझे जीवित छोड़ दिया।

यह दृष्टिकोण एक तरह से सान्त्वना तो देता है लेकिन इससे दर्द का अनुभव कम नहीं होता।

हादसे से हुए नुक़सान की क़ीमत आँकना कठिन है, ख़ासकर उस ब्रेसलेट की जो बेला ने मुझे मरिआना के जन्म पर दिया था, जिसे मैं चेकोस्लोवाकिया से मरिआना के डायपर में छुपाकर लाई थी। कहने को यह केवल एक वस्तु है, पर मेरे जीवन के लिए अनमोल है, मेरे मातृत्व और मुक्ति के उत्सव का गहना। इनके बिना मेरी कलाइयाँ सूनी लगती हैं।

फिर, एक डर भी था। कई दिनों तक मैं इस बात से डरती थी कि वे दोबारा लौट कर आएँगे और मेरी हत्या कर देंगे ताकि मैं अपना मुँह नहीं खोल सकूँ।

इसके अलावा, मेरे मन में यह भी एक इच्छा थी कि उन्हें कच्चा चबा जाऊँ, सज़ा दूँ और उनका ख़ात्मा कर दूँ। "क्या तुम्हारी माँ ने यही संस्कार दिए थे?" गुस्से से भर कर मैं कल्पना कर रही थी कि मैं उन पर चीख़ रही हूँ, "क्या तुम्हें अपने किए पर शर्म नहीं आती?"

और फिर, यह *मेरे लिए* शर्म की बात थी। मैंने ही दरवाज़ा खोला। उनके प्रश्नों के उत्तर दिए। उनके आदेशों का पालन किया, हाथ आगे बढ़ाए ताकि वे मेरी अँगूठियाँ निकाल सकें। मैंने जो कुछ किया उससे मुझे नफ़रत हो रही थी।

पीड़ादायक, दुर्बलता, भोलापन।

लेकिन ये सारी उपमाएँ मैं ही अपने आपको दे रही थी।

यहाँ मैं जो कहना चाह रही हूँ वह यह है कि जीवन मुझे आज़ादी चुनने का अवसर देता रहा – एक इंसान के रूप में मैं जैसी हूँ उसी रूप में अपने आपसे प्रेम करने का, त्रुटिपूर्ण किन्तु सम्पूर्ण। इसलिए मैं ख़ुद को माफ़ करती हूँ, ताकि अपने आपको आज़ाद कर सकूँ।

मुझे यह जीवन जीने के लिए, अपनों के लिए काम करने और प्यार बाँटने के लिए मिला है। मेरे पास डर, क्रोध और शर्मिन्दगी ढोते रहने का समय नहीं है। उन दो व्यक्तियों को देने के लिए मेरे पास कुछ भी नहीं है, जिन्होंने मेरे पास मेरे कुछ सामान की चोरी कर ली थी। मैं उन्हें अब कुछ नहीं दे सकती। मैं अब अपनी ऊर्जा को उन पर ख़र्च नहीं करूँगी।

* * *

अपनी पिछली यूरोप यात्रा में, मैं और ऑड्री एम्स्टरडम गए थे। एनी फ़्रैंक हाउस में मेरा भाषण था, जहाँ मेरा भव्य सम्मान किया गया। डच नेशनल बैले के प्रमुख बैलेरीना इगोने डी जाँ ने मेरे उस नृत्य से प्रेरित होकर एक नृत्य प्रस्तुत किया जो मैंने ऑश्वित्ज़ में पहली रात को मेंगले के सामने किया था।

यह प्रदर्शन नीदरलैंड के राष्ट्रीय स्मृति दिवस और गन्सकरचन में, 4 मई, 2019 को मेरी रिहाई की चौहत्तरवीं वर्षगाँठ के मौक़े पर आयोजित किया गया था। पूरा देश कैम्प में मरने वालों और शिविर से जीवित बच निकलने वालों के सम्मान में दो मिनट का मौन रखता है। थियेटर में मेरे और ऑड्री के पहुँचने पर फूलों की वर्षा और तालियों की गूँज हो रही थी। प्रतिष्ठित व्यक्तियों की तरह हमारा स्वागत

किया गया। लोग रोते हुए हमसे गले मिल रहे थे। महाराजा और रानी को समारोह में पहुँचने में विलम्ब था, इसलिए उनके लिए आरक्षित सीट हमें दे दी गई थी।

कार्यक्रम की प्रस्तुति मेरे जीवन का सबसे आनन्ददायक और यादगार अनुभव था। मैं इगोने डी जाँ की क्षमता, कला और जुनून तथा ख़ूबसूरती से बहुत प्रभावित हुई, विशेषकर नारकीय जीवन के वर्णन के साथ मेंगले का चरित्र चित्रण। वह एक भूखा शैतान था। भीतर से दुःखी और ख़ाली। जिसने शासक बनने के लालच में मेरे अलावा अन्य क़ैदियों की तरफ़ हवस का हाथ बढ़ाया था, लेकिन उसे निराशा ही मिली।

प्रस्तुति को दर्शकों का अपार स्नेह मिला। तालियों की गड़गड़ाहट के बीच फूलों से लदी इगोने मंच से उतर कर सीधे मेरे और ऑड्री के पास आई। एक स्पॉट लाइट हम पर पड़ी। बैलेरीना ने मुझे लगाया। उसकी आँखों में आँसू थे। उसने मुझे फूलों का सबसे बड़ा गुच्छा तोहफ़े में दिया। पूरा थियेटर भाव-विभोर हो गया। अपनी सीट से उठ कर बाहर निकलते समय मेरी आँखों में आँसू भरे थे, मुझे बाहर जाने का रास्ता साफ़-साफ़ दिखाई नहीं दे रहा था।

मेंगले और हिटलर के प्रति मेरे क्रोध और दुःख से लड़ने और उसे मुक्त होने के लिए मुझे वर्षों तक संघर्ष करना पड़ा। कैम्प से जीवित बच निकलने के लिए अपने आपको को माफ़ करने के लिए बड़ी मेहनत करनी पड़ी। थियेटर में बेटी के साथ मंच पर अपने अतीत का काला सच एक बार फिर जीवन्त हो गया था। कैम्प की उस रात की घटना आँखों के सामने घूमने लगी - मेंगले की कुटिल हँसी, अँगुली के इशारों से यह बताना कि कौन जीवित रहेगा और किसे मौत की सज़ा मिलेगी, वह तो मुझसे भी बड़ा क़ैदी था।

मैं मासूम थी।

और आज़ाद।

माफ़ी नहीं देने से आज़ाद होने के सूत्र

- ***क्या मैं माफ़ करने के लिए तैयार हूँ?*** *किसी ऐसे व्यक्ति को याद करें जिसने आपको आहत किया हो या आपके साथ कुछ ग़लत किया हो। क्या इनमें से कोई भी बात उसके संदर्भ में सही है?* – उसने ऐसा क्या किया कि उसे क्षमा नहीं दी जा सकती। क्या वह क्षमा का हक़दार नहीं है। मैंने उसे तब क्षमा नहीं किया था लेकिन अब उसे क्षमा का उपहार देने को तैयार हूँ। यदि मैं उसे क्षमा करता हूँ तो वह आज़ाद हो जाएगा। यदि मैंने उसे माफ़ कर दिया तो वह मुझे दुःख पहुँचाता रहेगा। मुझे न्याय मिलने, उसके द्वारा माफ़ी माँगने, या अपनी ग़लती स्वीकारने के बाद ही क्षमा करूँगा। *यदि आप इनमें एक या एकाधिक वक्तव्य को चुनते हैं तो आप सारी शक्ति आप अपने और अपने जीवन के बजाय किसी और के लिए अपनी ऊर्जा ख़र्च करते रहेंगे, अपनी इच्छा का जीवन नहीं जी पाएँगे। क्षमादान का अर्थ किसी को कुछ देना नहीं होता, इसका मतलब है आप अपने आपको आज़ाद करते हैं।*

- ***क्रोध को पहले स्वीकारें, फिर त्यागें।*** *अपने आपके साथ क्रोध का एक दिन तय करें। यदि आपको अपने क्रोध का अकेले सामना करने में डर लगता हो तो किसी भरोसेमंद दोस्त या थैरेपिस्ट की मदद लें। सबसे पहले क्रोध को स्वीकारें। तत्पश्चात उसे बाहर निकालने का रास्ता चुनें और फिर उसे ख़त्म कर दें। ज़ोर से चीख़ें और चिल्लाएँ। बिस्तर पर तकिए पर ज़ोर-ज़ोर से मुक्के मारें। ज़मीन को छड़ी से ठोकें। प्लेटें तोड़ें। इस तरह से गुस्से को बाहर निकल जाने दें, ताकि वह दोबारा आपको आहत नहीं करे। ऐसा तब तक करते रहें जब तक आपके भीतर का क्रोध पूरी तरह समाप्त नहीं हो जाए।*

- ***अपने आपको माफ़ करें।*** *अगर मुझे किसी ऐसे व्यक्ति को आज़ाद करने में परेशानी हो रही है जिसने मुझे चोट पहुँचाई है, तो हो सकता है कि मेरे भीतर अपराध-बोध या शर्म या कोई राय रुकी पड़ी है। हम सभी जन्मजात निर्दोष हैं। कल्पना करें कि आपकी गोद में नवजात शिशु है। उस नन्हें के सौहार्द और विश्वास को महसूस करें। उसकी आँखों में देखें। उसके छोटे-छोटे हाथ पूरी दुनिया को समा लेना चाहते हैं। यह नवजात शिशु आप ही हैं। कहें, "मैं तुम्हारे लिए ज़िन्दा हूँ।"*

उपसंहार

हर लम्हा एक उपहार

हम पीड़ा से भाग नहीं सकते और ना ही अपना अतीत बदल सकते हैं - लेकिन जीवन में मिले उपहारों का चुनाव अवश्य कर सकते हैं। यहाँ तक कि हम जख़्मों का भी आनन्द लेना सीख सकते हैं।

एक हंगेरियन कहावत है - जलती हुई मोमबत्ती के नीचे ही घनी छाया होती है। हमारे अंधकार और प्रकाश आपस में गुँथे हुए होते हैं। ऑश्वित्ज़ में मेरी पहली अँधेरी रात ने जो सबक़ सिखाए उनसे मुझे जीवन-भर के लिए शक्ति और प्रोत्साहन मिला। अत्यधिक निराशाजनक परिस्थितियों ने भी मुझे बार-बार उठकर खड़ा होने की हिम्मत दी। मेरे आत्म-परीक्षण के दौर ने अकेले रहकर बतौर बैले डांसर और जिमनास्ट कठिन मेहनत करने के कारण मैं नर्क से बाहर निकलने में सफल हुई और इसी नर्क ने जीवन में उत्सव मनाना सिखाया।

जीवन - अपरिहार्य आघातों, दर्द, दुःख, कष्टों और मौत के बावजूद - एक उपहार है। एक ऐसा उपहार जिसे तब तहस-नहस कर देते हैं, जब हम, सज़ा, विफलता और अस्वीकार किए जाने की अपेक्षाओं और डर में इसे क़ैद कर देते हैं। साथ ही शर्म और शिकायत, श्रेष्ठता और हीनता, अपनी शक्ति से नियन्त्रण पाने की भावना से बड़े नुक़सान कर लेते हैं। जीवन के उपहार का उत्सव मनाने के लिए हर घटना में उपहार ढूँढ़ने का प्रयास करना चाहिए। उन घटनाओं में भी, जिनमें हमें उनसे पार जाने का रास्ता नहीं सूझ रहा हो। जीवन का उत्सव हर हाल में मनाना है - आनन्द, प्रेम और जुनून से जीवन बिताने के लिए।

कभी-कभी हम सोचने लगते हैं कि यदि नुक़सान और आघात के बाद भी हम आगे बढ़ते रहते हैं, यदि हम आनन्द और अपने आपसे प्रेम करते रहते हैं, तो यह अतीत और अपने प्रिय मृत परिजन का अपमान होगा। लेकिन, हँसना-मुस्कराना ग़लत नहीं है! ख़ुशी मनाना अपराध नहीं है। ऑश्वित्ज़ में भी हम हमेशा मानसिक रूप से खुशियाँ मनाते रहते थे, सामूहिक भोज का आनन्द लेते थे, हंगेरियन चिकन

की रेसिपी में पड़ने वाले मसालों पर बहस होती थी। यहाँ तक कि एक रात को बूब कॉन्टेस्ट भी आयोजित किया था! (सोचिए कौन विजयी हुआ होगा?)

मैं यह तो नहीं कह सकती कि हर घटना के पीछे कोई कारण होता है, हर अन्याय और पीड़ा का कोई उद्देश्य होता है। लेकिन, मैं इतना कह सकती हूँ कि दर्द, परिश्रम और पीड़ा जीवन के ऐसे उपहार हैं जो हमें जीना सिखाते हैं और अपना विकास करते हुए अपने जीवन उद्देश्य की ओर अग्रसर करते हैं।

युद्ध के अन्तिम दिनों में, कैम्प में एक तरफ़ हम भूख से मर रहे थे और दूसरी तरफ़ नरमांस-भक्षण शुरू हो गया था। मैं कीचड़ भरे मैदान में फँसी हुई थी, हिलना भी मुश्क़िल था। भूख से मतिभ्रम हो रहा था और ईश्वर से प्रार्थना कर रही थी कि मुझे नरमांस भक्षण नहीं करना पड़े। अचानक एक आवाज़ सुनाई दी, “यहाँ खाने के लिए घास की कुछ पत्तियाँ हैं।” मृत्यु के मुहाने पर भी मेरे लिए विकल्प उपस्थित था। मैंने खाने के लिए घास की कुछ पत्तियाँ चुन लीं।

पहले मैं पूछा करती थी, “मैं ही क्यों?” अब पूछती हूँ, “मैं क्यों *नहीं ?*” शायद इसलिए कि मैं जीवित हूँ और जो हुआ उसका सामना करना सीख गई हूँ। दूसरों को जीवन जीना सिखा भी सकती हूँ। बता सकती हूँ कि मेरे माता-पिता और अनेक निर्दोषों का बलिदान व्यर्थ नहीं था। नर्क में बिताए दिनों में जो कुछ मैंने सीखा, वह उपहार दुनिया को देना चाहती हूँ - अपनी मर्ज़ी का जीवन चुनने का अवसर, अपने भीतर अंधकार में छिपी प्रतिभा को ढूँढ़ने का अवसर, आप वास्तव में जो हैं, उसे तलाश कर ज़ाहिर करने का अवसर।

मित्रों, आप भी अपनी क़ैद से बाहर निकल कर आज़ाद होने का प्रयास करें। अपनी पीड़ा में अपने सुनहरे भविष्य का सबक़ तलाशें। चुनें कि दुनिया को कैसी विरासत सौंप कर जाना चाहते हैं - दर्द देना चाहते हैं या उपहार।

आभार

मैं हमेशा कहती हूँ कि लोग मुझ तक स्वयं चल कर नहीं आते, उन्हें मेरे पास भेजा जाता है।

मुझ पर उन अनगिनत शानदार लोगों का आशीर्वाद रहा है, जिन्हें मेरे पास भेजा गया। उन सभी का नाम गिना पाना मेरे लिए असम्भव है, जिन्होंने मुझे प्रभावित किया, मेरे प्रेरणास्रोत बने, मेरा ध्यान रखा, मेरी परवाह की और परोक्ष-अपरोक्ष रूप से इस पुस्तक को लिखने में अपना योगदान दिया। उन सभी का आभार जिन्होंने मुझे प्रभावित किया, मुझ पर विश्वास किया और हार नहीं मानने-आगे बढ़ते रहने में मेरा मार्गदर्शन किया। मैं, मेरे जीवन में आपकी उपस्थिति के अनमोल उपहार का उत्सव मनाती हूँ। मेरी झोली भरने के लिए धन्यवाद। अनजान परिस्थितियों का सामना करने, अपरिहार्य और अनपेक्षित से जूझने और जीवन की ज़िम्मेदारी स्वयं उठाने में सहायता करने, आज़ादी की राह चुनने और मेरे साथ-साथ चलने के लिए अनेक धन्यवाद। मेरे सभी मरीजों का धन्यवाद जिन्होंने मुझे थकने नहीं दिया, रिटायर नहीं होने दिया। आपके प्रश्नों ने मुझे एक अच्छा सलाहकार बनाने में मदद की, धन्यवाद। और पूरी दुनिया के उन लोगों का भी धन्यवाद जिन्हें मेरे कार्य में सार्थकता दिखी, साथ ही उनका भी आभार जिन्होंने अपनी कहानियाँ मुझसे साझा कीं ताकि मैं सारी कहानियों को दुनिया-भर में पहुँचा सकूँ और हम सभी जीवन के हर दिन का जोश से अभिवादन कर सकें - ताकि हम सभी आज़ाद हो सकें।

धन्यवाद, मेरे सभी शिक्षकों और आदर्श मार्गदर्शकों का जिन्होंने चिकित्सा व्यवसाय का सदस्य बनने में मेरी सहायता की। साथ ही उन सभी का भी आभार जो आज भी अपनी चिकित्सा द्वारा लोगों को जीवनदान दे रहे हैं - दूसरों का मार्गदर्शन कर रहे हैं। आप सभी का उदाहरण बन कर राह दिखाने के लिए धन्यवाद - अपनी परवाह करते हुए भी, "मैं" से ऊपर उठकर सेवा करने का आभार। बेहतर दुनिया के निर्माण में शिक्षा को प्रगति का पर्याय बनाने में योगदान का धन्यवाद। जेकब वैन वीलिंक और उनके सहयोगियों का धन्यवाद, जो नीदरलैंड और स्विट्ज़रलैंड में मेरे अभिभावक और मार्गदर्शक बने। मेरी यात्राएँ और लोगों से मेरा सम्पर्क सम्भव बनाने और उन जगहों पर ले जाने के लिए धन्यवाद - जहाँ मुझे सम्मानित किया गया।

धन्यवाद देने के लिए मेरे पास शब्द नहीं हैं। हम सभी अपने मतभेदों के साथ, अपने जीवन में हर पल का उपयोग एक-दूसरे को सशक्त बनाने और एक मानव परिवार बनाने के लिए कर सकते हैं।

दैनिक जीवन में मेरी मदद करने वालों का धन्यवाद - विशेषकर, डॉक्टर स्कॉट मेकक्रॉल और डॉक्टर सबिना वालैक, जिन्होंने मेरी सहनशक्ति पर कभी सन्देह नहीं किया, मेरे डांस पार्टनर जीन कुक, जो हरदम मुझ पर मेहरबान रहे और केटी एंडरसन, मेरी दाहिना हाथ - जो मुझे सबकुछ याद दिलाती रहती है, हर समस्या को सुलझाने में सहायता करती है और सिखाती है कि किस तरह से एक जवाबदार नेतृत्व किया जा सकता है। आप सभी को मेरे तन-मन और आत्मा का ध्यान रखने के लिए और हर समय इस बात की याद दिलाते रहने के लिए धन्यवाद कि खुद से प्रेम करना ही खुद का ध्यान रखना है।

पहली पुस्तक लिखना मेरे सपने के साकार होने जैसा था। दूसरी पुस्तक के प्रकाशन के बारे में सोचना भी असम्भव था। अपनी विलक्षण टीम के बिना मैं इस काम को कर ही नहीं सकती थी। ये लोग हैं - मेरे मित्र और उत्साह बढ़ाने वाले वेंडी वाकर, एक सच्चे उत्तरजीवी और वर्तमान में जीने का एक सच्चा उदाहरण प्रस्तुत करने वाले, मेरे बुद्धिमान संपादक, रोज लिपेल और नान ग्राहम और उनके प्रतिभाशाली सहयोगी, सोशल मीडिया में मेरे संदेशों को प्रसारित करने में सहायता करने वाले जॉर्डन और इलिंजर एंगल, मेरे एजेंट, डग एब्रम्स और उनके आइडिया आर्किटेक्ट्स के सहयोगी, मेरे सह-लेखक एस्मी श्वॉल वाइगन, जो मेरे शब्दों को किसी कविता की तरह ढाल देते हैं।

मेरी दो ख़ूबसूरत बेटियों का धन्यवाद, ये शक्तिशाली बहनें जो असहमति पर सहमत होने का अभ्यास करती हैं। बेटियों धन्यवाद जो तुमने मुझे पीड़ित या रक्षक नहीं बनने का पाठ पढ़ाया। और, इस पुस्तक के लिखने में सक्रिय और संवेदनशील सहयोग करने का आभार जिससे मेरे कार्य के सैद्धान्तिक और व्यावहारिक पक्ष को मज़बूत करने का बल मिला। मेरे बेटे जॉन, जिस तरह से तुम हर दिन दूसरों की मदद के लिए अपनी प्रतिबद्धता, सद्भावना और साहस दिखाते हो, उसके लिए धन्यवाद।

मेरे पूर्वजों और अगली पीढ़ी का विशेष धन्यवाद यह समझाने के लिए कि हम सभी में विजेताओं का ख़ून बह रहा है। हम सब आज़ाद ज़िन्दगी जी सकते हैं और किसी भी परिस्थिति या किसी भी व्यक्ति के शिकार नहीं बनेंगे।

अनुवादक के बारे में

यामिनी रामपल्लीवार

इन दिनों नागपुर, महाराष्ट्र में कार्यरत।

एक ज़िम्मेदार, संवेदनशील और प्रतिबद्ध हिन्दी पत्रकार।

'पुनःकथन' की परम्परा का निर्वाह करते हुए एक हिन्दी अनुवादक के रूप में मौलिक पहचान बनाने हेतु प्रयासरत।

संतुलित, जानकारीपरक और दिलचस्प सामग्री के लेखन-पठन में रुचि।

www.ingramcontent.com/pod-product-compliance
Lightning Source LLC
LaVergne TN
LVHW100328181026
850499LV00039B/1013
* 9 7 8 9 3 9 1 2 4 2 0 2 2 *